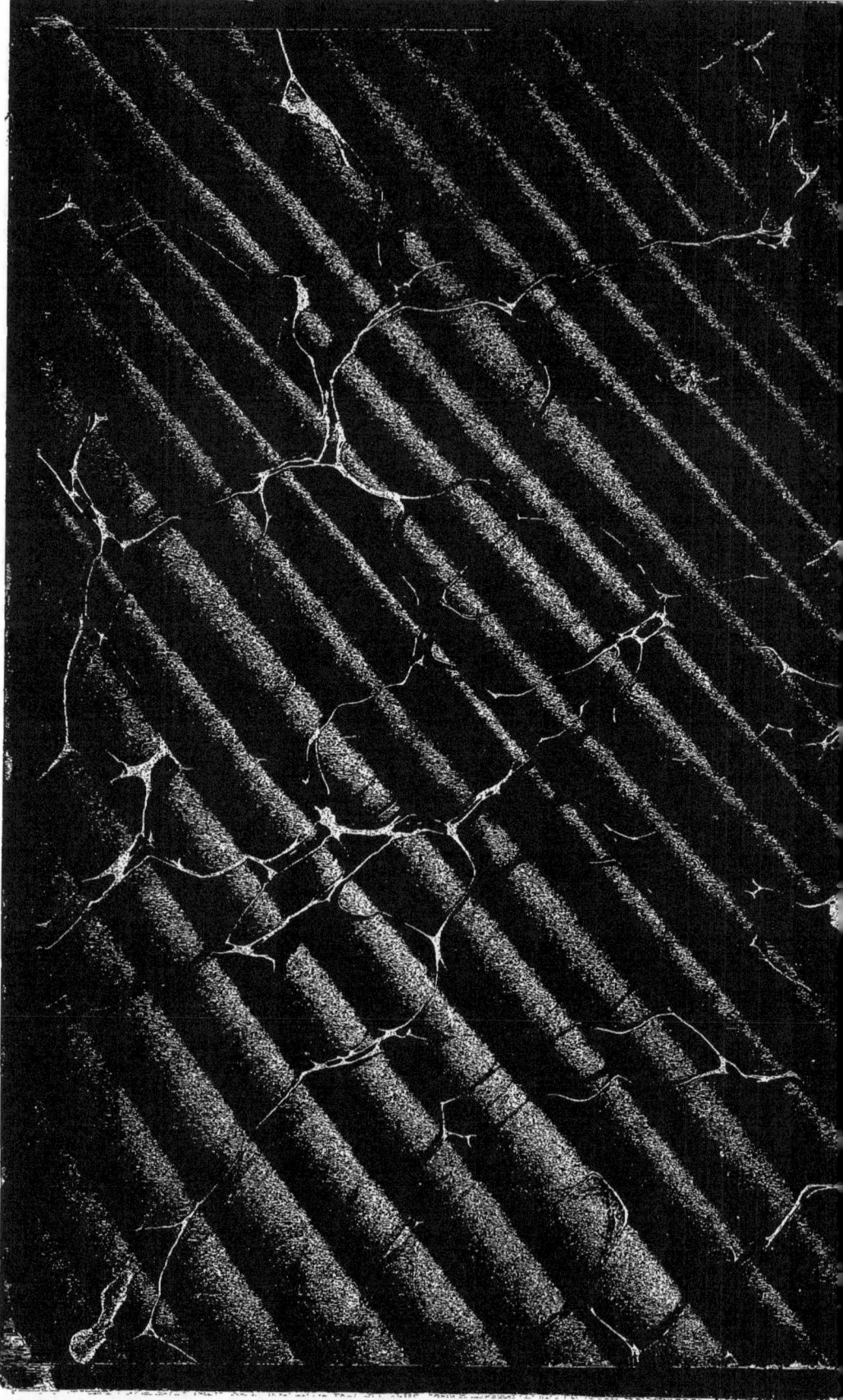

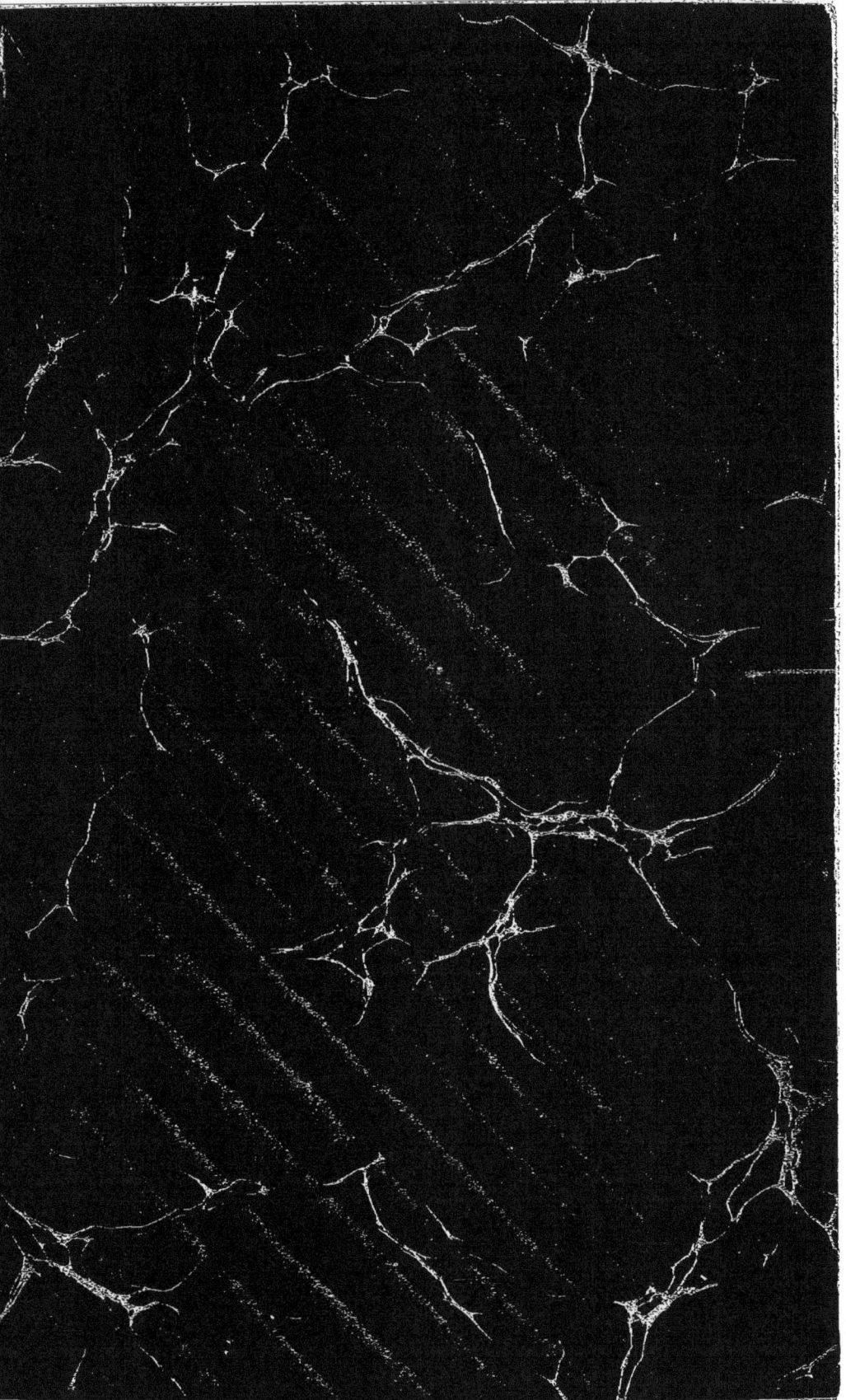

3006

MADAME PUTIPHAR.

OUVRAGES DE L'AUTEUR.

IMPRIMERIE DE TERZUOLO,
rue Madame, n° 30.

MADAME

PUTIPHAR,

PAR

PETRUS BOREL

(LE LYCANTHROPE).

TOME SECOND.

PARIS.

OLLIVIER, LIBRAIRE-ÉDITEUR,

33, RUE SAINT-ANDRÉ-DES-ARCS.

1839.

LIVRE QUATRIÈME.

Where is my lord? Where is my Romeo?

SHAKSPEARE.

I.

Une grande cheminée de marbre blanc
en arc d'Amour. A gauche, madame Putiphar brode; à droite, Pharaon s'ennuie.

Il bâille.

Elle bâille.

Quelle sympathie!

— Sire, allons, déridez-vous un peu. Si

vous n'êtes pas plus gentil que cela, mignon, je ne vous conterai pas les grosses
histoires que je sais. — Qui a pu, bon Dieu!
vous plonger dans une si profonde mélancolie?... Vous avez au dîner mangé comme
un goulu. Avez-vous une indigestion?

— Oui, une indigestion de la vie!

— Puisque vous demeurez là comme un
catafalque, je vais envoyer chercher mes
musiciens pour vous jouer une messe de
requiem.

— Non, s'il vous plaît; laissez mes oreilles
en repos.

— *Requiem* à part, je veux que vous en-
tendiez plusieurs nouvelles *ariettes* langue-
dociennes de Mondonville; elles sont déli-
cieuses! cela vous distraira.

— Non, vous dis-je, point de musique!
Cela fait mal à ouïr et pitié à voir : des
hommes à l'état de raison, des hommes
mûrs qui sur différents tons vagissent comme
des enfants en sevrage, ou frottent avec un
grand trémoussement et un grand sérieux
une queue de cheval sur des boyaux de

mouton, ou tapent sur une peau d'âne ou soufflent dans un bâton troué.

— Majesté, que vous êtes bourrue !

A propos de bourru, M. le duc d'Ayen vous a-t-il parlé de la plaisante anecdote qui fait tant de bruit aujourd'hui ? L'aventure est vraiment merveilleuse. — A ce qu'on rapporte, la semaine dernière, madame de Flamarens et madame de Combalet vinrent à parler des avantages de leur personne. La première vantoit beaucoup ses seins, et la seconde prétendoit en avoir tout autant. Là-dessus il s'éleva un violent débat entre elles. Pour mettre fin à cette contestation, elles parièrent, et convinrent de s'en référer à MM. de Brissac, de Chaulnes, de Cucé et de Rochechouart. Ces messieurs acceptèrent cette mission ; et le jour du jugement fut fixé pour le surlendemain chez la Flamarens. Chacune envoya des circulaires à touts ses amis pour les prier de se trouver à la séance et d'assister à son triomphe. A l'heure précise touts s'y trouvèrent. En outre des quatre juges, il y avoit, dit-on,

une vingtaine de gentilshommes, clercs et
laïques. De part et d'autre, comme à une
course de chevaux, on établit des paris; et
il fut convenu que la perdante donneroit à
toute la compagnie présente un magnifique
souper. Le signal est donné, ces dames
ôtent leur corps-baleiné, et mettent leurs
seins au vent. .   .   .   .

.   .   .   .

.   .   .   .

.   .   .   .

La comtesse de Flamarens est à grands cris
proclamée vainqueur, non pas à la satisfaction du plus grand nombre. — Cinq, trom-
pés par les apparences du corset, avoient
gagé pour votre grande louvetière, et quinze
pour la Combalet. — On dit que monseigneur l'archevêque de Toulouse, Richard-
Arthur Dillon, a perdu à ce jeu trois mille
livres; et que monseigneur l'archevêque
d'Orléans, Sextius de Jarente, qui vouloit
gager six mille livres pour madame de Combalet, a été évincé sous prétexte qu'il parioit
à coup sûr. — Le souper a eu lieu hier, et a

été, assure-t-on, prodigieusement fou. Madame de Flamarens a rempli avec beaucoup de grâce les formalités prescrites, et madame de Combalet a fait faire à son corset contre mauvaise fortune bon cœur.

Sire, allons donc, laissez-vous sourire. L'invention de la cuillère à potage n'est-elle pas divine? Oh! pour moi, quand on me l'a contée, j'en ai été ravie, et j'en ris encore jusqu'aux larmes!...

Ici la Putiphar ricana et Pharaon gémit.

— Mignon, dites, est-ce que vous êtes fâché?... En quoi vous ai-je déplu; parlez, je vous en demande pardon?

Ici Pharaon se leva nonchalamment et se promena avec indolence.

— Oh! gouverner un peuple! quel supplice! quel enfer! Quel fardeau qu'un sceptre! Je romprai sous le poids.

— Mignon, ne suis-je plus là pour vous aider à supporter votre couronne? Vos ministres vous ont-ils donc touts abandonné?

— Oh! l'Espagnol Charles-Quint fit bien.

d'abdiquer l'Empire !... Je l'abdiquerai comme lui !

On empoisonne mes jours. Cette nuit, on avoit oublié mon *en-cas;* ce matin j'ai fait un *déjeûn* détestable.

La royauté est chose dure et cruelle en ces temps mauvais ! Tout se regimbe contre elle, elle n'a plus de *subjects,* elle n'a plus de serviteurs. Où chercher du respect et de l'obéissance ?

Le *thrône* a perdu son prestige; ce n'est plus rien : maintenant un *thrône* est un *thrône,* un Roi est un Roi, pas plus !

Désormais qu'on ne me serve plus à dîner de la rouelle de veau; le veau est une viande visqueuse; elle me fait mal.

Le présent est sombre, mais l'avenir m'effraye plus encore. La *philosopherie* a corrompu le peuple. Tout me brave !... Je suis malheureux !...

Ma personne inviolable et sacrée a été outragée..... Pompon, toi qui es soigneuse de ma gloire, venge-moi !

— Sire, vous outragé ! Eh ! par qui ?

— Oh ! par rien, par une enfant, une sot-
te, une élève du Parc, une pimbêche !

— J'en étois sûre. Une Irlandoise, n'est-ce
pas?

— Elle savoit que j'étois le Roi, et elle m'a
repoussé et m'a maudit.

— L'indigne ! ce ver de terre vous dédai-
gner? Ah ! vraiment j'en sue de colère !....
Et qu'avez-vous dit à *La Madame?*

— Que je la chasserois si j'amais pareille
avanie m'arrivoit; qu'elle ait à mieux dresser ses élèves, et qu'on marie de suite cette
virago avec une forte dot pour l'appaiser.

— Sire, cela ne se peut pas. Une femme
semblable est un être dangereux. Elle ne
peut plus rentrer dans le monde, il faut que
pour la vie elle soit enfermée dans une prison d'État, et la plus secrète! Reposez-vous
sur moi, Sire, votre affront sera lavé.

— Vit-on j'amais prince plus malheureux
en peuple ?

— Sire, vous oubliez que cette fille n'est
point de votre peuple. C'est une étrangère,

une sauvage! Vos *subjects* valent mieux que cela.

— Mon Dieu! mon Dieu! que de soucis rongent la royauté! C'est un métier pénible aujourd'hui que le métier de Roi. La vie me pèse; qu'un autre prenne soin de la France, elle m'ennuie; tout m'ennuie, je ne veux plus gouverner, il faut que j'abdique!

— Mignon, sois tranquille; allons, calme-toi : cette fille impudente sera punie. Chasse toutes ces pensées noires. Ce n'est rien que cela! Le lion a été piqué par un insecte! nous l'écraserons cet insecte! Sire, allons, égayez-vous, amusez-vous. Pourquoi ce soir ne faites-vous pas du café? Tenez, voici votre marabout et votre moulin, et du moka dont le parfum est suave. Tenez, flairez, n'est-ce pas qu'il fleure délicieusement?

Allons, mignon, ne faites plus la moue; soufflez le feu, je vous conterai encore une histoire.

II.

Le lendemain matin, madame Putiphar fit appeler *La Madame* et M. le comte Phélypeaux de Saint-Florentin de la Vrillière ; et ils eurent ensemble une longue conférence où il fut décidé que lady Déborah seroit envoyée au fort Sainte-Marguerite.

En quittant Déborah, Pharaon, furieux de sa mésaventure, avoit fait les plus violents

reproches à *La Madame* sur la mauvaise
éducation de son élève.

— Sire, pardonnez-moi, répétoit-elle, en
lui embrassant les genoux, j'ai été trompée
comme vous. C'est une femme fausse ; elle
m'a jouée. C'est une hypocrite ! Sire, cela
n'arrivera plus. Oh ! la catin, elle me paiera
cela !...

Aussitôt après qu'il fut parti, elle vint
trouver Déborah, et quoiqu'elle fût étendue sur le parquet et sans connoissance,
elle l'accabla d'injures en la secouant brutalement comme pour l'éveiller. Sa tête,
abandonnée à son poids, heurtoit lourdement sur le plancher et jetoit le bruit sourd
d'un crâne humain qui se choque sur une
muraille.

Sur ces entrefaites, M. de Cervière accourut ayant encore sur le cœur l'insuccès et
la courte-honte de son siége. Il ajouta aux
invectives de *La Madame* des injures de corps-
de-garde, et relevant de terre Déborah, il la
força à coups de canne à se tenir debout
malgré sa défaillance. Puis, leur première

furie passée, ils lui ôtèrent ses beaux habits
et l'entraînèrent et l'enfermèrent dans un
caveau servant de prison, n'ayant de lumière
que la foible lueur qui pénétroit à travers
les toiles d'araignées du soupirail, et d'autre
couche qu'une litière de paille et de foin.

Il y avoit plusieurs jours que Déborah
languissoit en cette cave et sans avoir vu personne, et sans aucun espoir d'en sortir,—on
lui jetoit sa nourriture par un judas,—quand
un matin, de très-bonne heure, elle fut ré-
veillée en sursaut par un bruit de pas et de
voix. A travers les planches mal jointes de
la porte elle apperçut une lumière assez
vive qui projetoit des taches et des filets étin-
celants sur les murs noirs de son cachot.
Ces flammes phantasmagoriques grandis-
soient et rapetissoient et vacilloient de l'aire
à la voûte, et passoient sur elle et la zébroient
de lames de feu. L'effroi la saisit; elle se
ramassa sur elle-même, se cacha la face
dans la paille, et recommanda son âme à
Dieu comme si sa dernière heure étoit venue.
La porte s'ouvrit alors tout-à-coup, et M. de

Cervière, portant une lanterne, entra suivi de *La Madame* et de quelques valets, et lui dit brusquement, en la touchant du pied : Levez-vous, mylady, et suivez-moi.

Déborah, reconnoissant la voix du Kislar-Aga, fit un effort pour se mettre sur les genoux ; mais la force lui manqua, ses jambes s'étoient enroidies sur cette terre humide, et elle retomba pesamment.

Au commandement de M. de Cervière, deux domestiques l'enlevèrent et la portèrent dans un carrosse qui stationnoit à la porte extérieure du Sérail.

En entr'ouvrant les paupières Déborah vit deux hommes armés qui lui prirent les bras et les lui attachèrent sur le dos. Une bise glaçante souffloit ; à demi vêtue, Déborah grelottoit comme un agneau ; elle demanda des habits. On lui répondit : — vous vous chaufferez au soleil. — La portière se referma, le fouet claqua comme des baguenaudes, les chevaux agitèrent leurs sonnettes et partirent au galop.

Quand Déborah se vit au milieu de la

nuit, et jetée dans un carrosse, en la compagnie de deux hommes, à figure sinistre,
basse, ingrate et louche, faite exprès pour la
police ou pour le bagne, elle ressentit une
terreur profonde, et le froid de la peur se
glissa jusque dans ses entrailles.

Ne voulant point entrer en communica-
tion avec ses gardes, elle ne les questionna
point, et lors même qu'ils essayèrent de lui
adresser la parole elle feignit de ne point
comprendre, et ne leur répliqua qu'en irlandois. Toutes précautions furent inutiles ; ces
hommes, dont le cœur étoit aussi ignoble
que la figure et l'emploi, ne furent pas long-
temps seuls avec elle sans l'assaillir de mauvais propos et d'agaceries, qui peu à peu devinrent outrageux. Ils l'asseyoient de force
entre eux ; et là, comme Suzanne entre les
deux vieillards, la pauvre Déborah étoit contrainte de subir leurs dialogues infâmes,
leurs baisers et leurs attouchements.

Après une semaine et plus de tortures et
d'affronts, de froid, de faim et d'insomnie ;
après avoir traversé la France dans presque

toute sa longueur, enfin elle arriva à Antibes, ἀντίπολις, ἀντίβιος , la vieille colonie mar-
seilloise, assise à l'extrémité de la Provence, au pied des Alpes maritimes, sur le
beau rivage de la mer de Ligurie.

Le carrosse traversa la ville en grande
hâte, et se rendit sur le rivage. A la simple exhibition de leur mandat, le capitaine
du port mit à la disposition de nos deux
agents de police quelques rameurs et une
barque où Déborah fut contrainte de prendre place. Lorsqu'elle vit s'éloigner les rives
de Provence, une vive inquiétude la saisit :
elle ne pouvoit s'expliquer ce qu'enfin elle
alloit devenir. Comme il n'étoit pas présumable que dans une embarcation si frêle et
sans vivres, on pût faire un assez long trajet
pour l'exporter jusque dans une terre étrangère, il lui vint naturellement en l'esprit
qu'on alloit la noyer au large. Résignée, elle
attendoit le moment avec calme, mesurant
du regard l'étendue de son linceul; mais,
après avoir traversé le golfe de Juan et atteint le cap de Croisette, tout-à-coup sa des-

tinée s'expliqua : elle étoit face à face avec
une forteresse qui s'élançoit d'une corbeille
de verdure et se dessinoit carrément sur le
bleu de ciel. La barque voguoit droit ; elle
atteignit bientôt au pied de ce château-fort
une petite baie où se trouvoient mouillées
quelques barques de pêcheurs de corail.

Là, ils prirent terre. Le pont-levis se baissa, on introduisit les deux exempts auprès
du gouverneur, et aussitôt un guichetier
emmena Déborah dans un cachot qui attendoit sa proie, comme une gueule vide.

C'étoit un cabanon de pierre nue. Dans un
coin il y avoit un châlit, sur ce châlit il y
avoit un sac de paille et une couverture de
laine, couleur d'ocre, trouée comme un
crible. Dans un autre coin gisoient conster-
nées une table à jambes torses, et deux
chaises de bois semblables à une boîte à sel.
Percés et ruinés, ces meubles tomboient
du haut-mal, et pour peu qu'on les ébranlât
ils répandoient autour d'eux une poussière
jaunâtre, comme des étamines de maïs. Une
petite fenêtre placée très-haut, fermée par

un châssis et des barreaux de fer, éclairoit
foiblement cet affreux intérieur : Déborah
traîna la table tout auprès, et monta dessus
pour regarder d'où venoit ce jour.

La vue plongeoit au loin, elle étoit gran-
diose mais morne ; on ne voyoit que deux
ciels ou deux mers ; car le ciel est l'image
de la mer, car la mer est l'image du ciel.

III.

Lorsque le gouverneur vint le lendemain visiter Déborah, elle étoit accoudée sur sa table et pleuroit abondamment. Il la salua d'une façon gracieuse, et lui dit : Ne vous laissez point abattre par le chagrin, vous n'aurez point à souffrir en ce lieu.

— Si je pleure, répondit-elle, c'est sur mes maux passés, et non sur le présent ou

l'avenir; trop de douleurs m'ont rendue
insensible, je suis faite au malheur comme
on est fait à un climat, il n'a plus de pouvoir sur mon âme.

— Je suis venu, mylady, pour vous prier
de me faire connoître ce dont vous pouvez
avoir besoin. Demandez sans crainte, tout
le possible vous sera accordé.

— Monsieur, je n'ai besoin de rien.

— Mais, ma belle dame, vous manquez de
tout.

— Ah! c'est vrai, monsieur.

Il prit alors la liberté de s'asseoir, et lui
dit, après beaucoup de paroles de consolation :

— Ne vous effarouchez point, mylady, de
l'intérêt vif que je vous porte : j'aime tous
mes prisonniers. Veuillez ne point voir en
moi un geôlier, mais un bon châtelain
hospitalier. Quoique ce soit le Roi qui me
fasse ma famille, elle n'en a pas moins tous
mes sentiments paternels. Je tiens beaucoup,
mylady, à ce que vous ne refusiez pas mes
soins, et à ce que vous m'accordiez votre

confiance et votre affection, que je tâcherai
de mériter de toutes mes forces. En cette
île déserte, dans ce château, sans épouse et
sans enfants, je n'ai d'autres liens qui me
lient à l'existence que l'attachement des
infortunés confiés à ma garde. Tout mon
bonheur est là ; répandre la satisfaction
autour de moi. J'éprouve une joie profonde
à me voir aimé de gents qui devoient me
haïr. Ceci montre qu'il n'est pas de position
dans la vie qu'on ne puisse ennoblir et
sanctifier. Le Roi m'a fait argousin ; eh bien !
avec l'aide de Dieu j'ai revêtu le caractère le
plus beau : celui de patriarche. Quelquefois
dans mes instants d'orgueil je me dis, peut-
être suis-je un humble instrument de la
Providence, qui m'a placé ici pour réparer
un peu du mal qu'on fait là-bas.

Vous intéressez fortement mon cœur,
mylady, vous êtes jeune et belle.…. Ne vous
troublez point, je puis vous dire cela, moi,
pauvre vieillard qui descends au tombeau.
Vous êtes femme et infortunée, et par-dessus
tout pour moi vous êtes Irlandoise. J'ai

l'estime la plus haute, mylady, pour les gents
de votre nation. Autrefois je fus attaché à
la personne du comte de Thomond, aujour-
d'hui maréchal de France, chevalier de
l'ordre du Saint-Esprit et commandant en
Languedoc. Je ne puis songer à lui sans que
mes yeux ne se mouillent d'attendrissement
et d'admiration. Je suis tout chargé de ses
bienfaits ! Grâce à Dieu, qui vous envoie
auprès de moi, peut-être pourrai-je acquitter un peu envers vous la dette de soins,
d'égards, de générosité que j'ai contractée
envers lui. C'est un doux espoir dont je me
flatte, ne le détruisez pas.

Déborah le remercia avec beaucoup d'affabilité, et lui dit que jusques alors, ayant
eu fort peu à se louer des hommes, elle étoit
maîtresse de son affection entière ; qu'ainsi
il lui seroit facile de l'acquérir et grande et
sans partage.

— Si ce n'étoit pas trop exiger de vous,
mylady, je vous prierois de vouloir bien me
faire connoître la cause de votre incarcéra-
tion, qui n'est nullement motivée dans votre

lettre-de-cachet. Mais pour peu que cela vous attriste, ne le faites point.

— Comme je suis aussi jalouse de votre estime que de votre pitié, permettez-moi, monsieur, de reprendre les faits à leur origine. Il ne seroit pas bien que vous ne me connussiez qu'à demi. Je tiens à vous dévoiler mon passé tout entier, assurée que je suis que je ne vous en paroîtrai pas moins digne. L'amitié est plus délicate que l'amour, elle ne se donne pas à l'inconnu, elle n'est pas implicite. A la face de Dieu et par l'enfant que je porte en mon sein, je jure que la vérité seule va sortir de ma bouche. Croyez-moi, monsieur.

Et elle lui narra avec une grande simplicité toute sa vie.

Durant le récit, plusieurs fois ils s'arrêtèrent touts deux pour pleurer, et, en le terminant, Déborah perdit connoissance. Quand elle fut revenue de son trouble, M. le gouverneur lui prodigua toutes les consolations les plus vraies, et lui renouvela ses protestations de bienveillance. — Oubliez

que vous êtes prisonnière; lui disoit-il, ce
n'est pas moi qui vous en ferai ressouvenir.
Vous pouvez vivre ici dans le calme, le repos et l'aisance. Vous êtes libre ici, aussi
libre que les oiseaux du ciel qui suspendent
leurs nids à ces murailles. Ici bas, ne faut-
il pas que toujours nous soyons captifs en
quelque lieu? Ici ou ailleurs, qu'importe!..
L'aigle même n'a-t-il pas son aire? l'ours
n'a-t-il pas sa caverne? En France il y a dix
millions d'hommes libres qui naissent, vivent
et meurent sous le même toit. Ce ne sont pas
les lettres-de-cachet qui font le plus de prisonniers, ce sont les liens de famille, la
pauvreté, les travaux mercenaires, le ménage, la nonchalance, les préjugés.

Vous ne sauriez habiter, mylady, un plus
vaste et plus romantique manoir, une île
plus délicieuse, une mer plus belle sous un
ciel plus pur.

— Monsieur, j'admire les ressources de
votre esprit : il me semble que vous n'êtes
pas loin de prouver qu'il n'y a d'hommes libres que dans les cachots. Cela me rappelle

ce que Horace Walpole écrivoit à un de ses
amis, avec autant de finesse que vous, monsieur, et non moins d'exagération :

« Depuis long-temps j'ai pour opinion
que les externes de Bedlam sont si nom-
breux, que le plus court et le mieux seroit d'y enfermer le peu de gents encore
dans leur bon sens, qui par ce moyen seroient en sûreté, puis de donner carte blan-
che à touts les autres. »

Mais, dites-moi, si cela vous est possible,
pour combien de temps suis-je condamnée
à être libre en cette bastille ?

— Madame... à perpétuité.

— A perpétuité ?... Les hommes poussent
la cruauté jusqu'au ridicule ! ils condamnent l'avenir comme si l'avenir leur appar-
tenoit. A perpétuité !... comme si on ne
pouvoit s'étrangler avec sa chaîne ou se briser le front sur le pavé. A perpétuité !.. Pendant que le juge épèle ce mot, le patient
glissant sa main sur sa poitrine, peut s'enfoncer son couteau dans le cœur, et rendre
le dernier soupir avant le juge la dernière

syllabe. A perpétuité!... Il n'est donné qu'à
l'homme d'être sot et barbare tout à la fois,
tout ensemble!

M. le gouverneur essaya de calmer Déborah en lui donnant l'agréable espérance
qu'à la mort de la Putiphar, à coup sûr elle
recouvreroit la liberté.

— C'est-à-dire l'esclavage ; reprit-elle en
souriant. Vous vous êtes coupé, monsieur ;
la vérité trouve toujours moyen de sortir de
son puits, il est inutile d'y mettre un couvercle.

Et M. le gouverneur, lui ayant rendu sourire pour sourire, lui serra tendrement les
mains et se retira.

Peu d'instants après un porte-clefs vint lui
offrir de la part de M. le gouverneur une
corbeille de figues et d'oranges fraîches cueillies; puis ensuite il lui apporta un matelas
et du linge, un miroir, une écritoire com-
plète, quelques menus objets de toilette à
l'usage d'une femme, des parfums de Grasse
et quelques bonbonnières en bergamote.

Ainsi que Déborah, vous venez de faire connoissance avec le gouverneur de Sainte-Marguerite, et, comme elle, vous devez être touché de ses nobles et bonnes manières. j'aurai peu de chose à ajouter pour vous parfaire son portrait : le caractère des hommes sans duplicité apparoît de lui-même : Je ne vous prendrai point la main pour vous guider et vous faire descendre avec moi dans les replis tortueux de son cœur; nous ne nous égarerons point à la recherche de ses sentiments ténébreux.

Monsieur de Cogolin, tel étoit, je crois, le nom de cet officier du Roi, quoique alors âgé d'environ soixante-cinq ans, étoit encore pétulant et vigoureux. Sa perruque rousse sur sa mine verdâtre le rendoit bizarre au premier aspect. Deux grands yeux noirs, pleins de vivacité, animoient ses traits, gros et ronds et assez insignifiants. La gaieté et l'insouciance faisoient le fond de son humeur. Il avoit du bon esprit et de l'esprit de saillie; de la culture, beaucoup d'usage et de politesse, et, parfois, lorsqu'il s'ou-

blioit, un peu de cette brusquerie commune
à touts les Provençaux. Il étoit réellement
bon, et mettoit touts ses soins à alléger le sort
des malheureux confiés à sa garde. Jamais
il ne leur faisoit sentir son sceptre, dont il est
si facile à un gouverneur de faire une massue.
Autant que possible il éloignoit d'eux tout
ce qui pouvoit leur rappeler qu'ils étoient
captifs, et leur procuroit toutes les distractions que le lieu et sa fortune lui permet-
toient. Il leur donnoit des jeux, des jour-
naux et des livres; pour promenoir, son jardin et tout le Fort; et souvent il les emmenoit en pleine mer faire des parties de pê-
che jusque dans les eaux d'Asinara.

Aussi touts les prisonniers et touts les habitants du fort le chérissoient-ils sincèrement, et avoient-ils pour lui une révérence
et un attachement qui, aux yeux de personnes étrangères à ses bienfaits, auroient pu
sembler du fanatisme.

Dans sa jeunesse il avoit beaucoup aimé,
peut-être trop aimé les femmes, et c'étoit
dans leur commerce qu'il avoit contracté ses

formes amènes et ses manières exquises qui
le distinguoient. Son regard en avoit conservé une expression tendre; sa voix un accent flatteur et ses gestes quelque chose de
caressant. À l'amour avoit succédé en son
âme la vénération, et il rendoit aux dames
un vrai culte de dulie et d'hyperdulie. Cependant, et il en ressentoit un grand chagrin, depuis qu'il étoit gouverneur de
Sainte-Marguerite il étoit privé totalement
de leur compagnie. Il considéroit cette pri-
vation comme un châtiment de Dieu en
expiation des fautes qu'il avoit commises
envers elles. Mais, pour atténuer son affliction, il s'entouroit de tout ce qui pouvoit
lui donner de douces souvenances et flatter
son idolâtrie. Il faisoit ses lectures favorites
de Brantôme, de Bussy-Rabutin, de madame de Sévigné ;... sans parler de Voltaire,
son pain quotidien. Les murs de son appartement étoient couverts de portraits de
femmes antiques et modernes célèbres par
leurs talents ou leur beauté. Dans le milieu
de son salon, sur un piédouche de portor,

s'élevoit un buste en marbre de Ninon-
de-Lenclos, que touts les jours il couron-
noit d'une couronne de fleurs nouvelles et
cueillies de sa main. Mais, par la suite,
Déborah ayant emporté toutes ses affections
et troublé sa religion solitaire, Ninon fut
quelquefois oubliée, et porta quelquefois
durant plusieurs jours un chapel de roses
fanées.

V.

Peu de temps après sa première visite, M. de Cogolin offrit à Déborah, si elle étoit curieuse de connoître le séjour et le pays qu'elle habitoit, de faire une excursion dans l'île, et de l'accompagner pour lui servir de guide et d'explicateur, ou, comme on dit à Rome, de *cicerone*. Elle accepta volontiers.

Ils montèrent premièrement sur la plate-forme la plus élevée du donjon.

Après avoir long-temps promené ses regards, Déborah dit à M. de Cogolin : Maintenant, je connois les lieux qui m'environnent, me seroit-il possible de savoir où je suis?

— Mylady, ce n'est point un mystère; si j'avois pu penser que vous l'ignorassiez, je me serois empressé de vous dire que nous sommes ici dans l'île Sainte-Marguerite. Cette autre petite île, au Sud de celle-ci, dont elle n'est séparée que par un canal étroit, est Saint-Honorat, où, si cela peut vous plaire, je me ferai un plaisir de vous conduire. Ces deux islettes qui sont ici tout proche se nomment la Fornigue et la Grenille; toutes deux sont incultes et inhabitées.

Ils redescendirent ensuite dans l'intérieur de la forteresse, et le visitèrent minutieusement. Déborah ne put se défendre d'une forte émotion lorsqu'elle pénétra dans le cachot qui autrefois avoit été habité par le Masque de Fer.

La garnison de cette citadelle ne consistoit
en temps de paix qu'en quelques centaines
d'invalides. Les degrés des escaliers, les pa-
rapets, les terrasses et le rivage étoient semés
de ces vestiges humains étendus au soleil.

— Que font ici ces vieux braves? demanda
Déborah.

— Ils font, répondit M. le gouverneur,
ce que font touts les hommes, rien! et ils
attendent ce que nous attendons touts, la
mort!

Alors M. le gouverneur invita Déborah à
faire un tour dans son jardin, la seule partie
de l'île qui ne fût pas inculte; puis ils s'as-
sirent à l'ombre d'une yeuse, et, tout en
égrainant et mangeant une grenade, M. de
Cogolin causoit.

— Cette île se nommoit anciennement
Lerinus, et celle Saint-Honorat *Lerina*. D'où
leur venoient ces noms? Je ne le sais pas,
madame, et tiens à ne le pas savoir, parce
que j'ai à honneur d'être un savant, et que
n'en sachant rien, j'en sais autant que Stra-
bon, Pline, Bouche et Moréry.

Remarquez que par une bizarrerie de l'instabilité des choses humaines ces deux îles ont changé de sexe, Lerina est devenue Saint-Honorat, et Lerinus Sainte-Marguerite, vierge et martyre. Cette dernière a appartenu aux moines de l'autre jusques en 1611, que Claude de Lorraine, duc de Chevreuse, leur abbé, se la fit céder je ne sais plus pourquoi.

Autrefois le cardinal de Richelieu fit mettre en état de défense toutes les côtes de Provence, craignant une invasion des Espagnols. Ce qui ne les empêcha pas de se rendre maîtres de ces îles et de s'y fortifier autant que put leur permettre le séjour qu'ils y firent. Dans celle-ci, qui compte à peine en longueur deux tiers de lieue, et un quart de lieue de largeur, ils élevèrent cinq forts dont tout-à-l'heure nous pourrons voir les ruines. Dans celle de Saint-Honorat, ayant un quart de lieue de longueur sur quelque six cents pas de largeur, et qui étoit auparavant *le Paradis terrestre en gentillesse et rareté de fleurs, de vignes et de jardi-*

nages, comme jadis en sainteté, ils converti-
rent en forts et bastions les cinq chapelles
de la Trinité, de Saint-Cyprien et Justine, de Saint-Michel, de Saint-Sauveur et
de Saint-Capraise, répandues en divers en-
droits de l'île. Ils les remplirent de terre
par dedans, les terrassèrent par dehors, et
placèrent au-dessus de chacune deux pièces
d'artillerie.

Comme M. de Cogolin achevoit ses précis
historiques, auxquels Déborah avoit pris
peu d'intérêt, ils sortoient du jardin et lon-
geoient le rivage du côté du golphe de Juan,
où ils trouvèrent à peu près en décombre
le moindre des ouvrages élevés par les Espagnols, appelé le Fortin. Plus avant dans
les terres, ils rencontrèrent les ruines du
fort Monterey, où ils s'arrêtèrent quelques instants. Puis, à travers les bosquets de pins,
de phylarias, de bruyères, de garous, de
lentisques, de romarins et d'alaternes, et les
landes de thyms, de cistes, de stecas, de
petites bruyères et de lavandes, dont le sol
inculte étoit couvert, ils revinrent au cou-

chant visiter la tour du Baliguier et le fort
d'Aragon.

— Mais le cinquième et le plus considérable
des ouvrages des Espagnols, dit alors M. de
Cogolin, étoit le Fort-Réal, que les François
ont continué et perfectionné : c'est la citadelle que nous habitons. M. de Saint-Marc,
qui en fut gouverneur avant de l'être de la
Bastille, eut l'idée d'y faire construire des
prisons pour les criminels d'État, et il en
obtint l'autorisation. Ce sont les plus sûres
de la France.

— Jamais je n'aurois pensé que sous un
si beau ciel, reprit Déborah, il existât un
lieu aussi morne. Ne vous semble-t-il pas
que tout ce qu'il y a de douloureux au
monde s'y soit assemblé? Une terre plate,
abandonnée, stérile et sauvage; des plantes
de cimetière, couleur du sol qui les nour-
rit; des décombres et des ruines partout at-
testant la fureur sanguinaire des hommes,
et la loi désespérante du Temps ; une forteresse et des vieillards mutilés ; une bastille et des geôliers, des chaînes, des captifs,

des gémissements. N'est-ce pas, en vérité, l'île de la désolation?... Mais cette désolation me sourit, elle répond à celle de mon âme.

— Mylady, vous me faites frémir !

— Mon esprit se plaît ici....

—Un vallon amoureux vous conviendroit mieux, ma tourterelle.

— Oh! de la tourterelle les hommes ont fait un oiseau de nuit et de proie.

VI.

Près de l'ancien LOGIS-AUX-CHEVAUX, un
batelier les attendoit et leur fit passer le
Frioul: bras de mer d'un quart de lieue environ, séparant Sainte-Marguerite de Saint-
Honorat. Sur le rivage opposé, un Bénédictin, qui se promenoit solitairement,
s'approcha d'eux, et offrit galamment sa
main à Déborah, pour descendre de la bar-

que. M. de Cogolin l'ayant salué et lui ayant
dit qu'il venoit avec cette dame étrangère
pour visiter l'Abbaye, le saint homme demanda la permission de les accompagner. Il
les conduisit d'abord à la chapelle Sainte-
Capraise, située à la pointe occidentale; puis
à celles Saint-Sauveur, Saint-Michel, et
Saint-Cyprien et Justine, semées le long de
la rive Nord et se mirant dans le Frioul. Un
peu plus à l'Est ils rencontrèrent la chapelle de la Sainte-Trinité.

Déborah fut frappée de la différence si
tranchée entre deux îles aussi voisines, du
complet abandon de l'une et de l'état flo-
rissant de l'autre. Celle-ci était presque vivante et passante. Des pélerins allaient d'é-
glise en église faire leurs oraisons. Dans les
vignobles, les vergers, les champs, les prés,
les jardins, des moines et des journaliers travailloient. De grandes avenues d'arbres de
haute futaie sillonnoient le sol plat, dont des
bocages et des fourrés d'arbustes odorifé-
rants varioient l'uniformité. Des plantes et
des fleurs les plus rares et les plus exquises

diaproient la verdure et charmoient la vue.
Un air pur et embaumé caressoit l'odorat.
A chaque pas que faisoit Déborah et qui agitoit l'herbe, il s'élevoit des bouffées de parfums qui montoient comme d'une casso-
lette. Cette nature inconnue qui tout-à-
coup se révéloit à ses regards habitués à
la végétation septentrionale la remplissoit
d'étonnement et d'admiration. Elle alloit
d'arbre en arbre, d'herbe en herbe, s'arrêtant, contemplant, flairant, cueillant,
savourant, et comme un enfant demandant
le nom de chaque plante nouvelle.

— Ces arbrisseaux rampant sur le sol et
le long de ces murailles, sont des câpriers,
répondoit le Bénédictin, charmé d'avoir
une occasion d'étaler son savoir; les Provençaux l'appellent encore en grec *tapenos*,
de l'adjectif ταπεινος, qui veut dire bas,
humble ou rampant. — Voici le lentisque
et le térébinthe, qui touts deux laissent
fluer une résine, et sur lesquels on greffe
le pistachier, qui appartient au même
genre. — Ici, sur le bord de la mer, vous

voyez le myrthe, dont les côtes maritimes
de Saint-Tropez sont couvertes, et la belle
Barba-Jovis aux feuilles argentées. — Ceci,
c'est l'elæagnus, le chalef des Turks, que les
Provençaux nomment *saule muscat*. Ceci,
c'est le cassie de Saint-Domingue, aussi fri-
leux qu'odorant : les parfumeurs de Grasse
le recherchent beaucoup pour leurs essences. Voici l'agnus-castus, dont le nom est
un pléonasme, et que plus sottement encore on appelle vulgairement poivrier.
— Oh! pour cette plante bizarre qui vous
fait pousser des cris d'étonnement, c'est
l'aloès! *aloe folio in oblongum aculeum abeunte;*
sa fleuraison est très-curieuse, mais extrê-
mement rare; on assure qu'elle n'a lieu
que touts les cent ans, quoique, par un
phœnomène inexplicable, en très-peu de
temps sa tige s'élève jusqu'à trente pieds
et jette quelques rameaux terminés par
des bouquets de fleurs. Mais ce qu'il y
a de plus merveilleux, c'est la détonation
qui précède la naissance de sa tige, détonation tout-à-fait semblable à un violent

coup de tonnerre, ou une décharge d'artillerie.

A ces mots, M. de Cogolin partit d'un si
énorme éclat de rire, que mylady fit un sou-
bresaut, et crut un instant que c'étoit une
tige d'aloès qui tout-à-coup jaillissoit. —
Votre rire est impie, monsieur le gouverneur, reprit le cénobite; est-il quelque
chose d'impossible à Dieu ? N'est-ce pas une
pitié de voir l'impuissance humaine vouloir
circonscrire l'omnipotence du Créateur ?

Puis il continua avec le même calme sa nomenclature et ses dissertations. — Ceci, madame, c'est l'amelanchier, *mespilus folio rotundiore fructu nigro*, qu'il ne faut pas confondre
avec le *mespilus folio rotundiore fructu rubro*,
et le *mespilus folio oblongo serrato ;* celui-là,
c'est l'ilex *aculeata cocciglandifera*, espèce de
chêne vert sur lequel se cueille la graine de
kermès ou d'écarlate ; voici la camphrée,
excellent vulnéraire, et le carthame d'É-
gypte, d'où l'on extrait le fard végétal, dont
les femmes folles de leurs corps souillent
leurs visages faits à l'image de Dieu. Voici le

jasmin d'Arabie, le sumach, l'aligousier, le
bois-puant, le mahaleb et le micocoulier.
A genoux, madame, ne portez point la
main à cet arbuste sacré, c'est l'argalou,
en provençal *arnavéou*, et en latin *paliurus*.
Son port et ses fleurs le font ressembler au
jujubier, mais voyez, sa tige est hérissée de
deux sortes de piquants. Il croît en abondance aux environs de Jérusalem, et a
servi au temps de la Passion à faire la
sainte couronne d'épines que les Juifs en-
foncèrent dans le front de notre Sauveur. Enfin, voici l'azedarach, arbre de la
Syrie, dont on a conservé le nom arabe.
C'est lui qui produit ces graines grisâtres,
dures, lisses, coriaces, appelées larmes de
Job : elles servent à faire de jolis chapelets.
Voyez combien son feuillage est beau; ses
fleurs, disposées en bouquets, répandent
une odeur suave. Il est cultivé dans toutes
les contrées méridionales de l'univers. Les
Américains l'appellent l'orgueil de l'Inde.

En s'avançant vers la tour du monastère,
ils trouvèrent presque réunies en un groupe

la chapelle Notre-Dame, la grande église
Saint-Honorat et la chapelle Saint-Porcaire.

Le Bénédictin, laissant alors de côté sa
science botanique, dit à Déborah : — Il y
a ici, depuis l'Ascension jusqu'à la Pente-
côte, un concours immense de personnes
pieuses qui viennent visiter ces sept chapelles pour gagner les indulgences accordées par les Souverains Pontifes, de la même
manière qu'on les gagneroit à Rome en
visitant les sept églises basiliques.

Puis il l'emmena entre la chapelle Notre-
Dame et les ruines de la chapelle Saint-
Pierre, pour lui montrer un puits miracu-
leux creusé dans le roc, et dont l'eau très-
limpide est excellente à boire. Ce puits,
affirmoit-il, n'a jamais plus de trois seaux
d'eau, et quelque quantité qu'on en puise,
il n'en a jamais moins.

Là-dessus, M. le gouverneur sourit et
railla un peu notre moine : — Si votre mi-
racle est curieux, lui disoit-il, toutefois il
n'est pas unique, il a quelques degrés de pa-
renté avec les cinq sous éternels du juif errant.

Sans répondre à cette attaque, Dom Fiacre continua en lisant à haute voix et avec
emphase une très-ancienne inscription, gravée sur une table de marbre, et placée au
plus haut d'un mur voisin du puits.

Isacidûm ductor lymphas medicavit amaras,
Et virgâ fontes extudit è silice.
Aspice, ut hic rigido surgunt è marmore rivi,
Et falso dulcis gurgite vena fluit;
Pulsat Honoratus rupem laticesque redundant,
Et sudis ad virgæ Mosis adæquat opus.

Sans doute, madame ne sait pas le latin?...
Ces vers comparent Saint-Honorat à Moyse,
pour avoir fait sourdre de l'eau d'un rocher,
et rendu potables des eaux amères. *Lymphas medicavit amaras !*..... Saint Honorat
chassa aussi de cette île les bêtes venimeuses
qui la rendoient déserte....

— Chasser les bêtes venimeuses pour y
mettre des moines; pardieu! mon révérend,
s'écria M. Cogolin, c'est tomber de Nègre à
Maure, de fièvre en chaud-mal, ou de Ca-
rybde en Scylla.

— Et il y fonda notre abbaye, la première
de tout l'Occident. La réputation de sa
vertu se répandit bientôt, et attira tant de
solitaires des pays les plus éloignés, que l'île
devint bientôt aussi peuplée que les déserts
de la Thébaïde. Du temps de Saint-Amand,
abbé, on y comptoit plus de trois mille
solitaires.

Ce fut, madame, vers l'an 375, que saint
Honorat fonda cet illustre monastère.

— Je vous demande pardon, mon révérend, mais Baillet prouve clairement que
ce ne fut qu'en l'année 391; Tillemont,
que ce ne fut qu'en 401, et l'abbé Expilly
en 410. Mais, qu'importe! j'ai tant de foi,
mon révérend Dom, que je puis en ajouter
à ces quatre dates, et vous assurer qu'il m'en
restera encore assez pour l'usage que j'en
fais. Encore un mot : il me revient à l'instant que Bouche dit quelque part que
saint Honorat naquit en 425. Son sentiment seroit donc qu'il fonda votre monastère cinquante ans environ avant sa naissance : cette opinion me semble le plus rai-

sonnable, et je m'empresse de m'y ranger.

— Monsieur le gouverneur, je vois avec
un grand chagrin, lui dit alors Dom Fiacre
d'un air pénétré, que vous êtes rongé de la
lèpre philosophique. Vous avez bu votre
part de Voltaire; vous suez l'Encyclopédie.
Croyez-moi, retenez votre raison à deux
mains; l'esprit de la France est en orgie. Si
ce n'est point pour moi, que ce soit pour
madame, taisez-vous! que Dieu vous garde
d'être une école de scandale.

En sortant de l'église de la Sainte-Trinité,
ils se dirigèrent vers une haute et grosse
tour bâtie sur le rocher, dont les pierres
étoient taillées en pointe de diamant, et la
porte tournée vers le Nord.

— Mais, est-ce bien là votre abbaye? demanda Déborah à Dom Fiacre; en honneur,
je ne l'aurois jamais deviné; cette tour n'a
pas le moindre caractère abbatial.

—Ce n'est pas non plus le caractère qu'on
a voulu donner à cette merveille de la chré-
tienté. Elle fut commencée au dixième siè-
cle, pour servir tout à la fois de logement

et de rempart à ses religieux contre les Sarrasins et les corsaires, qui faisoient des courses le long du littoral. Ce fut sous le règne
de Raymond-Béranger Ier, comte de Provence, qu'elle fut bâtie; mais elle ne fut
amenée en perfection que par une bulle du
pape Honorius II, exhortant touts les chré-
tiens à venir demeurer trois mois dans l'île,
pour assister et défendre les moines de Lerins contre les attaques des infidèles, ou à
contribuer, par leurs aumônes, à la con-
struction de la tour, leur accordant les
mêmes indulgences plénières que ses pré-
décesseurs avoient accordées aux Croisés.
Cette bulle enjoignoit en outre à ceux qui
s'étoient emparés de quelques églises et de
quelques biens dépendant du monastère;
de ne pas différer de les rendre.

— Sans vouloir faire le philosophe, vous
me permettrez de vous dire, mon révérend
Dom, que la bulle qui renferme ces pri-
vilèges est fort suspecte, et ne peut pas être
d'Honorius II, à qui elle est attribuée, car
le pape qui est censé l'avoir donnée y parle

II.   4

d'Eugène son prédécesseur : et il n'y a point
de pape Honorius qui ait succédé à un Eugène. Secondement : Vous auriez dû dire à
madame que ceux à qui il étoit enjoint de
restituer les églises et les biens dérobés au
monastère n'étoient rien moins que des
évêques. Pendant que nos braves moines
s'amusoient à se faire une citadelle pour
garantir leurs biens du pillage des Sarrasins, les évêques les leur voloient.

Quant à l'injonction faite à touts les chré-
tiens de se rendre pendant trois mois dans
une île qui n'a pas une lieue de superficie,
vous conviendrez, mon Révérend, que c'étoit
mauvaise plaisanterie.

Tout en causant, ils avoient passé deux
portes, et monté quelques degrés au haut
desquels se trouvoit un pont-levis qui menoit
au portail de la tour. Là, il se présenta
un escalier étroit et obscur. Comme Déborah mettoit le pied sur la première
marche, un gémissement se fit entendre,
elle recula. Et voyant venir à elle un monstre énorme, qui descendoit en rampant, elle

s'enfuit épouvantée. Dom Fiacre, pour la rassurer, lui prit le bras et la ramena auprès de l'animal qui avoit causé son effroi.

— N'ayez pas peur, lui disoit-il, c'est un de mes bons amis, un veau-marin, qui depuis quelque temps vit avec nous dans le monastère, sans avoir peur des hommes, comme vous voyez, et sans leur faire aucun mal. Caressez-le, madame ; il est très-sensible aux flatteries. Nous l'avons pris ici, sur le bord de la mer. On en voit beaucoup, sur le rivage de ces îles, qui s'endorment au soleil.

Après avoir visité quelques cellules, un réfectoire immense, le logis de la garnison, une plate-forme munie de pièces de canon, et à l'extrémité du second dortoir la bibliothèque célèbre par le grand nombre de manuscrits et d'imprimés précieux qu'elle possédoit, ils entrèrent dans l'église de la tour, sous le vocable de sainte Croix, où reposoient les corps de plusieurs saints.

Dom Fiacre les conduisit premièrement devant la grande et magnifique châsse de saint Honorat, tout incrustée de pierries,

toute sculptée merveilleusement : ensuite,
il leur présenta trois fleurs-de-lys d'argent,
où se trouvoient enchâssés des ossements de
saint Pierre, de saint Paul, de saint Jacques
le majeur, de saint Jacques le mineur, et de
presque touts les apôtres ; une épine de la
couronne de Jésus, du bois de la vraie croix,
et plusieurs autres reliques insignes ; enfin,
une caisse dorée, qui contenoit les ossements
de cinq cents religieux tués par les Sarrasins, du temps de l'abbatiat de saint Por-
caire, et une autre caisse de trente religieux
martyrisés avec saint Aigulfe.

— Mon révérend, de peur de vous blesser encore, je ne me suis point permis de
vous interrompre, dit alors M. de Cogolin,
mais je vous prie maintenant de vouloir bien
me permettre quelques remarques. Vous
auriez dû ajouter, en parlant de saint Aigulfe, que son martyre et celui de ses compagnons n'est point l'ouvrage des Sarrasins, comme vous le donnez à penser à
madame. Ne calomniez pas ces pauvres
Sarrasins, on leur en a déjà assez mis sur

le dos. Vous auriez dû lui dire que les moines de Lerins ayant élu pour leur abbé Aigulfe, moine de Fleury, celui-ci voulut réformer les désordres qui régnoient dans le monastère, et proposer la règle de Saint-Benoît, dont il avoit apporté le corps en France; que le pieux abbé ne trouva pas un esprit docile dans ses religieux, qui se portèrent à des excès horribles contre lui, excès qui auroient révolté le plus farouche Sarrasin; qu'ils tournèrent leur fureur même contre le monastère, et le ravagèrent, à faire honte à des Vandales; qu'ils enlevèrent Aigulfe et quelques autres moines attachés à lui, qu'ils leur coupèrent la langue, qu'ils leur crevèrent les yeux, et qu'après les avoir laissés deux ans dans l'île de Capreria, ils les massacrèrent dans une autre île déserte, l'an 675.

Mon Révérend, vous ne pouvez nier le fait. D'ailleurs, il n'est pas unique, et ce *Paradisus terrestris*, ce *quies piorum*, ce *solamen dulce*, ce *sinus tranquillissimus*, comme vous l'appeliez tout-à-l'heure, avec Dom Vincent Barral, fut souvent un affreux repaire. —

Ce ne sont, mon Révérend, que de simples
remarques historiques, faites sans malice;
ne vous en fâchez pas, je vous en prie, et
n'en accusez surtout ni Voltaire, ni l'Encyclopédie, ni les pauvres Sarrasins!

—S'il est des gents, monsieur, assez aban-
donnés de Dieu pour faire le mal, il en est
d'autres qui n'ont d'autre œuvre que de le
mettre en évidence; qui voilent les parties
saines, et étalent les plaies; qui usent toute
leur vie et toute leur intelligence à la recherche de tout ce qui peut couvrir de honte
l'humanité, et à déterrer les pourritures
qu'ils devroient recouvrir d'une montagne.
Lequel des deux sera le plus coupable devant Dieu, de celui qui aura fait le mal dans
l'effervescence de la passion, ou de celui qui
se sera plu à le dévoiler, dans le plat sang-
froid d'une âme sans enthousiasme et d'un
cœur pervers? Je vous le laisse à juger. —
Je ne dis pas cela pour vous, monsieur le
gouverneur; vous êtes un homme bon, généreux, vertueux, que j'aime et j'honore;
vous n'êtes point dans la classe des premiers,

mais vous êtes sous l'influence des seconds ; et c'est ce dont je suis grandement affligé. N'est-il pas douloureux de voir que même les hommes les plus justes et les plus nobles n'ont pu se garantir de la contagion ; et que quelques vers seulement ont suffi pour vicier et corrompre la France, comme quelques vers suffisent pour détruire le plus beau fruit !

Après un moment de silence, se tournant vers Déborah, et lui montrant le maître-autel, Dom Fiacre reprit : Madame, là repose le corps de saint Vénant, frère de saint Honorat, celui de saint Vincent de Lerins, si célèbre par sa doctrine et par sa vertu.

Voici encore un très-beau reliquaire, contenant des restes de saint Patrice, apôtre de l'Irlande. Le désir de se perfectionner dans la vie religieuse qu'il avoit embrassée, le porta à se retirer dans le monastère de Lerins : il y demeura neuf ans.

Dom Fiacre ne put achever : Déborah, qui tout-à-coup avoit pâli et chancelé, s'é-

toit agenouillée lourdement et renversée sur
le pavé de l'église.

Son évanouissement fut long.

On la transporta sous une tonnelle du
jardin.

Lorsqu'elle rouvrit les paupières, M. le
gouverneur lui exprimoit sur les lèvres le
jus d'une orange, et le Bénédictin étoit à genoux devant elle, les bras étendus en croix.
Un sentiment de pudeur et d'embarras co-
lora ses joues, et lui fit jeter un cri timide
et porter ses doigts à son corset délacé. Mais
ses premières paroles furent des remercîments pour les soins qu'on lui prodiguoit.
— Ne vous alarmez pas, mes bons seigneurs,
ajouta-t-elle ; ce n'est qu'une violente émotion. La vue de ces reliques de saint Patrice
a réveillé tout à la fois dans mon âme des
souvenirs douloureux de patrie et d'amour,
qui m'ont brisée et suffoquée..... Je suis
Irlandoise, mon Révérend, et mon époux,
qui a été assassiné il y a quelques mois, se
nommoit Patrick.... O mon pauvre Patrick !... Tenez, mon père, le voici ! c'est

son portrait qui pend à cette chaîne. N'est-ce
pas, qu'il étoit beau ? Eh bien ! il étoit encore plus pur et plus juste. Les cruels me
l'ont tué sans me tuer !...

— Ma fille, adorez les décrets de Dieu ;
que savez-vous pourquoi il vous a ôté votre
époux à l'entrée de la vie ? que savez-vous
quel sort il vous garde ?... Vous connoissez les
maux qui vous ont atteinte, mais connoîssez-
vous ceux dont il vous a préservée, et dont
il vous préserve ?

— Maintenant, je me sens mieux, mon
Révérend, beaucoup mieux ; je puis me
lever et marcher : achevons notre péleri-
nage.

M. de Cogolin, soutenant Déborah, la
conduisit alors à la *calanque de Saint-Colom-
ban* : caverne au pied de laquelle la mer
bat continuellement. Elle étoit grosse à
cette heure, ils ne purent y pénétrer sans
se mouiller à mi-jambe. — C'est ici, dit gravement Dom Fiacre, le lieu sauvage où se
cachèrent saint Eleuthère et saint Colomban, lorsque les Sarrasins massacrèrent les

cinq cents religieux dont nous avons vu
tantôt les ossements. Mais ayant apperçu
les âmes de ces saints cénobites monter au
ciel, sous la forme d'étoiles brillantes, saint
Colomban sortit de cette spélonque, et
alla s'offrir à la hache des infidèles pour
s'associer au martyre de ses frères.

A ces mots, M. le gouverneur éclata de
rire, et comme un esprit fort, regardant
d'un air malicieux notre sérieux mysta-
gogue : — Ah! par la mort-Dieu! mon Révérend, s'écria-t-il, vous nous en baillez de
bonnes!... Oh! pour cette bourde-là, elle
ne passera pas. — Vraiment, si surtout ce
massacre s'est fait pendant la nuit, jamais
girande et bouquet de feu d'artifice n'ont
produit un plus beau spectacle que ces cinq
cents et une âmes montant au ciel, comme
des fusées volantes, en manière d'étoiles
de feu. J'avoue que je serois curieux de voir
un pareil feu d'artifice d'âmes, et surtout
de savoir si pour les faire monter ainsi elles
ont besoin d'une baguette d'osier comme les
pétards?

En sortant de la *calanque*, profanée par les dérisions de M. le gouverneur, à la pointe Sud-Est de l'île, ils montèrent dans une nacelle, pour passer le pas étroit qui sépare Saint-Honorat d'un îlot, nommé Saint-Féréol. Lorsque sous l'abbatiat de saint Amand, où l'on comptoit plus de *trois mille solitaires*, ne pouvant touts se loger dans Lerina, une partie de ces saints personnages allèrent habiter Lerinus, Sainte-Marguerite, qui compte entre ces plus célèbres anachorètes saint Eucher de Lyon, il s'en établit aussi dans les autres petites îles d'alentour, à la Fornigue, à la Grenille, et dans celle-ci, qui doit son nom à Saint-Féréol, dont on voit encore la cellule, qui contient à peine un homme.

Après avoir fait une assez longue station sur ce rocher sauvage, semblant de loin une feuille morte flottante, et d'où le regard, effleurant la surface de la mer, fuit sur son étendue, avec la vitesse d'un lutin, jusque dans le golphe de Gènes, ils regagnèrent le Frioul et la barque qui les avoit amenés.

Déborah adressa d'aimables remercîments
à Dom Fiacre, puis elle se mit à genoux, et
lui demanda sa bénédiction.

— Soyez bénie, lui dit-il, au nom de Celui qui est le refuge des affligés ; soyez bénie
à la face des trois immensités, foible image
de l'immensité de Dieu, la terre, l'océan et
le ciel. Ma fille, ne vous laissez point maîtri-
ser par la désolation ; le désespoir ne doit
point souiller une âme chrétienne ; le désespoir est un grand blasphème contre
Dieu. — Priez, il ne vous abandonnera pas.
— Qu'est-ce pour le Tout-Puissant qu'une
chaîne et qu'un verrouil ?... Celui qui tira
Daniel de la fosse aux lions saura bien tirer
sa servante, — *ancilla sua*, — de la fosse
aux hommes.

VII.

Deux ou trois fois par semaine M. le gouverneur réunissoit dans son salon touts les
prisonniers, et leur donnoit des espèces de
soirées, où l'on causoit et jouoit à la bassette
et à l'hombre. Déborah s'y montroit rarement; elle n'y paroissoit que lorsqu'elle n'étoit
point en disposition de tristesse. Le vrai chagrin ne veut point de distraction : il se ren-

ferme, il demeure face à face avec lui-même,
et s'y complaît, comme une femme devant
le miroir qui répète son image; tout autre
que lui-même est laid, grimaçant et repous-
sant. Le chagrin, a-t-on dit, est pareil à ces
verres d'optique qui, par un jeu étrange,
bouleversent, rabougrissent ou prolongent
les plus belles formes, et font une figure
grotesque d'une admirable statue. Mais
peut-être, au contraire, n'est-ce qu'un verre
éclaircissant, qui nous découvre tel que tel
ce que l'éducation, les préventions, les illusions, le trouble des passions et l'orgueil
nous présentent sous un jour faux. — Le
chagrin pourroit être comparé à la balance
de la Justice, si la balance de la Justice pesoit juste.

La forteresse ne recéloit alors que huit ou
dix prisonniers. Parmi eux se trouvoient
deux vieillards en pleine santé et en pleine
raison, que leurs enfants, puissants en Cour,
avoient fait interdire et enfermer comme
aliénés, pour s'emparer et jouir de leurs
biens par avancement d'hoirie.

Quoiqu'il manquât peu de chose au bien-être matériel de Déborah, elle étoit plus sombre et plus abattue que jamais. Elle étoit poursuivie de désirs étranges, elle aspiroit à un état autre et lointain ; et comme elle étoit captive, elle se disoit : — C'est la liberté qui me manque. Mais ce besoin vague, l'homme le porte avec lui en tout temps et en touts lieux : libre ou captif, en deuil ou en joie, son âme est toujours troublée pas ses élancements, vers un infini et un inconnu inexplicables. Est-ce l'oscillation de la flamme qui brûle en notre lampe d'argile, et qui s'essaye à remonter au foyer d'où elle a été distraite ? Est-ce l'arrière-souvenance d'une vie meilleure et passée, ou le pressentiment d'une vie meilleure et future ?... Celui qui le premier compara la vie à un voyage et l'homme à un pélerin, jeta une de ces grandes lueurs qui rarement s'échappent du génie humain, et qui, comme la foudre, étalent une nappe de lumière dans les ténèbres. L'homme en effet n'est-il pas comme le voyageur qui aspire toujours ? mais à quoi aspire-t-il?... Pour certain, ce n'est pas au néant de la tombe.

La solitude dans laquelle vivoit Déborah exaltoit sa sensibilité, et dégageoit en elle ces vapeurs noires qui assaillent les femmes durant leurs gestations. La mémoire de ses maux soufferts ne désemparoit pas de son esprit, et son cœur étoit plein de remords et de regrets. Elle s'accusoit du trépas de sa mère et du trépas de Patrick. Il lui sembloit que leurs ombres erroient sans repos autour d'elle et la frôloient. Dans le grincement du verrouil de sa porte agitée, dans le bruit du vent, dans les pulsations des psoques et des psylles, qui frappent et percent les vieux meubles de leur tarière, elle croyoit entendre leurs pas ou des plaintes et des gémissements. M. de Cogolin venoit bien de temps à autre passer quelques loisirs auprès d'elle, mais sa conversation étoit si frivole, que Déborah y goûtoit peu de charmes et y puisoit peu de force. Dom Fiacre la visitoit aussi assez fréquemment; mais comme il la travailloit sans miséricorde de dogmes et

de doctrines, il étoit plutôt importun qu'a-
gréable, et jouoit plutôt le rôle d'un persé-
cuteur que d'un saint paraclet. Pour les autres prisonniers, elle les fuyoit le plus possible. La vue de beaucoup de ces victimes,
qui, comme elle, jeunes avoient passé la
porte de cette forteresse, et dont les cheveux avoient blanchi sous ses voûtes, l'at-
tristoit profondément, lui présageoit sa
destinée; destinée contre laquelle tout ce
que son âme avoit de puissance se roidissoit.
Elle soutenoit rarement une conversation,
ses réponses étoient brèves, et quelquefois
même insensées. Son plaisir le plus vif étoit
de se promener dans le jardin du gouverneur, de s'y promener seule, et dans la partie la plus sombre.

Il y avoit quatre mois que Déborah avoit
été transférée à Sainte-Marguerite, quand
elle accoucha d'un enfant mâle. Sa joie fut
grande, et elle le nomma *Vengeance.* Ce nom
fit trembler M. de Cogolin; et Dom Fiacre
employa tout ce que ses moyens oratoires
purent lui suggérer de persuasif pour faire

substituer à ce nom impie le nom patronal
d'un saint apôtre. Mais Déborah demeura
inflexible.

La naissance de ce fils lui rendit toute son
énergie et tout son courage. Dans les soins
et les sollicitudes maternels elle trouvoit
l'oubli de ses malheurs. C'étoit pour elle
une grande consolation que d'être mère, et
de voir revivre Patrick, dont cet enfant étoit
déjà l'image; d'être tutrice d'une créature
encore plus foible qu'elle-même; d'avoir une
existence dépendante de la sienne, d'avoir
une éducation à faire. Son avenir, qui lui ap-
paroissoit vide, sombre et sans but, venoit
tout-à-coup de se remplir. Elle avoit une
tâche longue et douce, des travaux, des devoirs, une compagnie, toutes ses affections
prises, toute sa vie occupée. Il lui sembloit
qu'il pourroit être encore pour elle quelques félicités vraies, en se livrant au culte
d'un souvenir vivant, mais pour cela il falloit s'arracher du cachot où elle étoit condamnée à languir et à mourir, il falloit qu'elle
recouvrît sa liberté. Depuis long-temps c'é-

toit là ce qui la préoccupoit. L'heure de
l'exécution lui paroissant enfin venue, elle
écrivit cette lettre à son tuteur, Sir John
Chatsworth, avocat à Dublin :

« Mon cher et honorable ami,

» J'ai besoin de vous, vous êtes mon seul
» refuge, ne me manquez pas, tout me man-
» queroit. Souvenez-vous avec plaisir de cette
» pauvre Debby, votre fille, comme vous l'ap-
» peliez et comme vous l'aimiez, dont les pe-
» tits bras s'enlacèrent tant de fois à votre
» col, et que vous berçâtes tant de fois dans
» votre grande robe noire. Vous m'avez con-
» nue au berceau, vous m'avez chérie dès mon
» enfance; chérissez-moi toujours, chérissez-
» moi au moins encore une fois, je vous en prie
» au nom de ma malheureuse mère, je vous en
» prie au nom de son père, mon ayeul, qui
» vous portoit tant d'amitié. Il m'a placée
» sous votre protection, il m'a faite votre pu-
» pille, il vous a confié ma défense et mes

» biens, sauvez-moi, vous êtes maître de ma
» fortune et de ma vie.

» Lorsque je quittai l'Irlande, il y a dix
» mois environ, je vous adressai un mé-
» moire de tout ce qui venoit de se passer dans
» ma famille, et des motifs qui me forçoient
» à m'expatrier; ce mémoire étoit triste, ce
» mémoire étoit déchirant, votre cœur bon
» en a été très-affecté sans doute; je vous
» demande pardon du chagrin que je vous
» ai fait. Je croyois que l'exil alloit mettre
» fin à mes souffrances, et me donner le bon-
» heur dont mon âme étoit avide, parce
» qu'elle avoit avec qui le partager. Je
» croyois trouver en France liberté et hospi-
» talité!... Hélas! jamais déception fut-elle
» plus grande que la mienne! Que n'allai-je
« plutôt me jeter dans le désert de Barca!...
» Vous trouverez ci-inclus un nouveau mé-
» moire, exact et vrai, de tout ce qui m'est
» advenu depuis ma fuite sur le Continent.
» Le premier étoit déchirant, celui-ci est
» affreux! Si votre cœur répugne aux ta-
» bleaux sombres, si l'injustice vous fait

» mal, prenez-le, lacérez-le, jetez-le au
» feu.... Alors qu'il vous suffise de savoir
» qu'aujourd'hui je suis emprisonnée dans
» une bastille d'État, d'où je ne dois plus
» sortir que sur l'épaule d'un fossoyeur. Mais
» avec votre secours et votre aide, cela ne
» sera pas. J'ai longuement mûri des pro-
» jets d'évasion, voici le plus sûr et le plus
» simple, auquel je m'arrête. Il coûtera sans
» doute des sommes considérables ; allez,
» que ceci ne vous ralentisse point, Dieu
» merci, j'ai assez de richesses, et depuis trois
» jours je suis majeure.

*(Ici se trouvoit un plan de fuite très-hardi et par-
faitement circonstancié.)*

» Quoique toutes ces recommandations
» puissent vous sembler des minuties, qu'au-
» cune ne soit négligée, le sort de l'entre-
» prise en dépend.
» Je prends à ma charge tous les frais
» d'armement, d'équipage et de voyage. Si
» vous trouvez un sujet convenable, qui vous

» demande plus de vingt mille livres, don-
» nez plus, n'hésitez pas. Je suis prête, s'il
» étoit nécessaire, à faire le sacrifice entier
» de mes biens, pour me tirer du lieu où je
» suis. Pour payer une vie, même la vie la
» plus infortunée, il n'y a pas de rançon
» trop chère.

     » Tout cela va vous donner beaucoup
» d'ennui et de peine, mon bon tuteur, mais
» croyez bien que j'apprécie l'immensité du
» service que vous allez me rendre, service
» au-delà de toute reconnoissance. J'en con-
» serverai à tout jamais une inaltérable gra-
» titude, qui, jointe à l'affection dont mon
» cœur est possédé, fera de vous l'homme
» le plus aimé, comme vous êtes le plus digne
» de l'être. »

Quand Déborah eut achevé cette lettre,
elle courut la porter à M. de Cogolin, que
déjà très-adroitement elle avoit entretenu
de son projet d'écrire à son tuteur, pour lui
demander compte des biens que lui avoit
légués son grand-père : projet qu'il avoit

approuvé et encouragé de tout son cœur. Et
elle la lui présenta tout ouverte, en le priant
de vouloir bien en prendre connoissance,
certaine à l'avance de son refus, par galan-
terie, par délicatesse, et surtout parce qu'il
savoit à peine quelques mots d'anglois.

— Cachetez votre lettre, ma belle amie,
je vous rends confiance pour confiance, lui
dit-il, en lui prenant et lui baisant les mains,
cachetez-la et remettez-la moi de suite,
quelqu'un de mes gents va partir tout-à-
l'heure pour Antibes, je l'en chargerai.

Déborah le remercia poliment, mais avec
une extrême réserve, crainte de trahir tout
ce qu'elle éprouvoit de joie de ce premier
succès.

LIVRE CINQUIÈME.

Where is my lord? Where is my Romeo?

SHAKSPEARE.

VIII.

— Hola! sentinelle, veillez-vous?

— Qui vive?

— Ordre du Roi. Faites baisser le pont.

Il se fit un long silence. Onze heures de la nuit sonnèrent au château. L'obscurité étoit profonde.

— Qui vive? s'écria de nouveau une voix dans l'éloignement.

— Ordre du Roi! Jean Buot!

— Ah! c'est vous, monsieur Buot! votre serviteur très-humble. Vous nous amenez sans doute du gibier? toutes nos cages à poulets sont pleines, à quel croc voulez-vous que nous le logions?

Les chaînes du grand pont-levis grincèrent, il s'abaissa lourdement et un carrosse s'avança : deux hommes en descendirent, l'un avoit une épée au côté, l'autre des fers et des boulons aux pieds et aux mains; et ces deux hommes en suivirent deux autres, le sergent de garde et le concierge du donjon. Arrivés à une enceinte de muraille d'une hauteur excessive, percée d'une seule entrée, défendue par deux sentinelles, trois portes énormes, scellées de distance en distance dans l'épaisseur d'un mur ayant plus de seize pieds, s'ouvrirent et se refermèrent sur eux. Une lampe de fer, vraiment sépulcrale, éclairoit de sa lueur mourante leurs pas, qui retentissoient sous les voûtes et se mêloient aux cris des verrouils et des grilles, pivotant sur leurs monstrueuses crapaudi-

nes. Partout où l'œil perçoit il ne rencon-
troit, à travers les ténèbres, qu'un effroyable
spectacle de serrures, de verrouils, d'écrous,
de cadenas et de barres de fer.

Après avoir passé par un escalier à noyau,
tortueux, étroit, escarpé, allongeant le chemin, multipliant les détours, de toise en
toise obstrué de portes rigoureusement
closes, au premier étage un guichet, semblant une muraille qui va et vient, s'ouvrit,
et ils pénétrèrent dans une vaste chambre,
voûtée en ogive, avec un seul pilier au centre.

Le jeune homme chargé de chaînes, soulevant alors sa tête inclinée en victime, lut
au-dessus de la porte cette inscription : CAR-
CER TORMENTORUM, *Salle de la Question ;* et apperçut les parois des murs et le berceau des
voûtes couverts d'instruments de torture,
étranges et inconnus. Tout au pourtour se
trouvoient des stalles de pierre, environnées
d'anneaux scellés dans des blocs, servant à
assujétir, au moment des épreuves, les membres des malheureux placés sur ces sièges de
douleur. Çà et là se voyoient aussi quelques

lits de charpente, où l'on enchaînoit le patient, lorsqu'anéanti par le surcroît de la souffrance et près d'expirer, on lui donnoit un
peu de relâche pour le rendre à la sensibilité, afin de lui faire subir de nouveaux supplices.

Le lieutenant du Roi au Donjon ne tarda
pas à paroître. M. Jean Buot lui ayant remis les ordres et la lettre-de-cachet du
ministre Phélypeaux de Saint-Florentin de
la Vrillière, il considéra un instant son nouvel hôte, et, selon l'usage, ordonna aux guichetiers de le fouiller. Pour qu'ils le fissent
avec plus de zèle, il commença lui-même par
leur en donner le bon exemple. Ayant re-
troussé les parements de ses manches, il introduisit ses mains dans les goussets et dans
toutes les poches; et, comme un chirurgien
qui veut sonder une hernie, il promenoit
ses doigts jusque dans les lieux les plus secrets. — Honte et dégoût!... Le prisonnier
fit un mouvement d'indignation, et détourna la tête et cracha sur la muraille. On
lui enleva son argent, sa montre, ses bijoux,

ses dentelles, son portefeuille.... On lui dé-
tacha ses fers : ses bras et ses jambes étoient
écorchés par leur frottement et bleuis par
la compression qui, arrêtant la circulation
de la sève, avoit fait lever tout au tour des
bourrelets comme à un cep étranglé par des
liens. Quand notre infortuné fut débarrassé
de ses entraves, M. Jean Buot s'écria avec
une emphase vraiment risible : Messieurs,
cet homme est un forcené redoutable, tenez-
vous sur vos gardes; et vous, commandant,
tirez s'il vous plaît votre épée hors du fourreau. —A cette exhortation, le prisonnier ne
fit que sourire, mais d'un sourire amer.

Enfin on le dépouilla de ses vêtements, et
on le recouvrit de haillons, sans doute imbi-
bés des pleurs et des sueurs d'agonie de
quelque infortuné mort à la chaîne.

De grosses larmes tomboient des yeux de
ce pauvre jeune homme, ses jambes fléchissoient; il se renversa sur un des sièges
de torture. Profitant de son évanouissement, deux porte-clefs le traînèrent hors
de cette salle; et, redescendant l'escalier

tortueux, et traversant au-dessous un repaire à peu près semblable, paroissant servir de cuisine, ils le firent passer dans un
affreux cachot, à rez-de-chaussée, où on l'é-
tendit sur un peu de litière, après l'avoir
enchaîné à la muraille. Puis comme s'il eût
été en état de l'entendre, M. le lieutenant
du Roi lui fit alors l'injonction brève et hautaine de ne pas se permettre le plus léger
bruit, car c'est ici, lui dit-il, *la maison du si-*
lence.

En effet, c'étoit la maison du silence, mais
c'étoit aussi celle de la faim et de la mort.

Peu de temps après, il commença à reprendre possession de ses esprits; mais à mesure qu'il recouvroit le sentiment ses larmes
redoubloient. Pour tâcher de découvrir en
quels lieux il pouvoit être, il se dressa sur
son séant, palpant de ses doigts à l'entour
de lui, et cherchant à déchiffrer quelques
formes dans l'obscurité. —Tout-à-coup, il
lui semble entendre un bruit de respiration
pénible, il écoute : — le même bruit se
prolonge. — Plus de doute, c'est un souf-

fle!... Mais est-ce le souffle d'un être humain ou d'une bête fauve? — L'effroi le
saisit, il se penche, il écoute encore.... Cette
fois, son oreille distingue un froissement
léger et un craquement de membres étirés
qui se disloquent.

— L'obscurité est si épaisse que j'échappe
à mes propres regards. Quelqu'un autre
n'est-il pas en ce lieu? dit-il alors, presque à voix basse.

Pas de réponse. Seulement un objet se
mut, et un long soupir s'exhala.

— Soyez sans crainte, vous qui pouvez
être près de moi! je ne suis qu'un misérable
prisonnier. Au nom de Dieu! ayez la pitié
de me répondre!

— Qui donc a parlé ici? est-ce vous, guichetier?... Qui donc, à cette heure, vient
troubler la paix de mon cachot?

— *Spiorad-naom!* Mais cette voix ne m'est
pas inconnue!...

— Suis-je donc éveillé, ou suis-je en rêve!... murmura sourdement la même voix,
un accent familier a frappé mon oreille!...

— *Dia-an-mac !* Quelle vision funèbre
passe et repasse devant moi, et abuse mon
âme? Je suis fou ! Ce n'est pas lui...., il est
mort.... Qui sait si l'on demeure en la
tombe ?... Patrick, Patrick, mon frère, seroit-ce toi ! Est-ce toi, Mac-Phadruig?...

— Fitz-Harris !... Ah !... malheureux, toi
aussi dans cet abyme !

— Patrick, Patrick, mon frère, ah ! je te
retrouve !.... Bonheur affreux !...., Si tu le
peux, viens que je me jette dans tes bras, pour
que je sente, pressé sur mon cœur, que tu
n'es point un fantôme ! car mon esprit troublé ne peut croire à toi ; car tout ceci ne lui
paroît qu'une illusion de fièvre.

Et s'élançant dans les ténèbres, de toute
la longueur de leurs chaînes, ils se heurtè-
rent poitrine contre poitrine, et tombèrent
à genoux, les bras entrelacés.

Dans cette étreinte de serpent, ils se couvroient de baisers et de larmes.

Enfin Fitz-Harris s'écria : — Patrick, j'ai
tant pleuré sur ta mort !... Je te retrouve...
Et il faut encore que je pleure sur toi !...

— Mon frère, reprit Patrick, puisque touts deux nous sommes destinés à la souffrance, béni soit le Ciel, qui nous fait un sort jumeau, et nous lie au même malheur comme deux esclaves à la même chiourme! — Frère, c'est une joie de se retrouver, même sous la hache du bourreau.

Et ils s'embrassèrent de nouveau, et ils pleurèrent, et il se fit un long silence.

— Mais Harris, tu ne me dis rien de Déborah, ne l'aurois-tu point vue depuis ma disparition? Ne sais-tu point ce qu'elle est devenue? Va, parle, ne crains pas d'accroître mon affliction; j'ai tout le pressentiment de son infortune, assurément affreuse comme la nôtre! Pauvre enfant!...

Avant d'abandonner la France, je voulois, mon frère, te dire un long adieu, et te demander une dernière fois le pardon et l'oubli de tout le mal que si lâchement je t'avois fait; dans ce dessein je me rendis à l'hôtel Saint-Papoul; mais Déborah vint m'ouvrir, seule, éperdue, échevelée, et, m'accusant de choses dont la pensée me fait frémir, elle me dit

que tu avois été tué, et que j'en étois de ta
mort !—Quand elle fut revenue de cette idée
atroce, je lui offris, pour réparer mes torts
envers toi, de me donner à elle en expiation ;
mais elle me repoussa, et appela sur ma tête
l'abomination. Oh ! cette malédiction tomba
sur moi comme un manteau de plomb. Elle
me suit partout comme une louve ; elle me
mord, elle me ronge, elle surnage au-dessus
de toutes mes pensées et les empoisonne. —
Je la quittai, enfin ; je partis, et depuis je
ne l'ai plus revue.

—Je te tiens compte, Fitz–Harris, de cette
démarche qui montre l'excellence de ton
cœur, dont je n'ai jamais douté. Je te remercie de tes bons offices offerts à Déborah ; je suis désolé qu'elle se soit montrée si
dure envers toi. Je sais qu'elle a peu de penchant à l'oubli des injures, qu'elle garde
rancœur.... Mais aussi n'étoit-elle pas dans
un moment terrible? On pardonne pénible-
ment quand les blessures sont ouvertes,
quand le fer est dans la plaie. Ne t'afflige pas
de sa malédiction : la malédiction lancée

dans la colère n'a point de fruits. Si jamais
il nous est donné de rentrer dans la vie, ou
de revoir Déborah, sois tranquille, je la ferai revenir à des sentiments meilleurs.
Quant aux miens pour toi, ils ne sont pas
altérés, veuille le croire. Jetons dans l'oubli
pour toujours ce qu'il y a eu de mauvais
entre nous ; ressouvenons-nous seulement
des jours où nous nous sommes aimés, et que
nous sommes compagnons d'enfance, de
jeunesse, d'infortune et de patrie. — Frère,
conservons bien notre amitié, nous en aurons besoin.

— Frère, l'amitié ne peut plus exister entre nous ; la mienne n'honore pas, et je suis
indigne de la tienne : je n'aspire qu'à rega-
gner ton estime, et je ne te demande que
pardon et pitié.

Et ils s'embrassèrent encore, et ils pleurèrent, et il se fit encore un long silence.

— Patrick, où sommes-nous ici ? car le
ciel étoit si noir que je n'ai pu reconnoître
où j'entrois.

— Nous sommes au donjon du château de
Vincennes.

— Et quel est donc ce bruit sourd et régulier?

— Silence. C'est la ronde qui passe sous
les fenêtres. Elle rôde ainsi toutes les demi-
heures, et le matin et le soir elle fait le tour
des fossés.

Mais, Patrick, apprends-moi donc, car je
l'ignore encore, quelle circonstance a pu
faire croire que tu as été assassiné?

— Le jour même où je fus expulsé de la
compagnie, ayant pris la résolution de quitter
la France, pour des raisons que tu n'ignores
pas, et pour d'autres que je te ferai connoître plus tard, comme, sur le soir, je sortois
pour aller aux Messageries, je fus assailli
au nom du Roi par quatre hommes armés.
Je fais un bond en arrière pour saisir mon
épée, déterminé à ne point me rendre : je
crie à l'assassin, et j'en frappe plusieurs. Une
croisée s'ouvre, et Déborah, reconnoissant
ma voix, m'appelle et me crie : Courage !
frappe, frappe! je vole à toi, à ton secours!...

Mais en ce moment un des quatre sbires
me tourne et me plonge par derrière un
fer dans le flanc; je tombe, ils me relèvent
aussitôt, et me jettent avec eux dans un
carrosse qui attendoit à quelques pas.... Et
voici quatorze jours que je suis dans ce cachot. J'ai voulu écrire à Déborah pour l'informer de mon sort, mais on m'a refusé impitoyablement du papier et de l'encre, mais
on m'a tout refusé hors un peu de pain et
d'eau.

Mais toi-même, Fitz-Harris, explique-moi,
par quelle fatalité es-tu venu me rejoindre
à ce donjon?

—Il y avoit trois jours que j'avois quitté
Paris, j'étois à Calais, et j'attendois à l'au-
berge le départ d'un paquebot, tout-à-coup
un petit homme fleuri comme un amour entra dans ma chambre et me demanda M. Fitz-
Harris. Ayant l'esprit occupé d'une idée plaisante, et n'augurant rien de bon de cette
visite, je lui rendis interrogation pour interrogation, et lui dis : —Est-ce à lui-même que
vous désirez parler? — Oui, monsieur. —

Alors, adressez-vous à lui-même. — C'est
aussi ce que je fais, monsieur, me répondit-il. — Je suis Jean Buot.... — Monsieur,
vous m'en voyez charmé. — Je suis agent de
police. — Monsieur, recevez-en mes félicita-
tions. — Au nom du Roi, de la Loi et de la
Justice, M. Fitz-Harris, je vous arrête. — Dites plutôt au nom de celle qui couche avec
le Roi, la Loi et la Justice.... Et comme il
s'approchoit pour m'empoigner, je l'enlevai
de terre et le portai dans un coffre vide
que j'avois remarqué dans un coin. A l'instant où je baissois le couvercle, il donna un
coup de sifflet; trois hommes de sa suite se
précipitèrent dans la chambre, délivrèrent
leur capitaine et me garrottèrent pour me
conduire à la prison. Ils me firent traverser
la ville à pied; durant tout le trajet, j'es-
suyai les huées et les insultes de la foule.
C'est une joie pour les hommes que de voir
succomber leurs semblables. Quelquefois, à
défaut d'autres choses, ils font bien des ova-
tions et des triomphes, mais ce qu'ils pré-
fèrent à tout, c'est de voir mener pendre.

Je demeurai huit jours dans cette prison où m'avoit déposé mon exempt. Le geôlier me souffla en confidence, que M. Jean Buot avoit fait une conquête en rôdant par la ville, et qu'il m'oublioit ainsi que l'honneur auprès d'elle dans un surcroît de volupté. Enfin, échappé des bras de son Agnès Sorel, M. Jean Buot reparut, me mit des fers aux pieds et aux mains, et je montai en carrosse. Se rappelant l'aventure du coffre, ne se trouvant point en sûreté auprès de moi, il me passa une chaîne sous les genoux et autour du col, qui me tenoit courbé en deux, et ne voulut jamais me délier les mains durant tout le voyage; il aima mieux avoir la peine de me nourrir à la brochette comme un oiseau. —Tu dormois sans doute, mon frère, quand je fus introduit dans ce cachot? Pour moi, j'étois dans un trouble si grand qu'il ne m'en reste aucun souvenir.

Le jour commençoit à paroître. A la foible lueur qui pénétroit peu à peu par une sorte de meurtrière, Fitz-Harris put faire alors connoissance avec la fosse où il étoit

plongé. L'examen n'en fut pas long : en outre d'un sol fangeux et de quatre murailles
pourries, couvertes d'un suint graisseux et
noirâtre, de traînées luisantes de limaçons,
et de toiles d'araignées épaissies par la poussière, semblables à des membranes de chau-
vé-souris, il ne découvrit autre chose qu'une
sorte de lit creusé comme un évier dans la
pierre, sur lequel Patrick étoit étendu, et au
pied ou à la tête de ce lit ou de cette auge,
un trou de latrines d'où sortoit une puanteur
infecte : c'étoit le seul endroit de cet égout
où les chaînes des prisonniers leur permis-
sent d'atteindre.

Ce qui n'ajoutoit pas peu à la triste horreur de ce cachot, c'étoit la voix monotone
des sentinelles du dehors qui, ayant la con-
signe d'ordonner aux passants de détourner
les yeux de dessus le Donjon, depuis l'aube
du jour ne cessoient de répéter : *Passez votre chemin !*

Malgré ses prières réitérées, Patrick n'a-
voit pu obtenir les soins d'un chirurgien pour
sa blessure, restée sans aucun pansement;

elle le faisoit horriblement souffrir. Il pria
Fitz-Harris de la visiter. Le sabre avoit
pénétré à une grande profondeur dans le
flanc, et avoit fait une large déchirure. La
plaie étoit vive, envenimée et purulente.
Fitz-Harris la nettoya légèrement avec un
brin de paille et de l'eau, et déchira son
linge pour faire des compresses et des bandes à panser. Plein de patience et d'attention, il continua jusqu'à entière guérison,
c'est-à-dire pendant au moins six semaines
ce pénible office, n'ayant pour tout médi-
cament que de l'eau impure et des cata-
plasmes de mie de pain qu'il mâchoit.

Vers le milieu du jour, Fitz-Harris entendit au dehors les hurlements d'un chien, qui
sembloient partir du pied de la tour, au-
dessous de la meurtrière du cachot. D'abord
il ne les remarqua que pour en plaisanter : —
Entends-tu ce chien qui hurle? disoit-il à
Patrick ; ce pronostic m'annonce que je per-
drai ma liberté et que je serai enfermé dans
un donjon. A la bonne heure! voilà un chien
qui se respecte, ne voulant pas faire de pro-

phéties téméraires, il attend que mes malheurs soient accomplis pour les prédire. Ne
trouves-tu pas qu'il ressemble un peu à ces
tireuses d'horoscopes qui disent avec un air
de perspicacité aux jeunes filles dont le
ventre énorme saille comme un balcon : —
Le valet de pique, mademoiselle, m'annonce
que vous avez perdu votre fleur ?

Le chien infatigable continuoit ses cris.
Tout-à-coup, frappé comme d'étonnement,
Fitz-Harris s'arrêta coi, prêtant l'oreille...
—Est-il possible ! il me semble que c'est la
voix de mon pauvre Cork, que le farouche
M. Jean Buot n'a jamais voulu laisser monter avec moi dans le carrosse, disant pour
raison, le railleur, qu'il n'avoit mandat que
pour une tête. Est-il croyable qu'il ait pu
nous suivre depuis Calais, où cet homme
l'a fait perdre ? Cependant... n'est-ce pas que
c'est bien son organe tragique ? le reconnois-
tu ? Alors, il le siffla et l'appela de touts ses
poumons : Cork ! *my friend Cork !* Le chien
répondit par des aboiements de joie qui ne
laissèrent plus de doutes. Transporté d'allé-

gresse et d'admiration pour tant d'instinct
et d'attachement, il ramassa quelques morceaux de pain sec et les lui jeta par la lucarne ; le chien se tut, et on l'entendit gruger.
En ce moment, le porte-clefs entra ; il apportoit à déjeûner. Fitz-Harris lui manifesta le
vif plaisir qu'il lui feroit en lui permettant
d'avoir son chien avec lui, et le pria de le lui
amener. Le porte-clefs lui répondit rude-
ment : *Cela ne se peut pas.* Fitz-Harris le supplia comme on supplieroit une amante cruelle : le porte-clefs lui tourna le dos et se retira.
Fitz-Harris essuya une larme, appela Cork,
lui jeta la moitié de sa ration, et lui cria
un triste adieu, en l'engageant à se chercher un nouveau maître moins infortuné.
Mais le lendemain, quelle fut sa surprise,
à la même heure il revint aboyer au pied
du Donjon. Fitz-Harris, comme la veille,
partagea encore avec lui son déjeûner, et
supplia le porte-clefs, qui lui répondit encore : *Cela ne se peut pas.*

Ainsi chaque jour, par le froid et la pluie,
le fidèle Cork vint gémir et s'entretenir avec

son maître, captif et invisible ; ainsi chaque
jour Fitz-Harris brisa son pain avec lui,
ainsi chaque jour il implora pour lui le
porte-clefs, qui, inexorable, rendit toujours le même croassement : *Cela ne se peut
pas.*

C'étoit en septembre qu'ils avoient été
plongés dans ce sale cachot : sans feu et
sans couverture, ils y passèrent tout l'hiver,
qui fut long et rigoureux. Dans les premiers
jours de mars, M. le lieutenant pour le Roi
au Donjon vint les visiter. De Guyonnet étoit
assez bon, assez juste et assez agréable pour
ses prisonniers. Par méfiance il se tint d'a-
bord l'épée à la main hors de leur atteinte;
mais ayant causé quelque temps avec eux, ses
préventions tombèrent tout-à-coup; il avoit
cru avoir affaire à des furieux, et il ne trouvoit devant lui que deux jeunes hommes
pleins d'esprit, de dignité et de résignation.

— Mes bons amis, je suis profondément
chagrin de vous avoir traité avec tant de
dureté, leur dit-il, je suis vraiment désolé
de ma méprise. La résistance, que lors de

votre arrestation, vous fîtes aux agents de
la police et leurs rapports m'avoient trompé.
Vous m'aviez été dépeints comme de dangereux forcenés. Je vous demande pardon de
ma conduite si mauvaise envers vous; je tâcherai de la réparer par tout ce qui est bon en
moi et en mon pouvoir. Je suis émerveillé,
et je me félicite surtout de cet heureux hasard qui m'a fait vous réunir dans le même
cachot, vous amis et compatriotes. Ce que
le hasard a si bien fait, je me garderai de
le défaire; soyez sans crainte, vous ne serez point séparés l'un de l'autre. Allons,
mes amis, levez-vous et suivez-moi.

Débarrassés de leurs ferrements, nos deux
infortunés le suivirent.

Après avoir tourné long-temps par la vis
de l'escalier, ils arrivèrent au quatrième
étage, dans une grande salle semblable à
celle de la torture. A l'un de ses angles, trois
portes, armées chacune de deux serrures,
de trois verrouils et d'énormes valets pour
les empêcher de couler, et s'ouvrant à con-
tre-sens l'une de l'autre, de manière que la

première étoit barrée par la seconde, qui
l'étoit par la troisième, toute doublée de fer,
les introduisirent dans une chambre octogone, très-lugubre, qui au prix de la fosse
d'où ils sortoient leur parut un lieu de plaisance. Elle avoit une cheminée, deux chaises, un grabat, une table, une cruche égueulée, et quatre vitres obscures qui laissoient
passer quelques rayons de lumière tamisée
par une lucarne étroite garnie d'un grillage,
d'une rangée de barreaux et de deux treillis
de fer.

M. le lieutenant leur fit donner du feu,
des livres, du papier, des plumes et de l'encre, et les mit au régime ordinaire des prisonniers, au vin, à la viande et aux harengs.
Par un surcroît de faveur rare, il leur ac-
corda, pour le rétablissement de leur santé,
la promenade du jardin, de trente pas de
long, entre leur geôlier et quatre sergents
de garde. La constance de Cork l'avoit touché; il permit à Fitz-Harris de l'avoir auprès de lui, et plusieurs fois même il le ca-
ressa. Chose inouïe !

Le soin empressé de Patrick fut d'écrire
pour tâcher d'obtenir quelques nouvelles
de Déborah. Trois jours après, il reçut un
coffre et une lettre de M. Goudouly, son ancien hôtelier. Après lui avoir témoigné
beaucoup d'étonnement et de satisfaction
de le savoir prisonnier à Vincennes, lui
qu'il croyoit depuis si long-temps mort,
bien mort, le brave homme ajoutoit dans
sa réponse, que le lendemain du soir où il
avoit été attaqué et enlevé en sortant de
l'hôtel, lady Déborah étoit sortie et n'étoit
point rentrée, et que depuis, malgré toutes
ses recherches, il n'avoit pu découvrir ce
qu'elle étoit devenue ; enfin, que si jamais
il parvenoit à recueillir quelque chose sur son
sort, il se hâteroit de le lui faire connoître.

Lorsque Patrick eut achevé la lecture de
cette lettre, il ne proféra pas un mot ; les
deux mains plaquées sur les yeux, il demeura anéanti. Fitz-Harris, qui lui avoit passé
un bras autour du corps, le serra affectueusement contre son cœur, et lui dit doucement : Crois-moi, elle est à Genève.

Silencieusement et froidement Patrick,
alors, s'agenouilla devant le coffre et l'ouvrit : il étoit plein de touts les vêtements de
Déborah ; il les prit et les jeta aux pieds
de Fitz-Harris en criant : — Tiens ! voici ses
dépouilles !... Eh bien ! est-elle à Genève?...
Pourquoi donc auroit-elle abandonné tout
cela ? Ses robes, ses bijoux ?.... Non, va, elle
est perdue sans retour !.... Pauvre Déborah !
où es-tu maintenant? Les barbares ! qu'ont-
ils fait de toi ?.... N'est-ce pas, Fitz, tout cela
répand un parfum d'elle ? Il me semble que
tout cela respire, qu'elle est près de moi.
Ah ! Fitz, que je souffre !... O mon Dieu !...
Pour qu'un homme dise qu'il souffre,
Fitz, tu sais, il faut qu'il souffre horriblement.

Alors il s'abattit sur ce monceau de parures, et, la face enfouie, long-temps il demeura immobile, cachant ses larmes et
étouffant ses sanglots.

Quand il eut bien pleuré, il se remit à
genoux, et, prenant un à un touts ces voiles,
ces velours, ces satins, ces rubans, touts

ces objets qu'il venoit de fouler sous le poids
de son corps énervé, il les agitoit, il les
montroit à Fitz-Harris, il les couvroit de
baisers, il les pressoit, il les répandoit autour de lui. — Tiens, mon Harris, voici,
disoit-il avec douleur, l'écharpe qui battoit
sur ses épaules comme les ailes d'un Ange,
à notre dernier rendez-vous nocturne au
torrent. Tiens, voici tout son deuil pour sa
mère, sa malheureuse mère!.... Tiens, regarde cette robe ; elle est encore empreinte
de ses formes. Oh! baise-la par amour pour
moi !.... Voici les gants de soie de ses petits
pieds. Voici le peigne qui mordoit sa chevelure. Ces manches ont emprisonné ses
bras si beaux, si blancs, qui se mouvoient
avec tant de grâce. Ce corsage a environné
sa taille ronde comme l'écorce environne
l'aubier ; il a palpité des battements et des
gonflements de son cœur. A touts ces chiffons mornes et informes que de vie et que
d'élégance elle prêtoit! Tout cela apparte-
noit à sa pudeur ; tout cela en étoit le feuillage. La pudeur est un arbre que seulement

l'hiver de l'âme et la mort dépouillent de sa feuillée.

Je ne veux pas laisser ces dépouilles dans ce coffre ; ce seroit les mettre dans la tombe et planter un jardin au-dessus ; ce seroit fermer le livre de mon amour. Je veux que ce livre demeure ouvert pour y lire à toute heure.

Il prit alors touts ces vêtements, toutes ces parures, et les suspendit çà et là aux murailles et aux barreaux de sa lucarne.

IX.

M. le lieutenant pour le Roi étoit curieux et questionneur, et avoit une habileté
singulière à provoquer des conversations,
à faire naître des récits, à soutirer des souvenirs. Comme il venoit assez souvent visiter nos deux captifs pour leur faire parler
de l'Irlande, il ne tarda pas à concevoir pour
eux une véritable estime, et à s'éprendre

d'un sincère intérêt, inspiré par leur jeunesse et leur bon caractère.

Ce n'est pas, comme assurément on a pu le
remarquer, que leurs caractères fussent également beaux, mais ils étoient également
bons. Fitz-Harris, inconsidéré, inconséquent, léger, éventé, évaporé, superficiel,
brouillon désordonné, avoit touts les défauts d'une tête qui ne se possède pas, d'un
esprit naturel et transparent, et c'est justement à cause de cela, à cause de ces défauts
mêmes, qu'on lui pardonnoit tout, même ce
qui étoit tout-à-fait mal. Le mal fait par lui
sembloit moins mal; on l'appeloit étourde-
rie, et il trouvoit des sourires, de l'indulgence, des pardons où une âme réfléchie,
grave, sage, uniforme comme celle de Patrick, n'auroit trouvé que de l'indignation
et du mépris.

Fitz-Harris étoit variable comme l'at-
mosphère; et, comme certaines contrées, il
n'avoit que deux saisons, le printemps et
l'hiver, mai et décembre, joie et *spleen*. Il
sautoit brusquement de la plus folle gaieté à

la plus stupide hypocondrie. Patrick étoit
son pondérateur. Tour à tour il réprimoit
ses excès; tour à tour il lui ôtoit ou lui remettoit des sentiments. Le pire, c'étoit que
Fitz-Harris ne savoit point employer son
temps. Patrick lisoit beaucoup dans les livres
et dans son cœur, écrivoit, recueilloit, prenoit des notes, dessinoit. Fitz-Harris parloit, chantoit, dansoit, marchoit, rioit, ba-
livernoit, musoit, baguenaudoit, flagnoit,
barguignoit et batifoloit avec Cork dans ses
heures de félicité parfaite; dans ses quarts-
d'heure d'abattement, il geignoit comme
un caïman; il heurtoit tout et tout le heurtoit; il se gonfloit de colère née sans se-
mence, prenoit un livre, en examinoit la re-
liûre et le rejetoit, s'étendoit sur son lit,
s'adossoit à la table, ou se promenoit de
chaise en chaise ridiculement silencieux.
De jour en jour, toutefois, ses mouvements
de gaieté devenoient plus rares et de plus
courte durée, et, à l'époque où nous tou-
chons, il étoit en proie à un désespoir presque permanent.

Le 13 avril, plus morose que jamais, il
rôdoit, il tournoit dans sa prison octogone,
allant de pan en pan, d'angle en angle, lisant et déchiffrant, pour la centième fois
peut-être, les noms, les dates, les inscriptions, les sentences, les vers tracés sur les
murs par les mains presque toujours inno-
centes des infortunés qui, dans d'autres
temps, avoient été plongés dans ce cachot.

HIEMS ÆTERNUM. — 1680.

L'HORLOGE NE SONNERA JAMAIS POUR MOI
L'HEURE DE LA LIBERTÉ. — 1701.

O PUR AMOUR DE DIEU!.... VOICI UN MOIS
QUE J'AI ÉPOUSÉ JÉSUS-CHRIST. DEPUIS CETTE
ALLIANCE CONSIDÉRABLE, JE NE PRIE PLUS LES
SAINTS, PAS MÊME LA VIERGE-MARIE, PARCE QUE
LA MAITRESSE DE LA MAISON NE DOIT IMPLORER
LES SECOURS NI DE LA MÈRE NI DES DOMESTIQUES
DE SON ÉPOUX. — 1695. — JEANNE-MARIE
BOUVIÈRE-DE-LA-MOTTE, GUYON DU QUESNOY.

LE COMTE DE THUNN. —1703.

LE COMTE DE THUNN. — 1713.

LENGLET-DUFRESNOY. — 1725.

1734. — CLAUDE-PROSPER JOLIOT-DE-CRÉ-
BILLON. — *Désormais je serai vertueux ; je ne
ferai plus de* TANZAI ET NÉARDANÉ.

DIDEROT.

HENRY MASERS DE LATUDE.
*Mon esprit, soyez tranquille et souffrez en
paix vos douleurs.*

MARQUIS DE MIRABEAU.
*La vie s'enfuit, les enfermeurs d'hommes et
les enfermés passent.* **Dieu seul demeure et juge.**

JE SORTIRAI QUAND CE CADRAN MARQUERA
L'HEURE ET LE MOMENT.

Fitz-Harris n'avoit pas achevé cette dernière inscription, que M. de Guyonnet entra d'un air joyeux et empressé. — Bonne nouvelle, messieurs, s'écria-t-il, bonne nouvelle...Voici le fait. Je viens à l'instant d'apprendre que madame Putiphar est malade dangereusement, très-dangereusement; abandonnée des médecins. J'ai pensé que si vous lui écriviez pour lui demander votre grâce, en ce moment suprême, près de descendre dans la tombe et de paroître devant Dieu, elle ne sauroit vous refuser pardon et pitié. — Allons, il n'y a pas une minute à perdre; faites vite vos suppliques, et je les ferai partir en toute hâte.... Faites vite; la mort est à son chevet.... Peut-être n'est-elle déjà plus.

— Mille remerciements à vous, M. de Guyonnet; que vous êtes bon! s'écria Fitz-Harris en lui baisant les mains.

— Bien, bien, Fitz; vous me rendrez grâce plus tard. Écrivez; je reviendrai dans un instant chercher vos lettres. Eh bien! Patrick, allons donc, mon ami; que faites-

vous là; allons donc.... Les secondes sont
comptées.

— Merci, M. de Guyonnet, répliqua Patrick froidement. — Vous êtes généreux,
vous ; mais cette femme ne l'est pas. J'aurois la certitude d'obtenir ma délivrance,
que je ne voudrois pas la lui demander. Je
suis juste, pur, innocent; le crime m'a
chargé de chaînes : quand mes chaînes tom-
beront, je louerai Dieu! mais la vertu n'a
point de jointures pour se ployer devant le
crime. — Allez, monsieur, mon corps et
mon cœur savent souffrir; ma bouche ne
dira jamais grâce.

— Vous êtes un fou, mon ami.

— Peut-être; mais, pour certain, je ne
suis point un lâche.

— Laissez-le, M. le lieutenant; qu'importe, je parlerai pour deux.

— Non, Fitz ; je te le défends.

— *Ne faites pas à votre frère ce que vous ne
voudriez pas qu'on vous fît.* Un jour tu as demandé grâce pour moi, et tu m'as tiré de
la Bastille; aujourd'hui, moi, je veux m'ac-

quitter de cette dette, je veux prier pour
toi, je veux te sauver; je veux t'arracher du
Donjon. Frère, je le veux; frère, j'en ai le
droit.

X.

Supplique de Fitz-Harris à madame Putiphar.

Madame,

Vous souffrez par Dieu dans un palais; je souffre par vous dans un cachot; j'implore Dieu pour vous et je vous implore pour moi, et je viens en esprit me prosterner à vos

pieds. Madame, celui qui ne fait que de
naître est assez vieux pour mourir; vous,
qui avez passé l'âge de vingt ans (*), la mort
peut vous surprendre. Une fois venue, vous
ne seriez plus à loisir de me rendre une justice
que je ne dois demander qu'à vous, et
vous me persécuteriez après votre trépas,
dont Dieu nous garde ! Madame, on doit pardonner :
voulez-vous que je ternisse votre
souvenir, et que je dise que vous avez été
inébranlable ? — Il est un temps où nous
cessons d'être injustes et barbares ; c'est celui
où notre dissolution prochaine nous force
à descendre dans les ténèbres de notre conscience,
et à nous apitoyer sur les chagrins,
les peines, les malheurs et les infortunes que
nous avons causés à nos semblables ; peut-
être touchez-vous à ce temps, madame ; or,
vous savez que voilà déjà bien des mois que
vous me faites pâtir et endurer mille morts
au Donjon, où les plus déloyaux sujets du Roi

(*) Adroite flatterie : Madame Putiphar avoit alors quarante-
deux ans.

seroient encore dignes de pitié et de compassion ; à plus grave raison, moi, qui vous
ai offensée légèrement, involontairement,
et qui vous en demande mille et mille fois
pardon, et qui implore la miséricorde de
votre bon cœur. Ah! si vous pouviez entendre les sanglots, les plaintes et les gémissements que vous me faites produire, vous
me feriez bien vite envoyer en liberté de ma
personne. Madame, on doit pardonner. J'ai
toujours eu un cœur humble et respectueux
à votre égard, encore plus l'aurois-je aujourd'hui, si je devois ma chère liberté à
vos bonnes grâces.

Madame, on doit pardonner. Mort, être
déposé dans la tombe, c'est la loi commune ;
mais, vivant, être plongé, comme vous m'a-
vez plongé, dans un tombeau de pierre, que
cela est cruel !.... Madame, je suis un enfant; j'ai vingt ans; je suis un fou : bien et
mal, tout ce que j'ai fait jusqu'à ce jour,
je l'ai fait par puérilité ; ne me prenez pas
au sérieux. Je ne suis rien, rien ! pas plus
qu'un son achevé, ou qu'une étincelle éteinte,

pas plus qu'un fil de la Bonne-Vierge, qui
voltige en automne; pas plus qu'un fétu de
paille.... De quel poids voulez-vous que je
sois dans la balance de votre destinée? Le
beau lévier que je fais pour renverser un
thrône!... Madame, dites qu'on jette ce fétu
de paille à la porte... et le vent l'emportera,
et il se perdra dans le tourbillon du monde.

Madame, on doit pardonner. J'ai vingt ans.
Ah! si vous sentiez combien je tiens à la vie,
vous me l'accorderiez. Je ne suis pas dangereux à laisser vivre, croyez-moi; touts
mes sentiments sont bons. J'ai vingt ans.
Si vous saviez combien j'aime les femmes;
si vous saviez que mon culte pour elles va
jusqu'à l'idolâtrie, que ma révérence et ma
courtoisie s'étendent même aux femmes
viles et déchues, vous ne pourriez croire
que pour vous, si noble, si belle, si grande,
si admirée, si admirable, j'aie pu trouver en
moi de la méchanceté. Non, madame, les
mouvements que vos beautés et votre vail-
lance ont fait naître en mon esprit ont toujours été les plus contraires à la haine.

Madame, on doit pardonner. Au nom du
Dieu éternel qui nous jugera touts les deux,
qui sera votre juge comme vous êtes le mien;
si vous voulez qu'il ait pitié de vous, ayez pitié de moi! ayez pitié de ma pauvre âme!
ayez pitié de mon pauvre corps! ayez pitié
de mes souffrances!....

Au nom de Dieu qui vous a faite si belle,
madame, donnez mandement pour qu'on
m'ôte mes chaînes!

Madame, on doit pardonner. — Sous la
même voûte, lié à la même chaîne, souffre
en silence mon ami, mon frère, mon Patrick, ce même Patrick à qui vous accor-
dâtes autrefois la rémission de ma faute;
veuillez, madame, reverser sur lui toutes les
prières que je viens de vous adresser en
mon nom! veuillez faire comme si deux voix
unies vous eussent implorée! Je voudrois
m'acquitter envers lui. Jetez-moi sa grâce,
madame, au nom de votre frère que vous
chérissez, au nom du marquis de Marigny!
Soyez généreuse; pardonnez-lui! Si vous daignez être bonne pour moi, soyez meilleure

encore pour lui, je vous en supplie! Si je
l'osois, si je ne craignois de vous blesser, je
vous dirois ce qu'il vaut.... Grâce! grâce
pour lui, madame! Au nom de votre frère,
grâce pour mon frère, madame! Si ces deux
bonnes charités vous étoient impossibles; si
votre cœur ne pouvoit faire ce double effort;
si votre pitié ne devoit couvrir de son manteau que l'un de nous deux et laisser l'autre
nu, je vous en prie, madame, oubliez-moi
et soyez toute pour Patrick.

Madame, attachez à mon pardon la condition que vous voudrez; quelle qu'elle soit,
je m'y soumettrai comme à un arrêt du
Ciel : je serai votre esclave fidèle, et vous
servirai à genoux, et je coucherai en travers de votre porte. — Je quitterai à jamais
la France. — Si vous succombiez au mal qui
vous possède, je porterai ma vie durante
votre deuil, et j'irai touts les jours que
Dieu fera prier à deux genoux sur votre
tombe!....

Grâce! grâce!.... La face contre terre,
grâce!.... Madame, la prison me tuera; le

chagrin m'a déjà ruiné.... Oh! qu'il me seroit doux de revoir un arbre ; de revoir une
herbe des champs, un oiseau, un cheval ;
d'entendre un clavecin, de presser la main
d'une femme !.... d'une amante !.....

Madame, on doit pardonner. J'ai une
pauvre mère de soixante et onze ans, qui a
besoin de mon secours, et qui compte comme
moi ses moments par des larmes. Madame,
daignez mettre fin à notre désolation ; je
vous ai toujours souhaité du bien, et, en
reconnoissance, je vous en souhaiterai toute
ma vie.

Grâce pour Patrick, madame, grâce pour
moi ! grâce au nom de votre frère !

Je suis, avec vénération, respect et sou-
mission ,

Madame,
Votre très-humble et très-obéissant
serviteur et sujet,

FITZ-HARRIS.

Au Donjon, ce 13 avril 1764. — Le 29

de ce mois, à onze heures de la nuit, il y
aura, madame, cinq mille quatre-vingt-
huit heures que vous me tenez dans la souffrance.

XI.

Enfin, le surlendemain, M. de Guyonnet
entra accompagné d'un prêtre : c'étoit le
curé de la Magdelène. Ce prêtre avoit assisté,
à Versailles, aux derniers moments de madame Putiphar, qui, peu d'instants avant
d'expirer, lui avoit remis une lettre.

L'espoir de Fitz-Harris se ranima. Tremblant d'émotions diverses, il en brisa le sceau, y jeta un prompt regard, et tomba de sa hauteur à la renverse.

XII.

DU CHATEAU ROYAL DE VERSAILLES,
CE 14 AVRIL 1764.

A MESSIEURS FITZ-HARRIS ET PATRICK
FITZ-WHYTE.

NON.

Votre très-dévouée servante,

PUTIPHAR.

LIVRE SIXIÈME.

Where is my lord? Where is my Romeo?

SHAKSPEARE.

XIII.

Il y avoit près d'une année que Déborah
avoit écrit à sir John Chatsworth, son tuteur, et sa lettre demeuroit sans réponse.
D'abord elle avoit attendu avec la patience
d'un prisonnier; mais, à la longue, la crainte
et le découragement, goutte à goutte,
avoient filtré dans son cœur. Elle ne trouvoit à ce silence qu'une explication triste

et désespérante : ou la lettre n'étoit point parvenue, ou sir John Chatsworth l'avoit abandonnée, ou sir John Chatsworth étoit descendu dans la tombe. M. de Cogolin s'efforçoit de la soutenir dans son affliction. Généreux Samaritain, il versoit du baume sur les blessures de son âme et de l'huile dans la lampe mourante de son espoir. Mais c'étoit surtout dans les soins et dans les sentiments maternels qu'elle puisoit de la force et des distractions à ses maux.

Vers cette époque, inopinément, un homme, se disant lord Cunnyngham, se présenta à la forteresse, et se fit conduire au gouverneur.

Et après que M. le gouverneur et cet étranger eurent eu ensemble un assez long entretien, Déborah fut priée de venir.

Je ne sais si un pressentiment l'éclairoit, elle accourut avec joie en toute hâte, et se précipita sans hésitation dans les bras de cet inconnu en pleurant, et l'appelant mon oncle, mon bon oncle !.... — Ah ! sir John m'a fait beaucoup souffrir en me laissant si

long-temps sans réponse !... Mais vous voici,
tout est oublié. —Mon oncle, mon bon oncle,
je vous remercie d'avoir daigné vous ressouvenir de moi, d'avoir daigné trouver un peu
de pitié pour une femme dans l'infortune !

Bien loin de concevoir le moindre soupçon, M. de Cogolin étoit lui-même fort ému
de leur attendrissement.

Après les premiers transports et les premiers épanchements, le lord Cunnyngham
cria : John ! Thom !... et deux valets rouges, chamarrés et galonnés, entrèrent portant chacun un ballot : c'étoient des objets destinés à faire des présents que Déborah avoit demandés avec instance. Elle fit
don, sur-le-champ, des plus précieux à M. le
gouverneur, et réserva le surplus pour le
distribuer aux prisonniers et aux guichetiers.
Son désir étoit de reconnoître par ces présents les soins et les bontés de M. de Cogolin, les services des geôliers, les égards que
les malheureux qui gémissoient sous ces
voûtes avoient eus pour son propre malheur,
et par-dessus tout elle vouloit par là se dis-

poser favorablement les esprits, et se les rendre faciles à gagner si la nécessité l'exi-
geoit.

Le gouverneur baisoit les mains de Déborah, et lui prodiguoit les expressions les
plus aimables pour témoigner de toute sa
gratitude. Il saluoit aussi de mots respectueux lord Cunnyngham, et finit même par
se risquer à lui dire, tout tremblant, que si
nulle obligation ne le forçoit à quitter l'île
aussi tôt, il se regarderoit comme on ne
peut plus honoré qu'il daignât être son
hôte. Il est déjà tard, ajouta-t-il, veuillez
accepter à dîner, et l'hospitalité pour cette
nuit.

Cette proposition s'accommodoit trop
avec leurs projets pour être repoussée. Déborah accepta tout, et demanda, en revanche, à M. de Cogolin, la permission de lui
offrir, ainsi qu'à touts ses prisonniers, le
lendemain, avant le départ de son oncle, un
déjeûner splendide, dont elle souhaitoit faire
les frais. Puis, ayant pris une poignée d'or
dans une bourse que venoit de lui remettre

lord Cunnyngham, elle la jeta sur la table,
en priant M. le gouverneur de donner cela
à son majordome, et de vouloir bien le lui
envoyer pour concerter avec elle tout le
service.

M. de Cogolin s'inclina gracieusement en
signe d'adhésion.

Déborah prit la main de l'inconnu, et le
conduisit dans son cachot.

Là, elle se jeta à ses pieds, dans l'ivresse
de la joie, et lui dit avec effusion : Permettez-moi, monsieur, de vous manifester sincèrement les sentiments vrais que votre dévouement fait naître en mon âme, et que tout-
à-l'heure j'étalois par comédie. — Monsieur,
vous êtes mon sauveur, vous êtes le sauveur
de mon fils !.... Ce pauvre enfant, né dans
l'esclavage, n'oubliera jamais, non plus que
moi, la dette qu'aujourd'hui nous contrac-
tons envers vous. J'ignore, monsieur, les
promesses que M. Chatsworth peut vous
avoir faites, mais soyez sûr, quelles qu'elles
soient, que je les tiendrai au double. Nulle

chose au monde ne pourra m'acquitter envers vous.

— Mylady, je suis pauvre; mais Dieu dans sa grâce m'a doué de sentiments assez riches, dont je suis fier. Je n'ai mis aucun prix à l'action que je fais en ce moment : pour votre délivrance, madame, je ne veux aucun salaire. Ce n'est point l'appât d'un gain qui m'a envoyé près de vous; ce sont vos malheurs. Madame, j'ai lu le mémoire que vous avez adressé à sir John Chatsworth, et j'ai été touché. — J'aurai usé bientôt les deux tiers de ma vie, madame, et jusqu'ici, cependant, je suis demeuré sans avoir fait une action louable. Ma vie étoit vide; je ne savois vraiment pourquoi je passois sur la terre : ma vie s'explique enfin. Un enfant naquit, il y a quarante ans, dans une cabane du comté de Sligo pour être aujourd'hui le marteau qui va briser les chaînes d'une jeune mère captive. —Madame, un salaire détruiroit le beau de mon action : ne me le détruisez pas, je vous en prie; j'ai tant besoin de cette expiation.

— Monsieur, vous avez toute mon admiration, et je suis ravie d'engager avec vous une lutte de générosité ; mais remettons à plus tard ce beau combat. Maintenant occupons-nous sans relâche de l'issue matérielle de notre aventure. — Avez-vous, monsieur, les limes que j'ai demandées ?....

— Les voici, mylady.

— Bien. — C'est sur elles qu'est fondée toute l'entreprise, qui n'en est pas moins sûre pour cela. Voyez, et dites-moi à quoi tiennent les destinées ? Sans les rugosités presque imperceptibles de ce frêle morceau d'acier, au lieu de reconquérir le monde et la vie comme je vais le faire, je serois condamnée peut-être à pourrir dans ce cachot. — Devroit-on s'étonner que la nécessité enfreigne l'honneur et la justice quand la nécessité intervertit tout, quand elle trouble la raison, la valeur, le rapport des êtres et des choses ?—Elle fait placer au pauvre qui a faim le pain avant l'honneur, comme elle me fait en ce moment placer la grossière intelligence de l'artisan qui, le premier, eut la pensée de faire ronger l'acier par l'acier, bien avant, bien au-dessus du génie du Dante et de Shakspeare. Cette mèche de fer est plus pour moi que Milton ! — Ce blasphême, devant des juges libres qui n'ont que faire d'une lime, ne mériteroit-il pas de me faire passer par les bourreaux, comme devant des juges pleins de sucs de viandes exquises, le malheureux qui a préféré un morceau de pain à l'honneur et à l'équité ? — Rétablissez chacun en sa place, et tout sera redressé. Ou donnez-moi des juges prisonniers, et je serai absoute ; ou rendez-moi la liberté, et je replacerai Milton avant la lime, le poète avant le forgeron ; ou donnez au pauvre des juges qui aient faim, et il sera absous ; ou rassasiez-le, et il replacera le pain après l'honneur.

Voici, mylord, le plan d'évasion que j'ai mûri longuement dans le loisir, préférablement à tout autre : il est simple. Veuillez le suivre strictement, et nous aurons un plein succès.

Demain, aussitôt après déjeûner, mylord (c'est avec plaisir, monsieur, que je vous

donne ce nom), vous partirez et vous re-
tournerez sur-le-champ à La Napoule. Vous
mettrez à la voile, et louvoyerez de façon à
n'arriver ici, pour plus de sûreté, que vers
le milieu de la nuit ; vous descendrez sur le
flanc de l'île, à l'entrée du chenal, où vous
ferez prendre terre à tout l'équipage en armes, que vous laisserez sur le rivage, faisant
le guet, prêt à venir au premier signal. Et
seulement accompagné de quelques hommes
chargés des échelles, dans le plus grand
silence, vous vous glisserez à pas de loup
jusqu'aux murailles du château qui regardent
le couchant. Ma fenêtre sera facile à reconnoître dans l'obscurité ; j'y suspendrai
une écharpe. Pour atteindre jusqu'ici, il
faut que votre échelle ait environ quarante
pieds.... Le reste me regarde.... Cette nuit
je scierai un de ces barreaux assez profondément pour qu'il cède au premier choc. —
Agissez adroitement, mais avec la plus grande
assurance. N'ayez pas de crainte ; la garde
de cette forteresse n'est pas forte, comme
vous pourrez le voir. Elle se compose de

quelques vieillards invalides. La nuit, il n'y
a que deux sentinelles ; l'une sur la plate-
forme, l'autre au pont-levis. Habituellement
leurs mousquets ne sont point chargés ; et
souvent l'une est aveugle et l'autre sourde. Si,
contre toute chance, elles faisoient une alerte
et crioient qui-vive ? ne répondez pas. Si elles
menaçoient, ne bougez pas. Si le corps de
garde s'éveilloit et sortoit contre vous, prenez-le et faites-en ce que vous voudrez. Seulement, ne tuez pas ces bonnes gents, je vous
en prie ; que le sang ne coule pas. Mais, allez,
vous pouvez être tranquille, nous ne serons
point troublés. Croyez bien que ce ne sera
pas le bruit de notre fuite qui les éveillera.

Notre faux lord Cunnyngham se nommoit simplement Icolm-Kill.

C'étoit un ancien cabaretier du comté
de Sligo, qui, pour avoir trempé dans quelques troubles des *Boys*, je ne sais si c'étoit
dans ceux des *White*, des *Steel*, des *Oak* ou des
Peep-of-day, avoit eu sa taverne rasée,
et avoit été contraint de s'enfuir pour n'être

pas pendu sans jugement, comme cela se
pratiquoit. Afin d'échapper à la pauvreté, il
s'étoit fait homme de mer, et tour-à-tour
on l'avoit vu marchand de chair-noire, cor-
saire et pêcheur de baleines. Avec ses manières de cabaretier et sa tournure de ma-
rin, il faisoit un personnage mixte assez
grotesque dans son habit de velours et sa
veste de drap d'or. Mais sa qualité d'étranger sauvoit tout, et même en auroit fait
pardonner bien davantage. Être étranger est
bien la chose du monde la plus commode !

Sir John Chatsworth le connoissoit depuis long-temps pour un homme de bon
cœur et de bon courage, et, plein de confiance en son habileté, il n'avoit pas hésité
à le charger d'une mission si délicate, et à
remettre le sort précieux de sa pupille entre
ses mains.

Dans une transe continuelle, et dans la
posture la plus gênante, courbée sur l'embrasure de sa lucarne, Déborah passa toute
la nuit à scier dans le haut et dans le bas un

énorme barreau de fer, qu'elle avoit enveloppé de flanelle comme un malade, pour
assourdir le bruit de la lime. Ses flancs si
frêles furent brisés par ce travail long et pénible, et ses belles mains douces furent
impitoyablement déchirées.

Le lendemain, dès l'aube du jour, tout
dans la forteresse étoit en mouvement. Les
prisonniers, parés de leurs plus belles hardes, rôdant de corridor en corridor, de
cachot en cachot, s'appeloient l'un l'autre,
échangeoiént de joyeux propos. Craignant
de manquer d'appétit, quelques-uns même
étoient allés cueillir de la faim sur les terrasses et sur les plates-formes les plus éle-
vées. Dans la vie droite et lisse de la cellule,
dans la vie morne et stupide du cachot, le
plus vulgaire incident cause une émotion
profonde.

Avant le déjeûner, M. de Cogolin invita
lord Cunnyngham à visiter le Fort-Réal, et
à faire dans l'île un tour de promenade.

Icolm-Kill profita très-habilement de
cette occasion pour reconnoître les êtres,

les abords et le site du château, et pour choisir sur le Frioul le lieu le plus commode pour opérer son débarquement nocturne.

A table, le ci-devant cabaretier fut contraint de se placer sur une sorte de throne qu'on lui avoit fait préparer magnifiquement. Il étoit traité comme une majesté, et il en avoit même tout le prestige : son geste le plus gauche, son mot le plus lourd, émerveilloient.

On buvoit sans relâche à sa santé, et dans ces brindes, bien glorieux étoit celui qui pouvoit choquer son verre à son gobelet. Au dessert, après avoir proposé un toast à la prospérité de la France et de sa trop malheureuse sœur l'Irlande, toast qui fut chaleureusement accueilli, il demanda la permission de se retirer, et dit à M. de Cogolin qu'il avoit résolu, au lieu de retourner de suite à Sinigaglia, où il étoit consul des marchands anglois, de se rendre en toute hâte à Versailles, pour implorer du Roi la liberté de lady sa nièce, et que, bien qu'il ne reviendroit pas sans l'avoir obtenue, il espéroit sous peu de jours se retrouver son hôte.

Chacun se leva, et, pour lui faire honneur, voulut obstinément l'accompagner.

Les vétérans de la forteresse, qui avoient eu grande part aux largesses de Déborah, vinrent aussi chancelants, titubants, l'arme au bras, se mêler à ce cortège.

Au moment où lord Cunnyngham, un pied sur la rive et un pied sur l'arrière d'une nacelle où il s'élançoit, déposa un baiser sur le front de Déborah, l'air retentit d'une salve de mousqueterie et des cris répétés de vive lord Cunnyngham ! vive lady Déborah ! vive l'Irlande !...

Vive la France ! répondit Icolm-Kill.

La barque cingla à l'Est dans le golphe de Juan, doubla le Cap-Gros, et disparut bientôt derrière le promontoire.

À la nuit tombante, déjà tout reposoit dans le château. Déborah, pour conserver son activité, n'avoit touché aux viandes et aux boissons qu'avec la plus grande réserve. Son porte-clefs, qui apparemment n'avoit pas

donné dans cette sagesse, oublia, dans son
trouble, de clorre la porte de son cachot,
et, pour éviter toute surprise, elle fut dans
la nécessité de la barricader à l'intérieur avec
ses deux escabelles et son châlit.

Pendant les premières heures de la soirée,
elle acheva de scier le barreau qu'elle avoit
fortement entamé la nuit précédente, et le
lima jusqu'à ce qu'il ne tînt plus, pour ainsi
dire, que par un cheveu de fer.

Elle prit ensuite son écharpe, et la fit
flotter à la fenêtre comme une voile, pour
servir dans l'obscurité de signalement et de
fanal.

Puis, elle écrivit et déposa sur la table
ce billet, à l'adresse de M. de Cogolin.

«Que Dieu soit en aide à sa servante !...
» Le plus saint devoir du captif est de
» briser ses chaînes : Vous avez, mon noble
» et généreux ami, le cœur trop haut pour
» trouver mal que j'aie accompli ce devoir.
» Croyez-moi, ce n'est pas sans chagrin que
» je l'ai fait. Il y a des souffrances inouïes à

» tromper un homme de bien comme vous.
» Personne au monde est-il plus digne d'é-
» gards? mais, en cette occasion, je n'ai pu
» agir selon mon cœur. Possédée du démon
» de la liberté, pour qui fers et murs sont
» vains, pouvois-je ne pas aller à travers des
» considérations? D'ailleurs, je ne m'appar-
» tiens pas : une mère se doit à son fils.

   » Je l'avoue, cela est vrai, vous aviez tant
» de soins pour moi; vous m'environniez de
» tant de galanteries; votre humanité allé-
» geoit si généreusement le faix de mes maux
» et voiloit si bien la face hideuse de mon
» sort, que ma condition n'étoit pas absolu-
» ment insupportable. Hélas! les hommes sem-
» blables à vous sont exceptionnels et ne se
» succèdent point. Ce n'est pas que je veuille
» vous amener à une pensée triste et vous
» montrer du doigt vos cheveux blancs : non;
» que Dieu fasse votre vieillesse la plus lon-
» gue et la plus belle, c'est mon souhait! —
» Mais d'une heure à autre, n'est-il pas dans
» la loi commune que vous puissiez suc-
» comber? Eh! si après Trajan étoit venu

» Tibère, eussé-je donc été à la merci du
» crime comme j'étois à la merci de vos
» bienfaisances?...

» J'emporte de vous un doux, un pré-
» cieux, un vénéré souvenir, qui ne s'ef-
» facera jamais de ma mémoire fidèle.

» Vous avez toute la reconnoissance que
» peut concevoir le cœur de votre fille, mon
» père ; bénissez-la. »

Ceci fait, elle se mit à genoux près du
berceau de son enfant, et pria le bon Pas-
teur de veiller sur la brebis et sur l'agneau,
sur la veuve et sur l'orphelin ; elle implora
Dieu afin de trouver grâce devant lui comme
Agar et Ismaël, et le supplia de lui envoyer
un bon Ange pour conduire son entreprise
et la couronner de succès.

Debout, palpitante d'inquiétude, immobile, l'oreille collée à la fenêtre et la main
roulée en porte-voix et collée à son oreille
pour en élargir la conque et doubler la
finesse de son ouïe, elle compta onze heures,
minuit, une heure..... Vaine attente ! son

libérateur ne paroissoit point. Elle n'entendoit d'autre bruit que le clapotement et le floflottement de la mer que fouettoit un violent maëstral, et les meuglements des phoques, qui se jouoient sur le sable et plongeoient.

Le rossignol vint enfin promener ses mélodieuses broderies sur cette pédale monotone. A ces accents elle se troubla, et se remit à genoux, pour se rassurer en priant.

Son esprit s'étoit empli subitement de sombres appréhensions : depuis que cet oiseau avoit chanté à son arrivée aux portes de Paris, où tant d'infortunes l'attendoient, il étoit devenu, pour son âme superstitieuse, un objet de funeste présage.

Tout-à-coup elle jeta un cri d'épouvante.

En soulevant les yeux, elle avoit apperçu une ombre noire qui s'agitoit et se dessinoit entre la fenêtre et l'azur du ciel.

— Silence, mylady, silence ; n'ayez pas peur, c'est moi, Icolm-Kill.

— Ah! c'est vous, mylord!... Bénie soit votre venue!...

Dans son transport, Déborah s'élança contre la fenêtre, et couvrit de baisers la main de
Cunnyngham qui ébranloit le barreau scié.
Le barreau se rompit au premier choc d'un
maillet.

— Tout marche à souhait, mylady. Nous
n'avons vu ni entendu âme au monde. La
nuit est obscure : allez, vous êtes sauvée !
Conservez bien le calme de votre esprit ;
vous avez besoin de sang-froid et d'agilité
pour sortir par ce sabord, pour descendre
par cette longue échelle flexible, qui tremble
sous le poids du corps, et vacille comme
des haubans. — Courage, mylady, courage
hâtons-nous !

Déborah tira doucement son enfant hors
de son berceau, et l'enveloppa tout entier
dans un manteau pour étouffer ses cris s'il
venoit à s'éveiller ; et elle le remit à Icolm-
Kill, avec les recommandations maternelles
les plus tendres.

Puis, elle se glissa sur l'échelle, et descendit avec une légèreté et un aplomb indi-
cibles ; et, plus prompte qu'une gazelle, et

plus emportée qu'une lionne qui suit le ra-
visseur de son lionceau, elle traversa, sur les
traces de Cunnyngham, des fourrés de phylarias, de lentisques et d'alaternes ; et,
après avoir franchi une clairière de lavandes, elle arriva vers *l'ancien-logis-aux-
chevaux.*

Là, une troupe de matelots, comme des
Maures, appuyés sur leurs longues carabines, faisoient le guet sur le bord du rivage.

A la vue de Déborah, ils ne purent retenir
un cri de joie. Touts se prosternèrent, et
Déborah se jeta la face sur le sable.

Jamais cantique ne fut plus solemnel, jamais encens ne s'éleva jusqu'à Dieu plus pur
et plus suave, que ce silence d'actions de
grâces.

Puis on s'élança dans les canots, on joi-
gnit le sloop, on mit à la voile, et, avec la vélocité d'un pirate, on gagna la haute mer.

Déborah ne voulut prendre aucun repos,
et, avec tout l'équipage, elle demeura sur le
pont du navire, épiant l'aube, pour solem-

niser le jour de sa délivrance et voir le soleil
levant éclairer de ses rayons sa liberté.

Vingt siècles auparavant, après l'expulsion
de Denys le Tyran, les Syracusains avoient
rendu ce touchant hommage à cet astre, et
étoient allés le saluer à son lever, pour lui
apprendre qu'il éclairoit enfin, et lui jurer
que désormais il n'éclaireroit plus qu'un
peuple libre.

Dès que les vigies eurent crié du haut des
huniers : Soleil ! Soleil ! Soleil ! et que le
roi des cieux eut levé sa tête à l'horizon et
secoué sa crinière d'or sur les mers, Déborah prit son fils dans ses mains, et, le sus-
pendant fièrement au-dessus de sa tête, elle
le lui présenta face à face.

Et touts les matelots, agitant leurs cha-
peaux et faisant flotter leurs ceintures, en-
tonnèrent d'une voix grave cet hymne à la
patrie :

Irlande, notre mère, tu souffres, l'Anglois t'a chargée de chaînes ; mais toujours
tu es belle ! mais nous t'aimons toujours !

Il t'a plongé un couteau entre les deux
mamelles, et sans cesse il retourne ce couteau dans la plaie; ton sang se mêle à ton
lait, et tes larmes à ton sang.

Irlande, notre mère, tu souffres, l'Anglois t'a chargée de chaînes; mais toujours
tu es belle! mais nous t'aimons toujours!

À l'horizon, un jour se lève sur la verte
Erin, où la Liberté plongera son bras dans
la gueule du lion britannique, et ira jusqu'en son ventre lui arracher le cœur.

Irlande, notre mère, tu souffres, l'Anglois t'a chargée de chaînes; mais toujours
tu es belle! mais nous t'aimons toujours!

XIV.

Fitz-Harris ne savoit pas, le pauvre fou, ce
que c'est que le cœur d'une femme blessée,
et surtout le mauvais cœur d'une mauvaise
femme blessée. Il s'étoit avisé de croire, le
pauvre fou, que madame Putiphar ne seroit
pas inexorable à son égard. Il s'étoit dit :
ma supplique est si suppliante, elle se prosterne si bien à ses pieds, qu'il est impossible

que son cœur, que le cœur d'une femme,
de la femme la plus implacable même, n'en
soit pas touché. Le pauvre fou ! Aussi,
comme nous l'avons vu, la réponse brève
et féroce de la favorite expirante le frappa-
t-elle, comme à l'improviste, d'un coup de
poignard. Quant à Patrick, il avoit, lui,
trop de sens et savoit trop bien son monde
pour s'être leurré un seul instant d'un pareil espoir. Chez lui, le monosyllabe fatal
n'apporta pas le plus léger dérangement. On
eût dit, tant il se montroit peu désappointé,
que sa bouche l'avoit proféré et que sa main
l'avoit écrit. — Rien ne pouvoit ramener au
calme et à la raison l'esprit égaré de Fitz-
Harris : il demeuroit inconsolable. Il lui
sembloit, quoi qu'on pût dire, que c'étoit
fait de lui, que c'en étoit fait de sa liberté.
Il lui sembloit, affreux pressentiment! que
la porte du Donjon venoit de se murer ; il
lui sembloit qu'il venoit de contracter avec
les pierres de son cachot, avec ses fers, un
hymen indissoluble, un hymen éternel, ne
devant rompre qu'à la mort.

La conduite de l'honnête M. de Guyonnet, honorable en général, fut on ne peut plus
louable en cette occasion. Vivement affecté
du grand chagrin de Fitz-Harris, il s'empressa d'unir ses soins aux soins fraternels
de Patrick, pour l'ôter à sa désolation.
Il n'est sorte de bonnes paroles qu'il n'a-
joutât aux caresses et aux bonnes paroles
que Patrick lui prodiguoit. Les promesses
sembloient ne lui rien coûter, et cependant
les promesses de M. de Guyonnet n'étoient
pas vaines, il tenoit toujours plus qu'il n'a-
voit promis, sans compter qu'il promettoit
moins encore qu'il ne faisoit spontanément.
A partir de cette époque surtout, je ne sache pas que nos prisonniers aient jamais
sollicité de lui quelque grâce qu'ils ne l'aient
obtenue, ni qu'il fut une seule faveur
dans le domaine de sa charge et de ses devoirs, dont il ne les ait fait jouir. Il alloit
même quelquefois au-devant de leurs désirs,
et passoit même à Fitz-Harris ses caprices
d'enfant, comme l'eût fait un père dans sa
foiblesse. Lorsqu'il avoit retiré nos deux vic-

times du premier cachot où elles avoient été
ensevelies, pour hâter leur rétablissement
il leur avoit accordé une heure, chaque jour,
de promenade dans le jardin. Cette attention étoit rare et délicate ; cependant il fit
plus encore : il permit à Fitz-Harris, pour
le distraire dans son abattement, de se promener sur la plate-forme du Donjon, d'où
l'on avoit la vue la plus étendue et la plus
superbe. Quelquefois il le grondoit doucement; pour le rendre au courage il l'accusoit
d'en manquer, et lui prouvoit, ou tout au
moins s'efforçoit de lui prouver, que l'heure
de désespérer n'étoit pas venue, que le refus de madame Putiphar devoit être sans
conséquence, puisque son règne étoit passé,
et qu'il étoit impossible, quelque persévé-
rante que fût sa haine, qu'elle lui survécût,
et qu'elle étendît ses effets au-delà de la
tombe. — Un jour, même, pour ces dernières
raisons, il voulut engager Patrick à écrire à
son tour à M. le lieutenant-général de police;
mais Patrick n'en voulut rien faire.

Et il fit bien.

Qu'auroit-il obtenu ? Par un mauvais charlatan en manière de magistrat, M. de Sartine, si toutefois, contre toute vraisemblance, cet homme eût dérogé jusque-là de lui répondre, il se seroit fait dire pour son compte : — Bien que madame Putiphar soit descendue dans la tombe, vous n'en devez pas moins expier jusqu'au bout l'outrage que vous avez fait au Roi, en la personne de sa servante. —Puis, pour le compte de son ami, il se seroit fait appliquer sans doute ces tristes et honteuses paroles répétées depuis onze ans à un loyal gentilhomme courbé sous le poids des années et sous le poids de ses fers, qui s'éteignoit sous ces mêmes voûtes, pour un crime tout semblable au crime de Fitz-Harris : — Ou vous êtes l'auteur des vers en question, ou vous connoissez celui qui les a faits ; dans le second cas, votre silence opiniâtre vous rend aussi coupable : nommez-le, et vous êtes libre. — Fitz-Harris eût-il été capable d'une pareille indignité, qu'il lui auroit été aussi impossible de faire cette délation qu'à Pompignan de de Mirabel : c'étoit le nom de ce vieillard.

La mort de madame Putiphar n'apporta
pas, chose atroce, absurde, inouie ! le plus
léger adoucissement au sort affreux des infortunés qui pourrissoient, à cause d'elle,
dans toutes les bastilles d'Etat. Pas un au
Donjon ne secoua ses chaînes, pas un ne
vit tomber ses verrouils, pas un, dis-je ! ni
le baron de Venac, capitaine au régiment
de Picardie, qui depuis dix ans expioit le
tort de lui avoir donné un avis, qui, tout en
intéressant son existence, pouvoit aussi hu-
milier son orgueil ; ni le chevalier de la Ro-
cheguerault, natif de la province de Galles en
Angleterre, et arrêté dans Amsterdam, que
depuis dix-sept années, ô mon Dieu ! on dé-
tenoit dans cette sombre forteresse, parce
qu'il avoit été soupçonné d'être l'auteur d'une
brochure, *la Voix des Persécutés*, qui avoit déplu autrefois à madame la favorite ; brochure
que le malheureux ne connoissoit même pas ;
ni je ne sais plus quel certain gentilhomme
de Montpellier, dont le nom m'échappe ;
ni vingt autres que je ne saurois même in-

diquer du doigt...... La tyrannie a des secrets impénétrables.

Combien Patrick dut-il se féliciter de ne
s'être point laissé aller au conseil de M. de
Guyonnet! Combien dut-il s'applaudir de
son silence, quand, à quelque temps de là,
il vint à apprendre, sans doute, la translation
de la Bastille au Donjon, et l'étroite et
cruelle réincarcération, par l'ordre de
M. le lieutenant-général, de HENRY MASERS
DE LATUDE.

Ce qui fut plus efficace que les douces
raisons de Patrick et le zèle de M. de Guyonnet, ce qui contribua le plus à tirer Fitz-
Harris de son état de mélancolie, ce qui
l'en sortit même décidément, ce fut un envoi de son oncle, l'abbé de Saint-Spire de
Corbeil, qu'il reçut vers la fin de cette année. Peu de temps après le refus et le trépas de la Putiphar, dans le plus fort de sa
douleur, Fitz-Harris, pour l'informer de son
sort, lui avoit écrit une magnifique lettre
toute échevelée.

Cet abbé d'abbaye, ce vrai abbé, étoit

un simple et digne homme, qui avoit pris
soin de Fitz-Harris dès son enfance, et qui
l'aimoit beaucoup. Touché mortellement
des malheurs de son neveu, il lui avoit donc
fait remettre, en réponse, une lettre pleine
d'affection et de consolations pressantes :
car il est quelques rares cœurs, ceux-là
Dieu ne les prodigue pas, sur lesquels le
malheur d'autrui fait une incision, comme
un outil sur l'écorce du palmier, et qui,
comme le palmier, laisse fluer, par cette
incision, un vin généreux. L'amitié de cet
homme, comme tant d'amitiés, ne tenoit pas
seulement table ouverte de paroles: elle avoit
la bouche plus sobre que les mains. Sa lettre, en un mot, dans laquelle il promettoit
de s'employer sans repos, et d'user de tout
son crédit et de toutes ses forces pour arracher Fitz-Harris aux harpons de la haine,
où, pauvre enfant, sa vie s'étoit fatalement
accrochée; sa lettre, dis-je, étoit éloquem-
ment accompagnée d'un petit sac de quinze
cents livres.

Dans sa joie, Fitz-Harris prit cette somme,

la mit en un monceau et en fit trois parts :
une pour sa vieille mère, une pour Patrick,
une pour lui. Celle de sa mère fut prompte-
tement envoyée. Patrick, avec sa délicatesse
accoutumée, refusa la sienne. — Rien, mon
doux ami, dit-il à Fitz-Harris, ne divise
notre amitié ni notre sort; ne partageons
donc point le champ de notre misère, n'y
plantons point de haies. Ce que j'ai, ce que
je voudrois avoir est à toi; ce que tu as, ce
que tu voudrois avoir est à moi: cela suffit.
Assis au même feu, à la même table, em-
prisonnés sous la même voûte, va, sois tranquille, quoi que tu fasses, mon frère, tu me
trouveras toujours ton convive, là, inévita-
blement.

Resté maître de deux parts, voici Fitz-
Harris embarrassé sur l'emploi de son argent, comme un enfant qui, au milieu d'une
foire, a quelques sous à lui dans sa main.
Cette grave affaire l'occupa si fortement
qu'il en devint tout silencieux. Après y
avoir rêvé tout le jour, les deux coudes appuyés sur son trésor, il y rêva encore toute

la nuit. Enfin, le lendemain : — Mon choix
est à peu près fixé, dit-il tout joyeux à Patrick, sauf meilleur avis; voici ce que j'ai
arrêté et ce qu'il nous faut acheter avant
tout. D'abord, un collier d'argent pour
Cork, une grande buire en grès de Flandre,
deux pots du Japon, quelques tableaux et
un clavecin. A cette nomenclature, Patrick,
qui n'avoit pu s'empêcher de sourire, prit
la main de Fitz-Harris, et, la serrant affectueusement : — Merveilleusement trouvé!
Tout cela est charmant, dit-il, délicieux!
Mais, mon bon ami, ne seroit-il pas bien
de songer aux choses essentielles dont notre
corps et notre esprit peuvent avoir faute,
avant de nous donner touts ces objets de luxe?
Ce mot, objet de luxe, parut traverser
les idées de Fitz-Harris et le contrarier. —
Objets de luxe! reprit-il, qu'appelles-tu objets de luxe? Un collier pour Cork? Il y a si
long-temps que je lui en ai promis un magnifique! Une buire en grès de Flandre, pour
remplacer notre ignoble cruche à eau? ce
n'est certes pas là un objet de luxe. La demi-

livre de tabac que chaque mois le Roi nous
donne traîne toujours de touts côtés et se
gaspille; un pot du Japon pour la mettre et
un autre pot du Japon pour mettre des marguerites et des roses : ce n'est certes pas là
de la profusion; d'ailleurs, j'aime tant les
beaux vases! j'aime tant les belles porce-
laines! Quelques estampes, quelques fêtes
galantes de Watteau, pour égayer un peu
ces murailles noires et nues, ce n'est pas
trop. Un clavecin!.... combien de fois touts
deux avons-nous regretté de n'avoir pas
quelque instrument pour abréger les heures
lentes et taciturnes de notre captivité, pour
chercher dans l'étude et les charmes de la
musique l'oubli passager de nos maux! Oui,
oui, il nous faut un clavecin! La musique fait
tant de bien! Te souvient-il combien la plus
naïve mélodie vous remet de frais dans le
cœur. Oui, oui, il nous faut un clavecin!
n'est-ce pas, Patrick?....

A de si invincibles raisonnements Patrick
feignit de se rendre. Ces fantaisies de Fitz-
Harris pouvoient être des folies, mais dans

sa situation, mais dans l'état de son esprit,
c'étoit de cela, rien que de cela, que Fitz-
Harris avoit besoin. Patrick, l'ayant compris
de suite, auroit regardé comme une cruauté
de le poursuivre davantage de ses froides
représentations. Le raisonnable, tout raisonnable qu'il est, n'en est pas moins parfois
très-fâcheux et tout-à-fait à éviter. Un
homme qui s'ennuie et qui n'a pas de manteau pour cacher les trous de son pour-
point vient-il à recevoir une somme : la raison voudra qu'il s'achète un manteau, la
folie, qu'il la suive dans les tavernes. Dans
ce manteau, il s'emmaillotteroit avec son
ennui ; ce manteau deviendroit son linceul.
Mais dans les tavernes, avec ses trous aux
coudes et son collet râpé, en compagnie de
joyeux débauchés, il se délivrera de son mal ;
il reprendra du cœur au ventre, et, bientôt
remis en selle, il rentrera à toute bride dans
la vie. — Le raisonnable est très-souvent
mortel. La folie est quelquefois de la raison ;
la raison est quelquefois de la folie. Il est
de certains cas où vraiment la raison a un

air si bête, où la logique a une tournure si
absurde, qu'il faudroit avoir bien du sérieux
pour ne pas leur éclater au nez.

Si la surprise de Patrick, lorsque Fitz-Harris lui avoit fait connoître l'emploi qu'il de-
siroit faire de son argent, avoit été grande, la
surprise de M. de Guyonnet fut plus grande
encore. A son tour, avec touts les ménagements qui sont dus à un malade, il essaya de
lui adresser quelques réflexions assez sages ;
mais jamais il ne put en venir à lui faire comprendre qu'il avoit des besoins plus réels et
plus pressants, et qu'un clavecin ou des pots
du Japon n'étoient pas des objets de première nécessité.

Grâce à la bienveillance de M. de Guyonnet et à sa complaisance infatigable, Fitz-
Harris eut bientôt en sa possession ce qu'il
avoit si ardemment rêvé ; je vous laisse à
penser dans quelle aise et quel ravisse-
ment il dut être, et avec quelle satisfaction
il dut voir la porte de sa geôle s'ouvrir pour
laisser entrer tour-à-tour chacun de ses désirs réalisés.

Ces premières emplettes n'avoient pas
absorbé touts ses fonds; mais de nouveaux
achats qu'il fit avec non moins d'empressement, à savoir : un trictrac, un échiquier,
un bilboquet, deux jeux de dominos, dont
les dés d'ivoire étoient presque in-8°, et dont
un étoit destiné à M. de Guyonnet; quelques
ouvrages que Patrick avoit exigés, une pro-
vision de cartes à jouer, du vin d'Espagne,
quelques flacons de liqueur, et quelques
livres de sucre et de thé, ne tardèrent pas à
mettre son escarcelle à sec. Et si l'ordre de sa
mise en liberté fût arrivé seulement un mois
après le généreux envoi de son oncle, et que
pour faire baisser le pont-levis il eût fallu seulement qu'il donnât un écu, il seroit resté
en affront. Mais cet ordre ne vint pas.

Il ne devoit jamais venir.

Au milieu de touts ces nouveaux jouets,
au sein de l'espèce d'aisance et des plaisirs
qu'il venoit d'appeler dans sa prison; ou-
blieux, léger, inconséquent, Fitz-Harris,
pendant quelques mois, vécut dans une sorte
de bonheur. Mais ce bal, mais cette masca-

rade, qu'il venoit pour ainsi dire de donner
à son infortune, eurent, comme toutes les
fêtes, un lendemain triste et morne. Les roses
et les marguerites se fanèrent dans leur pot
du Japon ; les fêtes galantes de Watteau s'en-
fumèrent avec les murailles ; le clavecin devint rauque. Ses ennuis, qui n'avoient été
que suspendus et non pas taris dans leurs
sources, revinrent plus acharnés et plus pro-
fonds. La liberté est un besoin inexorable.

L'estime que M. de Guyonnet avoit con-
çue pour ses deux jeunes privilégiés ne s'é-
toit point affoiblie ; l'intérêt qu'il avoit pris
à leur sort ne s'éteignoit point. Le chagrin
naïf de Fitz-Harris, la résignation de Patrick,
le touchoient ; car la pitié habitoit dans le
cœur de cet homme. Touts les jours, depuis
assez long-temps, comme s'il s'en fût imposé
le pieux devoir, il venoit passer quelques
moments auprès d'eux. Ces moments étoient
consacrés au jeu ou à d'agréables causeries.
Il se plaisoit à enseigner le trictrac à Fitz-
Harris et les échecs à Patrick. Quelquefois
il leur apportoit des nouvelles de la ville et

des scandales de la Cour. Le plus souvent on
parloit de l'Écosse, de l'Angleterre et de la
pauvre Érin. La chronique de sa jeunesse,
les événements dont il avoit été le témoin,
et les souvenirs qu'il avoit assez bien recueillis durant une longue carrière à travers ces
temps curieux, offroient aussi une mine assez
féconde. Mais par-dessus tout, il y goûtoit
un plaisir sombre, Fitz-Harris aimoit à l'entendre raconter l'histoire et la captivité des
malheureux qui depuis cinq siècles consé-
cutifs étoient venus tour-à-tour languir ou
mourir dans les interstices de ces épaisses
murailles, dans les boulins de ce colombier
de la mort. Enguerrand de Marigny étoit l'al-
pha de cet horrible alphabet d'infortunes
secrètes ou dévoilées, dont Mirabeau devoit
être l'omega.

Enguerrand de Marigny! — Mirabeau! ce
fut un roi qui forgea le premier anneau de
cette chaîne dont le dernier anneau étran-
gla la royauté.

Sur les murs de la chambre de pierre
octogone qu'habitoient nos deux compa-

gnons, le nom du comte de Thunn se trouvoit écrit plusieurs fois, comme on sait. Ce
comte de Thunn étoit un seigneur d'une
ancienne noblesse de l'Empire, qui de but
en blanc fut jeté au Donjon parce qu'il étoit
l'ami d'un ennemi du lieutenant-général de
police. La comtesse son épouse fut elle-
même traînée à la Bastille pour avoir sollicité avec instance sa liberté; et son fils, qui
servoit alors le Roi dans l'armée d'Italie, pour
avoir réclamé l'élargissement de sa famille,
fut à son tour mis à Vincennes, où il n'eut
pas la satisfaction de voir son père : on lui
cacha qu'il étoit près de lui. Au bout de
onze années de détention, le comte de
Thunn mourut, sans savoir non plus que
son fils languissoit dans le même donjon, et
celui-ci n'eut pas même la triste consolation
d'embrasser son père expirant. Un jour M. de
Guyonnet, à la sollicitation de Patrick, je
crois, vint à parler de cet intéressant malheur. A peine avoit-il achevé son récit que
Fitz-Harris, qui avoit paru vivement affecté,
surtout des dernières circonstances, se leva

et s'écria avec l'accent de la colère : — Savez-vous, M. de Guyonnet, que c'est une
chose abominable que cela? On conçoit le
mal fait dans un but, dans un but même
criminel; on conçoit le mal profitable; on
conçoit que pour le détrousser on égorge
un homme qui passe; on conçoit que le
Caraïbe rôtisse son prisonnier et le mange;
on conçoit qu'on écorche son ennemi pour
faire de sa peau une selle : cela est bien, cela
est sage; mais ce qui révolte, c'est le mal fait
par bon plaisir, c'est le mal insignifiant,
c'est le mal que rien ne réclame; ce sont
les petites cruautés de toutes les heures, les
petites barbaries raffinées, les atrocités mi-
gnonnes qu'on pratique dans les bastilles!
Quand la société a mis l'être nuisible hors
d'état de lui nuire, l'action de la société doit
s'arrêter; et si elle a parfois le droit, comme
elle se l'arroge, d'ôter la vie, son bourreau
doit avoir une lame forte qui tranche vite
et court, et non point une épingle!... Une
prison c'est une tombe, c'est un asyle de
mort; c'est un asyle sacré dont les murs ne

doivent point prêter l'oreille à la colère,
dont la garde ne doit point prêter main-
forte à la haine. Le père et le fils sont prisonniers dans la même forteresse, leurs
fosses sont contiguës; cacher au père que
les gémissements qu'il entend dans la muraille sont les gémissements de son fils, cacher au fils que les chaînes qui passent et
repassent sur la voûte sont traînées par son
père; quand leur sort est commun, les laisser sur leur sort dans une ignorance réciproque et cruelle! sous le faix de onze années de désespoir, le vieillard succombe....
ne point les réunir dans un même cachot,
pour qu'au moins le père expire dans les
bras de son fils, pour qu'au moins le fils
recueille le dernier soupir de son père;
abomination!... Eh! qui demandoit cela?
Étoit-ce le Roi, étoit-ce la Loi? La Loi ne
sauroit enjoindre d'aussi basses coquine-
ries. Mon Dieu! qu'est-ce que cela auroit
donc fait que le père eût pressé la main de
son fils, que le fils eût baisé les cheveux
blancs de son père? A qui donc importoit

cette lente et cruelle barbarie? Qui donc en
avoit dicté le programme?... A cette chose
sans nom, cette chose exécrable, qu'est-ce
que le royaume gagnoit donc en lumières,
en paix, en grandeur, en opulence? Où
donc étoit la morale de cette opiniâtre atrocité?... Oh! c'est un fait horrible!... Malheureux comte de Thunn!...

Mais, Saints-du-Ciel! j'y songe; puisqu'il
en est ainsi, qui me dit que ma vieille mère
n'est pas derrière cette muraille, n'est pas
sous cette voûte; ma vieille mère, qui m'appelle, qui prie et qui pleure, qui se meurt
peut-être! Ah! pitié! pitié!... La mort plutôt!... Brisez-moi la poitrine, ouvrez-moi le
cœur; j'ai là un sanglot qui m'étouffe.....
Mais, que dis-je? Ah! pardon, pardon, mon
esprit est égaré; pardon, M. de Guyonnet;
vous, vous êtes bon, vous êtes un homme;
non, non, ma mère n'est pas là, n'est-ce pas?
ma vieille mère n'est pas là, vous me l'auriez dit. Sa majesté le lieutenant-général de
police et le Roi ne l'ont pas plongée dans cette
caverne pour avoir imploré la miséricorde

de leur cœur de pierre; le Roi n'a pas dressé
le menu de mon supplice, et n'a pas dit :
La mère ne verra pas le fils, le fils ne verra
pas la mère.

Après tout, n'est-il pas curieux, sinon
exécrable, que certains hommes, quand la
fantaisie leur en prend, puissent accommoder ainsi leurs semblables, et n'est-elle pas
bien faite la société où de pareilles infamies
se commettent sous le couvert du Roi et
dans la ruelle de la Loi? Là, soyez franc,
M. de Guyonnet, comment trouvez-vous ce
royaume?... Oh! la Loi ici n'est pas de fer ;
c'est un gâteau de cire qui s'alonge, s'ac-
courcit, se roule, se déroule, se ploie et se
plie, et prend à chaque instant mille formes
nouvelles sous le pouce du Roi ou des com-
pères du Roi. La Loi ici, c'est une courti-
sanne qui fait la pluie et le beau temps. La
Loi... mais, que dis-je? il n'y a plus de Loi:
il y a long-temps que la Loi est défigurée.
D'abord elle étoit pure, elle étoit juste,
comme tout ce qui vient de Dieu ou du
peuple; mais la monarchie a surpris sa chas-

teté; mais la monarchie l'a subornée; mais
la monarchie l'a habitée; et de cet inceste
est sortie une race de fils de la main gauche,
une couvée de bâtards qui se sont substi-
tués à leur mère après l'avoir étouffée. Eh!
voilà la hideuse pullulée qui nous régit!
voilà au nom de qui l'on nous taille et l'on
nous rogne!... La Justice, autrefois vigilante
fermière, faisant valoir la Loi au profit du
peuple, aujourd'hui sourde, hébêtée, som-
nolente, mange, dans l'écuelle du Roi, le plus
pur du sang de ses sujets, auxquels, au lieu
de pain de pur froment, elle ne livre plus
qu'un pain de pavots et d'ivroie, qu'un pain
amer qui donne des vertiges.... — Je vous
étonne, M. de Guyonnet; ces paroles de
colère vous semblent étranges dans ma
bouche; il est vrai, autrefois j'étois incapable
d'une idée qui ne fût pas frivole, mais la
prison m'a mis plus de plomb dans la
tête; le malheur a consumé ma jeunesse et
m'a ridé le cœur. Tout ce qui s'est accompli sur moi et autour de moi m'a donné à
penser. J'étois heureux, j'étois bon : la

souffrance m'a aigri; je sens là que je
change; je sens là que je deviens méchant.

Ainsi le comte de Thunn, parce qu'il étoit
l'ami d'un homme vertueux, M. de Brurauté, qui ne l'étoit pas d'un M. d'Argenson,
un valet dont le Roi remplissoit les poches
de blancs-seings, est traîné au Donjon; ainsi
sa compagne, arrachée des bras de sa fille,
est jetée à la Bastille; ainsi son fils est chargé
de chaînes; après onze années de captivité
dans un cachot contigu au cachot de son
fils, ainsi le vieux comte de Thunn meurt
seul, abandonné comme une bête hydro-
phobe... Eh! c'est là tout!... On plonge une
famille dans la désolation; on tue le chef,
on écartèle chaque membre... Eh! c'est là
tout?... Les hommes en gardent ou en perdent mémoire; l'histoire le tait ou le con-
signe; eh! c'est là tout?... C'est un fait passé
avec d'autres faits passés.... Eh! c'est là
tout? eh! tout est dit?... — Non, non, ce
n'est pas tout! non, non, tout n'est pas dit!
c'est impossible! ce seroit trop inique, ce
seroit trop atroce. Patience! l'ouvrier re-

cevra son salaire. Après l'affront, la vengeance! Croyez-moi, le drame qui se joue
aura un dénouement! Prions Dieu qu'il ne
soit pas terrible!...

Hélas! tandis que je m'apitoye sur des
mânes, infortuné comte de Thunn! tandis
que je pleure sur ton sort, j'oublie le mien,
non moins affreux. Au fait : eh! pourquoi
suis-je ici? Quel est mon crime? Des gents
de police qui font métier de faire des coupables, ont dit que j'avois dit je ne sais quoi
sur une pas grand'chose qui s'étoit prosti-
tuée au Roi, et à qui le Roi prostituoit la
France. Le beau dommage, oui-da! quand
j'aurois dit ce qu'on dit que j'ai dit. — Sans
doute pour faire l'empressé, pour faire l'aimable enfant, pous s'attirer sur l'épaule un
coup d'éventail protecteur, ou pour procu-
rer de l'avancement à quelque campagnard
de sa famille, M. le lieutenant-général de
police commanda mon crime et mon arrestation. Qu'on puisse ainsi disposer de la
destinée d'un homme, que les limaces de
Cour, que les suppôts de police puissent

ainsi jouer à pair ou à non avec le sort des
gents de ce royaume, c'est une perturba-
tion! c'est une honte!... Et l'on subit cela?
et l'âne, qu'on appelle le peuple, ne rue
pas?... Oh! non, l'animal n'est pas dangereux. Accoquiné à l'écurie que la monarchie
lui a faite, qu'il ait litière fraîche et paille au
râtelier, peu lui importe le reste! Il prête
volontiers le dos à l'ignominie. Le bât de la
servitude lui va mieux que le bât de la gloire.

Admettons un instant, s'il le faut, que
jadis je me sois permis une irrévérence à
l'égard de la Chimène du Roi; — mais cette
femme est morte, oubliée; ses cendres depuis long-temps sont froides. D'où vient que
sa colère est debout? d'où vient que la
torche de sa haine brûle encore? Qui donc
s'est fait l'héritier de ses ressentiments?....
Vengeurs posthumes de l'honneur absent
d'une belle, Don-Quichottes, valets, ardé-
lions, magistrats irréprochables qui servez
de bouclier au putanisme, jusques à quand
me tiendrez-vous dans les fers?... — Pharaon
sans doute a convolé à de nouvelles amours;

que fait donc la nouvelle sultane? Tout en
jouissant du présent, tout en se promettant
l'avenir, ne pourroit-elle jeter en arrière un
regard de compassion, et mettre un terme
aux trop longues souffrances que sa devan-
cière a amoncelées du fond de l'alcôve
royale? Seroit-ce que chez les filles comme
chez les rois les nouvelles dynasties ne soient
que de nouvelles dynasties de maux?

Encore un coup, répondez! au nom de
qui suis-je encore à la chaîne? Qui donc veut
ma perte? Le Roi ou la France? La France
n'est pas la confidente de la Cour ni de la
police; elle ignore et sans doute ignorera
toujours ma destinée. On ne lui dit pas tout
à la France; on ménage sa honte. Quant
au Roi personnellement, il règne peu et gou-
verne encore moins : c'est un roi de fayence!
Peu lui importe qu'on fasse paille ou foin de
ses sujets. D'ailleurs, seroit-il méchant, ce
que je ne saurois croire, eût-il ordonné à ses
subalternes de me faire du mal, qu'on pourroit bien sans grand scrupule lui désobéir
en ce point, comme en tant d'autres. Il se-

roit si facile de tromper la voracité de Sa-
turne!

Quand on veut un cheval on s'adresse à
un maquignon; quand on veut du vin on
va au cabaret; mais à quelle porte frapper
pour qu'on vous fasse droit?... On regorge
de justiciers, mais on chôme de justice; on
ne la rend, on ne la vend, ni on ne la donne.
— Allons! messieurs du Parlement, vous qui
avez la main haute, de grâce, un peu de zèle
pour l'innocent! Assez de robes noires s'ex-
terminent après les coupables. C'est assez
jongler avec Jansénius; vous êtes de grands
casuistes, on le sait. Allons, messieurs, levez-vous et partez! Pour défendre l'opprimé,
pour sauver l'innocent, il n'est besoin d'être
en rang comme des chaises d'église, sous les
lambris sonores d'un palais. Hola! messieurs,
hola! vous ajusterez une autre fois les mar-
teaux de vos perruques; laissez là vos Phi-
lis; chaussez l'éperon, ceignez l'épée; à cheval, à cheval! volez où l'on pleure, volez où
l'on pousse d'éternels gémissements! Péné-
trez dans les bastilles, descendez dans les

cachots; faites combler les citernes; rendez
à la vie, au monde, à leurs familles, les gents
d'honneur qu'on y tient ensevelis, les gents
de cœur qu'on y exténue! Et si Pharaon par
hasard vous demandoit pourquoi vous avez
pris sous vos bonnets d'agir ainsi, vous lui
direz, vous qui savez si bien faire les remon-
trances:—Sire, c'est une sainte besogne que
nous avons faite là. Sire, nous sommes les
concierges des droits de vos sujets, et non
les greffiers de votre bon plaisir. Sire, nous
sommes le sceptre du peuple et non la hal-
lebarde du Roi. Sire, chacun son métier :
notre apostolat à nous n'est pas le vôtre;
nous, Sire, nous sommes pour défaire le
mal; tant pis pour vous!

Mais non, compagnons de misère, vous
qui, comme moi, avez été condamnés à une
éternelle souffrance, soyez tranquilles, pour-
rissez en paix dans vos basses-fosses! Allez,
messieurs du Parlement ne vous trouble-
ront point; ils sont couchés sur des roses!

Beaux philosophes, vous aurez beau dire,
ces temps que vous calomniez valoient mieux

que celui ci. Là, derrière ce donjon, non
loin de ce château, venez, et vous verrez encore le tronc vermoulu du chêne sous lequel
s'asseyoit un roi chevalier pour rendre la justice à tout venant. La justice alors émanoit
du Roi. Oh! si seulement pour un seul jour
l'ombre de ce preux pouvoit rejeter son
suaire, et venir se rasseoir au pied de cet
arbre, que de maux seroient réparés! De
quelle noble colère ne seroit-il pas saisi
quand on viendroit lui dire : — Sire, là-
haut, dans ce donjon, on retient dans les fers
un jeune homme, que dis-je? deux braves
jeunes hommes, à cause d'une femme folle
de son corps, qui vivoit avec le Roi votre
fils. — Le Roi mon fils! s'écrieroit-il! non;
non, cet homme n'est pas mon fils; cet
homme n'est pas de ma tige; cet homme
n'est pas de ma maison! ce n'est pas là mon
sang, ce n'est pas là ma race! c'est un bâtard!...

Je crie, je pleure, je m'épuise, je débla-
tère; mais à quoi bon? ma condition est toujours là, immuable. De quel côté que je

me tourne, je me trouve toujours avec elle
face à face. Je le vois bien, c'est une chose
écrite, il faut que je périsse!... Abomination!... Oh! mon Dieu! encore une fois, que
suis-je donc, qu'il faille pour l'équilibre du
monde que je sois dans ce cachot? Qu'importe qu'il soit là ou ailleurs, le pauvre
atôme! Allez, M. de Guyonnet, vous pouvez
sans crainte me mettre dehors; le soleil ne
s'obscurcira point; les morts ne sortiront
point de leurs sépulcres.

Ici Fitz-Harris se tut : il n'étoit pas au
bout de sa colère, mais il étoit au bout de
ses forces; la voix lui manqua. En rôdant à
grands pas dans sa prison, il avoit répandu
cette longue déclamation avec un courroux
si réel, ses lèvres avoient humecté chaque parole de tant de venin, que, comme avec une
arquebuse qui a du recul en frappant l'ennemi, il s'étoit frappé lui-même. La pierre,
en s'échappant, avoit déchiré la fronde. Pour
cacher les larmes qui tomboient de ses yeux
il jeta ses bras autour du col de son ami,
que cette sortie avoit tristement ramené sur

le terrain de son infortune, et plongé dans
une émotion presque aussi grande. M. de
Guyonnet, qui avoit tout écouté avec une
patience religieuse, qui même quelquefois
n'avoit pu se défendre de sourire aux mots
les plus heureux et les plus sanglants, bien
qu'un peu troublé, s'efforçant de prendre
légèrement la chose, se mit à moraliser
Fitz-Harris avec toute sa bonté et toute sa
grâce habituelles. — J'étois loin, mon brave
compagnon, de vous soupçonner si mauvais, lui disoit-il; mais vous êtes, tout debon,
un misanthrope redoutable; vous êtes fâché
tout rouge contre l'univers. Votre infortune
est grande, je l'avoue; mais elle aura un
terme, mais il y a pire encore. Ne vous montez pas la tête, soyez plus résigné; vous
n'êtes, mon cher compagnon, croyez-le bien,
ni le doyen ni le prince des malheureux. A
vous escrimer ainsi contre le moulin à vent
de la monarchie, prenez garde, pour vous
emprunter une excellente expression, de
sembler aussi un Don Quichotte. Le manteau royal, couleur du ciel et semé de do-

rures comme le firmament d'étoiles, peut
bien avoir sous quelques plis quelques trous
et quelques taches, mais il n'en est pas
moins un abri vaste et sûr pour le peuple.
— M. le lieutenant pour le Roi se crut encore
obligé de dire beaucoup d'autres choses
semblables, que je serois charmé de ne
point répéter, que Fitz-Harris n'écouta
guère, et auxquelles, préoccupé qu'il étoit,
il ne faisoit pas grande attention lui-même.

Depuis cette fâcheuse algarade, M. de
Guyonnet évita toutefois, avec le plus grand
soin, de toucher à rien, dans la conversation,
qui pût éveiller chez ses jeunes prisonniers
la pensée de leur malheur, et leur remettre
sous les yeux la sombre image de leur sort ; et
quand Fitz-Harris cherchoit à le questionner
sur quelque ancien captif du Donjon, sur
quelque détention occulte : — Laissons là ces
infortunés, lui disoit-il ; parlons, si bon vous
semble, du château de Beauté et de ses orgies, d'Isabeau et de l'insolent Bois-Bourdon ;
mais laissons le Donjon tranquille. Vous le
savez, je suis payé pour cela. Vous m'avez

un jour fait éprouver trop cruellement la
sagesse de cet adage trivial : Qu'il ne faut
jamais parler de corde dans la maison d'un
pendu.

L'oncle de Fitz-Harris, l'abbé de Saint-
Spire de Corbeil, avec un zèle et une persévérance vraiment apostoliques, n'avoit pas
cessé, depuis qu'il lui en avoit fait la promesse, de travailler à son élargissement. Un
genou en terre, son front chauve penché
sur le seuil, il avoit heurté à toutes les portes
du pouvoir, même à la porte de Versailles;
mais on le renvoyoit de Caïphe à Pilate, de
Pilate à Caïphe, de Caïphe à Hérode. Tantôt c'étoit un refus brutal, tantôt une réponse
évasive; ici on prenoit un faux air d'intérêt
et l'on faisoit des phrases stériles; là on se
bouchoit sans façon les oreilles. Partout on
s'appliquoit avec tant d'ardeur à gonfler la
faute de Fitz-Harris, à s'exagérer sa perver-
sité, à démontrer sa profonde scélératesse,
que notre saint abbé avoit fini par ne savoir
trop que penser, par douter du caractère

de son neveu, et par n'être guère éloigné de
le considérer comme un mortel redoutable,
qu'il falloit tenir prudemment claquemuré
pour la sûreté et l'affermissement de l'État.
Dans ses lettres, il lui avoit toujours caché
assez habilement le peu de succès de ses
démarches, et avoit toujours cherché à l'entretenir dans la consolante idée d'une délivrance prochaine ; cependant, après une
longue attente, ne voyant toujours rien venir, celui-ci avoit cru pouvoir démêler, sous
des paroles obscures et embarrassées, une
vérité pénible que de la bienveillance dégui-
soit. Et, cette fois encore, son désappointement avoit été cruel, car il avoit beaucoup
compté sur le dévouement et la haute influence de son oncle. Cet espoir évanoui, il
ne lui restoit plus d'espoir au monde. Sa
perte lui sembla jurée derechef. Il n'avoit
plus rien à attendre que du hasard, du
temps ou de la lassitude de ses bourreaux.
Son irritabilité s'exalta, il retomba dans son
premier abattement.

Être dehors étoit la pensée unique qui

absorboit tout entier Fitz-Harris et le minoit. Avec le désir dévorant de recouvrer la
liberté, Patrick nourrissoit d'autres vau-
tours qui, sans pitié, lui rongeoient le cœur.
Plusieurs fois, à de longs intervalles, pour
obtenir enfin des nouvelles de Déborah, ou
pour pousser à faire des recherches sur sa
résidence ou sur sa destinée, il avoit écrit à
M. Goudouly de l'hôtel Saint-Papoul, et
toutes ses lettres étoient restées sans réponse. Ce silence persévérant lui avoit mis
la mort dans l'âme. Comme c'étoit par l'in-
termédiaire seul de cet homme qu'il lui
avoit été permis d'espérer découvrir la retraite de sa malheureuse amie, c'en étoit fait,
il le voyoit bien, elle étoit perdue pour lui sans
retour; c'en étoit fait, la dernière lueur qui
brilloit devant ses pas dans le champ de sa
nuit venoit silencieusement de s'éteindre.

Juste au moment où nos jeunes amis, dans
le sentier que chacun d'eux suivoit, s'étoient
vu dépouiller de toute espérance, justement
à l'heure où ils venoient de s'enfoncer plus
avant dans les sables arides du chagrin, et

où ils avoient plus besoin que jamais de consolations, de distractions et d'égards, la lieutenance du Donjon tomba des mains de l'honnête M. de Guyonnet dans les mains d'un ava-
leur de charrettes ferrées, d'un sot, d'un fat,
d'un puant, d'un pince-maille, d'un bélître,
le chevalier de Rougemont. Ce chevalier de
malheur, sinon d'industrie, étoit une créature du petit duc Phélypeaux de Saint-Florentin de la Vrillière. Il avoit épousé, je crois,
la fille du gouverneur des pages du duc
d'Orléans. Ce n'étoit pas sans raison, comme
on voit, qu'il en étoit à *m'amour, que veux-tu?*
avec le lieutenant-général de police. Je m'en
tiens, pour l'instant, à ces quelques coups de
pinceau ou de massue, comme on voudra :
la suite nous fera connoître de reste ce
monsieur.

Pas un prisonnier n'avoit eu encore l'a-
vantage de voir seulement le bout du nez
du nouvel astre qui venoit de se lever sur le
Donjon, que déjà touts avoient subi sa funeste influence. Le sang s'étoit figé dans les
veines, les cœurs s'étoient glacés. Tout in-

trus qui arrive au pouvoir se croit dans la
nécessité de manifester son élévation par de
nouvelles remontes et de nouvelles réformes.
C'est du petit au grand. L'un aliénera les
forêts de la nation, l'autre retirera une bûche
du feu de ses prisonniers; l'un refera la
charte de ses sujets et supprimera la religion de l'État, l'autre refera la carte de ses
prisonniers et supprimera les deux pom-
mes du jeudi, et le biscuit de deux sols
du dimanche. L'un allumera la guerre civile,
l'autre éteindra une chandelle. Bref, sur la
poitrine de ses subordonnés, le nouveau gouvernement s'assit lourdement comme un
sombre cauchemar. Tout fut mis à l'étroit.
On multiplia les corps-de-garde, on doubla
les sentinelles, on accumula les précautions.
Les habitants du Château furent gênés ou
outragés; ceux du Donjon accablés et tor-
turés. On fit de l'importance; on ne voulut
répondre des prisonniers qu'à telle et telle
conditions; que moyennant tant de verrouils, tant de barricades, tant d'alguazils.
Le régime fut appauvri. On ne servit plus

que de la basse viande coriace, filandreuse
et visqueuse, du jarret, du collier, du pale-
ron, et comme on ne donnoit point aux
détenus de couteau ni de fourchette de fer,
il falloit qu'ils la lacérassent avec les ongles
et la déchirassent à belle dent ; il est facile
de s'imaginer quelle rude besogne c'étoit.
Le vin devint fier, le pain dur et grossier, la
marée odoriférante ; les légumes sembloient
avoir traversé une rivière à la nage ; les mets
avoir été apprêtés à coups de sabre. Plus de
faveurs, point de pitié! Fitz-Harris ne monta
plus sur la plate-forme de l'échauguette.
Personne ne descendit plus au jardin ;
tout demeura condamné à une ombre éternelle.

Ces améliorations étoient déjà depuis long-
temps effectuées, et Fitz-Harris, peu fait pour
une vie de pénitence, plus exaspéré qu'af-
foibli par ces privations et ces macérations,
souhaitoit vivement de voir un peu la mine
du nouveau potentat, dont le bras invisible
s'étoit appesanti si lourdement sur leurs
couronnes d'épines. Enfin, un beau ma-

tin, ayant fait son bruit accoutumé, la
porte s'ouvrit, une voix cria dehors : M. le
lieutenant pour le Roi, et un personnage
entra tout d'une pièce, suivi d'un guichetier et de deux artisans portant le tablier de peau, la truelle à la ceinture et la
pioche sur l'épaule. Roide, empesé, guindé,
il avoit quasi l'air d'un bâton ou de la verge
noire d'un sergent, à laquelle pendroit hori-
zontalement une épée. Pour toute salutation
il hocha malgracieusement la tête en cli-
gnant les paupières, et comme nos deux
captifs se levoient avec politesse, en signe
de respect : — Bien, bien, messieurs, leur
fit-il dédaigneusement, ne vous dérangez
pas, restez assis. C'est vous, je crois, qui
êtes Irlandois et mousquetaires? — Oui,
monsieur, répondit Patrick avec sa dignité,
nous sommes Irlandois, nous étions mousquetaires. — Criminels de lèze-majesté, je
crois? — Prisonniers, oui! criminels, non!
reprit encore Patrick.

   —Lequel de vous, s'il vous plaît, se nomme
Whyte? — C'est moi, monsieur. — L'autre

alors... — L'autre alors, monsieur le commandant, c'est Fitz-Harris qu'on le nomme;
que me voulez-vous? — Rien, répliqua plus
sottement encore M. le nouveau lieutenant,
en examinant d'un air moitié figue, moitié
raisin, article par article, tout l'ameublement de la chambre. Lorsqu'il eut tout bien
reluqué : — M. de Guyonnet étoit fou, je
crois! Le Roi, ma foi, étoit bien servi, se
mit-il à dire avec un geste de commisération. — Non, monsieur, s'écria là-dessus Fitz-
Harris, en lui coupant la parole, M. de
Guyonnet n'étoit point fou! Plus de retenue,
s'il vous plaît, monsieur, à l'égard d'un
honnête homme qui emporte nos regrets et
nos larmes, qui s'est fait aimer comme vous
vous faites haïr, dont nous vénérons la mémoire comme on exécrera la vôtre. — M. de
Guyonnet étoit fou, dis-je, poursuivit empha-
tiquement M. le chevalier de Rougemont;
avoir laissé accommoder ainsi un cachot!
Des vases, des estampes, un clavecin... Mais
c'est plutôt le boudoir d'une fille d'Opéra
qu'un cabanon! Nous y mettrons bon ordre.

—Oh! vous en êtes bien capable, M. le
lieutenant, reprit encore Fitz-Harris avec un
sourire acéré qu'on ne sauroit mieux com-
parer qu'à une lame.

Les artisans qui accompagnoient le nouveau monarque de Vincennes, c'étoient, leurs
outils le disoient de reste, des maçons ; car
cet homme, chacun son goût, raffoloit de
la maçonnerie : il avoit le cœur sur la main
pour les tailleurs de pierre ; il en avoit toujours autour de lui, après lui, chez lui, sur
lui ; c'étoient ses gardes-du-corps à lui. Qu'y
a-t-il à redire ? — Depuis son arrivée le Donjon en étoit infesté : il y en avoit aux portes,
aux cheminées, aux gouttières, aux fenêtres ;
les toits en étoient couverts ; les fossés en
étoient pleins. C'étoit un assaut de plâtre,
une véritable escalade de mortier. On eût
dit qu'avec lui touts les manœuvres de
la terre avoient ceint le diadème. Si M. de
Rougemont, ainsi que Louis XII, n'étoit
pas le père de son peuple, en revanche,
soyons justes, c'étoit bien le père des Limou-
sins. Or, comme il ne pouvoit bâtir donjon

sur donjon, tour sur tour, entasser Pélion
sur Ossa, il occupoit toute cette gangrène
à des rabobelinages souvent inutiles, presque toujours ridicules.

Après l'échange des paroles assez âpres
que nous avons rapportées plus haut, M. le
lieutenant pour le Roi laissa là ses prisonniers; puis, mesurant la lucarne avec son
épée, et se tournant vers ses deux artistes
favoris : — Compagnons, allons à notre
affaire, leur cria-t-il; vous allez, comme
nous avons déjà fait dans les autres cachots,
relever cette fenêtre de façon qu'on ne
puisse voir ni au-dessus ni au niveau. Vous
scellerez à l'extérieur une grille saillant en
dehors, pareille aux autres, dont vous don-
nerez mesure au serrurier. Vous rescellerez
dans les tableaux les barreaux croisés qui
se traversent, et, dans l'embrasure, cette
même rangée de barreaux que vous ferez
couper de longueur. Ici, à l'intérieur, pour
tenir la fenêtre hors d'atteinte, vous repo-
serez cette grille coudée et contre-coudée,
que vous ferez ajuster à la forge suivant la

demande, et que je ferai garnir ensuite, par
mon grillageur, d'un treillis de fil d'archal à
mailles fines et serrées. — Ayant donné ces
ordres avec son emphase habituelle, et en
affectant d'employer quelques mots techni-
ques, ainsi qu'un bourgeois qui a fait bâtir,
comme M. de Rougemont se retiroit, Fitz-
Harris s'approcha de lui, et, du regard lui
perçant la poitrine, s'écria : — Vous avez raison, M. le lieutenant, de faire boucher ces
fenêtres ; vous vous rendez justice : il ne faut
pas que le ciel soit témoin des exécrables choses que vous faites ici !... Vous vous donnez
trop de mal, croyez-moi, mon bon monsieur,
pour nous intercepter le jour et l'air ; faites-
nous étouffer entre deux matelas, ce sera
moins cher et plus tôt fait. — Vous me manquez, jeune homme, vous oubliez sans doute
que je représente le Roi, répondit en s'en-
orgueillissant M. de Rougemont. — Le Roi !
c'est ma bête noire ; ne me parlez pas de ça !
reprit brusquement Fitz-Harris, le toisant
du haut en bas. En tout cas, monsieur, si
vous représentez le Roi, il faut avouer que

Sa Majesté est grotesquement représentée.
Mais non, vous ne représentez rien, vous ne
tenez lieu de personne, vous êtes roi vous-
même, vous êtes Harpagon Ier.

— L'insolent !…. Oh ! vous me payerez
cela.

— Je croyois, monsieur, l'avoir payé d'a-
vance.

Le lendemain matin, à peu près à la
même heure, tandis que les maçons travailloient à la lucarne, coup sur coup les
trois portes s'ouvrirent, et M. de Rougemont, avec son air gourmé de la veille, parut, suivi cette fois d'un porte-clefs et de
deux valets à sa livrée. Touts marchoient
d'un pas martial. Ils sembloient les Argo-
nautes partant pour la conquête de la toison. Arrivés au milieu de la chambre, touts
s'arrêtèrent subitement comme un seul
homme, et M. le lieutenant pour le Roi, prenant solemnellement la parole comme un
héros d'Homère, envoya cette harangue à
la face de l'ennemi : — Sans manquer aux

devoirs de ma charge et au Roi, je ne saurois tolérer un seul instant les abus mons-
trueux introduits dans ce gouvernement par
M. de Guyonnet. Je vous l'ai dit hier, messieurs, votre prison est plutôt le boudoir
d'une fille d'Opéra qu'un cachot. Le Roi,
cependant, n'a pu avoir l'intention de faire
de vous des filles entretenues; vous êtes ici
pour souffrir. Il faut qu'à chaque pulsation
de son cœur le prisonnier sente tout le poids
de sa captivité, et se trouve côte à côte avec
son malheur. Au nom du Roi, donc, nous
allons procéder à l'enlèvement de touts ces
objets qui hurlent de se trouver ici. —Tout
beau! M. le lieutenant, dit alors Fitz-Harris
avec rage, ces objets sont à moi et avec moi,
et au nom du bon droit et de la raison, nul
n'y portera la main que je ne m'en sois dé-
guerpi! attendez!... Se saisissant là-dessus
de la pioche d'un des tailleurs de pierre, il
la brandit avec force et mit en pièces le clavecin que les deux valets traînoient déjà du
côté de la porte; puis, avec la promptitude
de la flèche, faisant le tour du cachot à

coups de pioche, il fit voler en éclats tous
les tableaux accrochés à la muraille. D'un
autre assaut, ayant brisé le trictrac et l'échiquier, il rejeta son arme, et pulvérisa sur la
dalle les deux vases du Japon que M. de
Rougemont avoit mis avec soin sous son
bras. Cette besogne achevée, se dressant
fièrement et frappant du pied sur les débris
qui jonchoient le sol : — Maintenant, s'é-
cria-t-il, je vous l'abandonne; tout cela
est à vous, messieurs, ramassez! L'impétueux Fitz-Harris avoit exécuté ce sac
avec une telle vitesse que pas un n'avoit eu
le temps de se reconnoître assez pour y op-
poser résistance. M. le lieutenant pour le
Roi au milieu de ce fracas, dans une consternation risible, restoit là comme une oie
étonnée. Enfin, ne pouvant dissimuler son
naïf désappointement : C'est dommage! lui
échappa-t-il de dire avec l'accent d'une profonde mélancolie. — Fitz-Harris saisit l'oiseau
au vol. — C'est dommage, en effet, M. le
lieutenant, reprit-il, qu'on vous ait cassé
l'œuf que votre convoitise couvoit si tendre-

ment! C'est dommage, en effet, vous comp-
tiez dessus, n'est-ce pas? Vous vous étiez dit :
Je mettrai le clavecin au salon entre mes
deux fenêtres, les vases du Japon sur ma
cheminée, cela sera d'un bel effet! C'est dommage, oui-dà! la peau de l'ours étoit belle.
Allons, monsieur, exécutez-vous de bonne
grâce, remboursez gaiement le prix de cette
peau. —Je hais d'avance les héritiers qui
pourront se disputer mes dépouilles après
ma mort, ce n'est pas pour avoir des hoirs
de mon vivant. Quand on n'a plus soif, vaut
mieux briser le verre dans lequel on a bu,
que de le voir aller aux lèvres d'un pleutre
ou d'un paltoquet.

Tandis que Fitz-Harris le crossoit ainsi
impitoyablement, n'ayant pas l'air de faire
grande attention à ces affronts sanglants
qu'il dévoroit comme un homme qui eût
fait son métier de dévorer les affronts, M. le
lieutenant pour le Roi s'étoit approché du
porte-clefs et lui avoit glissé quelques mots à
l'oreille, après quoi il étoit sorti. Au bout de
quelques instants, accompagné de quatre

sergents de garde, cet homme reparut. M. de
Rougemont enjoignit sur-le-champ à ces va-
leureux fantassins d'entourer Fitz-Harris et
Patrick, et de ne pas les quitter de l'œil jusqu'à
nouvel ordre. Puis, ses prisonniers de guerre
une fois tenus en respect, il fit enlever tout
ce que la pioche de Fitz-Harris avoit brisé ou
épargné, ou plutôt il fit tout emporter, tout,
jusqu'aux jouets, jusqu'aux cartes, jusqu'aux
plumes, jusqu'au papier, jusqu'à l'encre,
jusqu'aux livres. Patrick le pria instamment,
bien qu'avec dignité, de lui laisser au moins
sa Bible. Sans daigner répondre à cette
prière, il ouvrit d'un air entendu le saint ouvrage ; mais comme c'étoit une version an-
gloise son nez se cassa sur le bois de la porte :
il ne put en déchiffrer un mot. Pour sauver
l'honneur de son ignorance il le rejeta avec
mépris, disant d'un air plus entendu
encore : — Bible de Huguenots, gri-
moire d'hérétiques, bon à mettre aux livres
à brûler ; emportez ça ! — Quand le cachot
eut été rendu à sa nudité première, c'est-à-
dire quand il n'eut plus que deux chaises

de bois, un grabat, une table et une cruche
égueulée, on se mit à fouiller les coffres, d'où
l'on retira tout le linge et toutes les hardes
que M. le lieutenant pour le Roi ne jugea
pas, pour des criminels, d'une absolue nécessité. Arrivé à la valise que M. Goudouly,
l'ancien hôtelier de Patrick, avoit autrefois renvoyée de l'hôtel Saint-Papoul, et qui
contenoit quelques riches et tristes dé-
pouillés de Déborah, l'étonnement de M. de
Rougemont fut grand de le trouver plein de
vêtements et de bijoux de femme. Il ne se tenoit pas de stupéfaction et d'aise intérieure.
S'il l'eût osé, je crois qu'il auroit baisé de
joie sa trouvaille.—Décidément, s'écria-t-il à
la fin, refermant la valise, après une assez longue extase, et fourrant la clef dans sa poche,
sous M. de Guyonnet c'étoit ici un donjon de
cocagne. On y passoit les jours en plaisirs,
les nuits en orgies. On y dansoit, on y donnoit des bals travestis, Dieu me pardonne!
Et c'étoient là vos habits de mascarades,
n'est-ce pas, messieurs? Dérision! J'en ferai
mon rapport au Roi. Allons, guichetier,

emportez ces haillons. — Au mot de haillons, Patrick tressaillit et ne put retenir un
râlement de rage. Il auroit donné sa main
droite pour conserver auprès de lui ces reliques vénérées de son amie; il eût donné
sa vie pour arracher ces reliques aux pro-
fanations de ce laquais; mais l'accueil qu'a-
voit eu sa première prière lui fit une loi
de garder le noble silence qui convenoit à
son orgueil. Il essuya seulement une larme,
et détourna la tête pour ne point voir.

L'expédition étoit achevée; M. de Rougemont renvoya les sergents de garde; mais
comme lui-même alloit se retirer, ayant apperçu par hasard le chien de Fitz-Harris, le
pauvre Cork, qui s'étoit blotti sous la table, il
revint sur ses pas, et, lui passant son épée sous
le nez, d'un air de triomphateur: — Tais-toi,
mauvaise bête, lui fit-il. — Puis il ajouta: —
Il seroit de mon devoir, messieurs, de faire
jeter cet animal dehors; mais je veux manquer en ce point à mon sacerdoce; je vous
le laisserai. Comme vous paroissez y tenir
et lui donner vos soins, vous serez obligés

de partager avec lui votre ration, qui sera
mince; ce sera ça de moins que vous man-
gerez; ce sera ça de faim de plus que vous
souffrirez; gardez-le! — A cet ignoble et
dernier outrage, Fitz-Harris jeta un cri de
dégoût, et répondit avec un courroux superbe : — Nouveau Barnaville, vous voulez,
M. le lieutenant pour le Roi, nous pousser
à bout; vous voulez nous forcer, comme Jean
Crônier, le frère du gazetier de Hollande, à
arracher les pierres du mur, et à les aiguiser,
et à vous casser le crâne, pour nous faire
passer ensuite par une chambre ardente,
pour nous faire envoyer à la mort ou ramer
sur les galères du Roi; mais vous vous
adressez mal : nous n'en ferons rien, je vous
le dis! Ce n'est pas, croyez-le bien, que
nous redoutions les galères : elles ont touts
nos souhaits! Là, du moins, nous aurions de
l'air, nous verrions la mer et le ciel!...

Fidèle à sa honteuse parole, comme eût
pu l'être un homme d'honneur, ce qu'il
n'étoit pas, M. le lieutenant pour le Roi vé-

rifia servilement sa prophétie de marmiton.
La part de nos jeunes amis devint mince,
en effet. Aux améliorations générales qu'il
avoit apportées, il ajouta à leur égard des
améliorations particulières. Les porte-clefs
avoient eu ordre de ne plus faire, quelle que
fût la rudesse de l'hiver et du froid, que
deux feux par jour aux prisonniers, c'est-à-
dire de mettre, le matin en entrant chez
eux, trois bûches dans les cheminées de
ceux qui jouissoient du doux avantage d'en
avoir, et trois bûches le soir au dîner;
mais, pour eux, il y eut suppression univer-
selle des six bûches. Chaque prisonnier
avoit droit, droit consacré par l'usage, à six
chandelles de suif en été, et à huit en hiver; mais, chandelles d'été, chandelles d'hiver, furent aussi pour eux mises à l'index;
ce qui, vu la petitesse de leur lucarne, garnie, comme on sait, d'une multitude d'es-
paliers de fer, leur procuroit durant plusieurs saisons l'horreur de dix-neuf heures
de nuit sur vingt-quatre. ——Une fois, enfin,
lassé de languir dans cette mortelle obscu-

rité, lassé de tâtonner dans ces ténèbres,
n'y tenant plus, Fitz-Harris fit prier M. le
chevalier de Rougemont d'avoir la pitié de
leur accorder un peu de chandelle ; mais
celui-ci eut le cœur de faire une dérision
de cette triste demande. Il leur renvoya dire,
par le porte-clefs, qu'il s'étonnoit qu'ils de-
mandassent de la chandelle ; qu'au défaut
de bougie, des gentilshommes comme eux
ne devoient brûler que du clair de lune.

M. le chevalier persévéra d'autant plus
volontiers dans ce surcroît de mauvais traitements, qu'il y trouvoit son compte. Sa sor-
didité y trempoit pour le moins autant que
sa vengeance personnelle, ou plutôt ces
dames s'entendoient comme deux larrons
en foire. M. le chevalier ressembloit un
peu, en ce cas, à ces crasseux teneurs d'é-
cole, qui, pour la moindre faute, heureux
encore quand le budget domestique n'a
pas fait une loi de la prétexter ! condamnent
avec empressement leurs élèves à la priva-
tion du dessert ou au pain sec ; qui, sous
couleur d'orner la mémoire, atrophient

l'estomac; qui ne châtient jamais qu'au
profit de la cuisine; et à qui leurs disciples
affamés pourroient dire à bon droit : De
grâce, maître, un peu moins de morale et
plus de soupe.

Ainsi que ces piètres, ce n'est pas que
M. le lieutenant pour le Roi eût un besoin
urgent de ces petits tours de bâton; mais
un et un font deux; mais les petits ruisseaux font les grandes rivières; mais il thé-
saurisoit; son avarice d'ailleurs l'eût fait le
très-humble serviteur d'un scheling d'Alle-
magne, d'un liard effacé; non, certes! ce
n'est pas qu'il en eût un besoin urgent, car
sa place étoit bonne; bonne tant que vous
voudrez! mais le bon comme le beau ont-
ils des limites connues? Le beau ne peut-il
pas être embelli? Le bon ne sauroit-il être
bonifié? Si le mieux est l'ennemi du bien, le
meilleur n'est pas l'ennemi du bon. Le fait
est que sa bonne place, toute bonne qu'elle
étoit de son acabit, rendons-lui cette justice, il avoit eu l'art de la pratiquer si adroitement avec certains petits engrais artifi-

ciels, et de la féconder avec un système, à
lui, d'irrigation si parfaitement approprié,
qu'il l'avoit, vraiment, dans la sincérité de
mon âme, parlant avec la plus grande ouverture de cœur, considérablement boni-
fiée. Elle offroit alors l'image d'un printemps éternel; fleurs et fruits y pendoient
en toute saison. Il y moissonnoit tout le
long de l'année. Mais sous ce tapis de verdure, si l'on avoit passé la bêche, comme
dans un cimetière on eût fait sonner des ossements.

M. le lieutenant pour le Roi au Donjon
ne recevoit régulièrement, pour son poste,
que trois mille livres; mais touts les reve-
nant-bons, mais tout son savoir-faire, ar-
rivoient, comme on a vu, et changeoient
bien la thèse. Il souffloit si bien la bête
morte, que la grenouille devenoit un bœuf.
L'âne de carton se faisoit cheval de bronze.
En un mot, les petits mille écus du commis
se métamorphosoient en vingt ou vingt-
cinq bonnes mille livres de rente, bon an,
mal an. Vingt-cinq mille livres de rente!...

mais cet or étoit le prix du sang, c'étoit les
trente écus de Judas.

Vingt-cinq mille livres !..... Tout bien
compté, ce n'étoit pas trop, ce n'étoit guère,
même, pour un si beau dévouement au
Roi, à la Royauté, au Royaume ; car la chère
âme se donnoit bien du mal. Quelle vigi-
lance! Quelle entente des affaires! Quelle
adresse ! Quelle intelligence! Quel homme à
la fois de cabinet et de fourneau ! Quelle
tendre sollicitude pour le bien de la chose!
Comme il frappoit dru avec sa houlette!
Comme les chiens mordoient bien à sa voix!..
Quel silence dans le Donjon ! quelle tristesse! comme tout y étoit bien claquemuré!
comme tout y étoit bouché hermétique-
ment! comme on y souffroit bien! comme on
y avoit froid! comme on y avoit faim! comme
le désespoir y régnoit!... Vingt-cinq mille
livres! tout ça! ce n'étoit pas trop, ce n'étoit
guère. Eh! quel zèle! Quelle imperturbabi-
lité! Quel cœur inaccessible ! Quel amour
de ses devoirs! Quelle ferveur! Quel beau
fanatisme! si beau, même, que ce serviteur

à toute outrance eut plusieurs fois la douleur
de ne pas se voir assez compris par ses maîtres. M. le marquis Paulmi d'Argenson, gouverneur du Château, un descendant du premier surintendant de la Police du Royaume,
M. Marc-Réné de Voyer de Paulmi d'Argenson, celui-là même qui surprit la religion du
Roi et de Pontchartrain, pour se venger du
marquis de Brurauté sur le comte de Thunn,
comme on a vu ; M. le marquis de Paulmi
d'Argenson, dis-je, fut maintes fois obligé
de mettre le pied sur la queue de ce serpent
pour le rappeler à l'ordre, tant il alloit loin
dans son royal enthousiasme !

La colère est un flux puissant qui soutient
et entraîne. Dans sa colère contre le nouvel
ordre de choses, Fitz-Harris puisa d'abord
quelques forces ; mais quand la marée se
fut faite, quand le flux amorti se retira, le
flot manqua à sa barque, elle s'engrava de
nouveau profondément ; le jusant la laissa
à sec ; et, comme au milieu d'une grève solitaire, il se retrouva encore debout au milieu de son marasme. Que faire pour se dis-

traire? Qu'il soit de bois, qu'il soit de pierre,
que faire pour se distraire dans un cercueil?
Parler?.... Depuis dix ans bientôt que ces
deux pauvres jeunes hommes étoient seul à
seul, face à face, ils s'étoient tout dit : souvenirs d'enfance, sentiments de jeunesse,
folies, rêves, désirs secrets, pensées d'orgueil, péchés, amourettes, amours, amour
de la patrie! souvenances du village, souvenances de leur père, souvenances de leurs
frères ou de leurs compagnons, souvenances
de leur mère, souvenances de leur sœur. Ils
avoient passé et repassé mille fois par les
sentiers de la montagne. En image, mille
fois ils étoient revenus jouer sur la rive du
lac natal, cueillir des roseaux verts, amasser
des cailloux, lancer des pierres aux hiron-
delles, ou troubler l'eau avec un long ra-
meau de saule. Lire? Fitz-Harris n'étoit pas
un grand liseur; sa tête active ne lui laissoit
pas assez de cesse. Tandis que de l'œil il
suivoit machinalement la ligne sur la page,
il bâtissoit ailleurs des choses bien plus belles
que ce que l'homme a écrit. Patrick, à la

bonne heure!... Mais ils n'avoient plus de livres. Et eussent-ils été en assez bons termes
avec M. le lieutenant de Roi, comme on disoit, pour lui en faire demander, qu'il en
eût été à peu près de même. Il n'y avoit
point de bibliothèque au Donjon comme à
la Bastille. M. de Rougemont, d'autre part,
n'étoit pas un homme littéraire; il avoit bien
un garde-manger, beau comme un buffet
d'orgues, mais il n'avoit pas d'armoire à
livres; et il falloit qu'un prisonnier suppliât
vingt fois avant d'obtenir quelqu'un des bou-
quins domestiques qui traînoient par la
maison. Les prisonniers en bonne odeur
parvenoient aussi quelquefois à se faire apporter un cahier de papier; mais chaque
feuillet en étoit soigneusement numéroté,
et il falloit qu'ils justifiassent de leur emploi. Ecrivoient-ils quelques lettres; on les
remettoit ouvertes à M. le lieutenant, qui les
lisoit toujours, mais les laissoit rarement
sortir. Celles qui leur étoient adressées du
dehors ne pénétroient jamais jusqu'à eux,
pour ainsi dire.. Dans ce désœuvrement,

Fitz-Harris, c'étoit devenu sa manie, retiroit
la couverture de laine de leur grabat, l'étendoit par terre, se couchoit dessus avec Cork,
et là, dans une espèce de sommeil ou d'apa-
thie, qu'on eût dit procurée par de l'opium,
il passoit des journées, de longues journées,
immobile, muet, la paupière baissée ou le
regard fixé sur les pierres de la voûte, examinant les compartiments et les dessins bizarres qu'en son imagination engourdie
sembloient former les joints des claveaux et
des voussures contrariés dans leur appareil;
et Patrick, durant ce temps-là, de son côté,
assis devant la table et penché dessus, la figure appuyée sur ses bras et cachée, pleuroit quelquefois, et s'abymoit dans des rêves que Dieu lui envoyoit, sans doute, mais
que nul n'a connus, mais que nul ne con-
noîtra jamais.

Les soins de M. de Guyonnet pour ses deux
enfants gâtés, le régime salutaire dont on
jouissoit au Donjon sous son gouvernement,
avoient contrebalancé les ravages de l'ennui
chez Fitz-Harris; mais, alors, livré à l'ennui

le plus dévorant, il dépérissoit comme une
herbe annuelle sous les premiers vents froids
de l'automne ; il s'étioloit et pâlissoit comme
une pauvre petite herbe des champs emprisonnée ; il s'affoiblissoit, faute d'espace et
d'exercice. Pour toute promenade, de temps
en temps on les faisoit passer de leur cachot
dans la grande salle commune, qui recéloit,
à chacun de ses angles, une chambre octogone pareille à la leur. Cette salle sombre
et sans meubles, voûtée en ogive, n'avoit
qu'un seul pilier au centre, autour duquel
Fitz-Harris et Patrick tournoient et retour-
noient tristement comme autour d'une idée
fixe : on eût dit deux chevaux aveugles atte-
lés au manége d'un laminoir. Le dimanche,
j'oubliois, ils avoient encore quelquefois
une sortie : quand l'aumônier disoit la messe
à la chapelle du Donjon on les y conduisoit ; et là, du fond des espèces de cages,
toutes fermées de doubles portes, où l'on en-
fermoit les prisonniers un à un comme des
bêtes féroces, semblant une couple de
hyènes grises ou rayées, de Pologne ou de

Coromandel, exposées à la curiosité publique, ils assistoient, le cœur triste et serré,
à la commémoration du dernier repas que
prit chez les hommes le prophète innocent,
l'agneau sans tache si lâchement crucifié.

Comme une herbe annuelle sous les premiers vents froids de l'automne, Fitz-Harris
dépérissoit, ai-je dit; et comme il avoit le
sentiment de son dépérissement, qu'il se
voyoit sécher et vieillir, cela creusoit encore son mal. Il avoit toujours la pensée de
sa perte présente à l'esprit, qu'il prît la
chose follement ou gravement, qu'il acceptât
ou repoussât cette fatalité. Souvent, en regardant ses bras décharnés, ses jambes amai-
gries, il se prenoit à pleurer à chaudes larmes. L'idée sombre qui l'occupoit perçoit
dans tout, empruntoit toutes les formes
pour se faire jour. Une fois, entre autres, en
se versant à boire, il cogna le col ébréché de
la cruche et le mit presque en morceaux.
Ayant ensuite ramassé par hasard un des
tessons, assez anguleux, une fantaisie lui
vint, et il y obéit. — Patrick! s'écria-t-il,

une idée! je vais graver mon épitaphe! Et
après avoir tracé le contour d'un sablier et
d'une faulx, il écrivit :

CI-GIT

KILDARE FITZ-HARRIS,

NÉ LE 9 AVRIL 1744

A KILLARNEY, AU COMTÉ DE KERRY, EN IRLANDE,

ENSEVELI VIVANT DANS CE TOMBEAU DE PIERRE

LE 21 SEPTEMBRE 1763,

A L'AGE DE DIX-NEUF ANS CINQ MOIS

ET DOUZE JOURS.

AYANT SOULEVÉ LE COIN DE SON LINCEUL, D'UNE

MAIN TREMBLANTE, SUR CETTE PAROI INTERNE,

IL A GRAVÉ LUI-MÊME CES MOTS, LAISSANT A

D'AUTRES, PLUS HEUREUX, LE SOIN DE L'ÉCRIRE

SUR LE COUVERCLE.

DE PROFUNDIS.

Patrick, avec un sourire doux et triste, la
tête mollement inclinée sur l'épaule, immobile, le regardoit faire.

— Eh bien! mon beau Pat, lui cria Fitz-
Harris affectueusement, tu ne me dis rien ?

Ne trouves-tu pas cette épitaphe originale,
insolite, et digne tout-à-fait de la célébrité
de l'épitaphe énigmatique de Bologne?
Quant à la faulx et au sablier, je ne suis
pas fort en sculpture, je te les abandonne.
Mes os en sautoir ne sont pas non plus très-
merveilleux, et mes gouttes lacrymales, aux
yeux des connoisseurs, je l'avoue, pourroient bien ressembler moins à des larmes
qu'à des poires. A ton tour, maintenant; je
te cède mon burin; voyons un peu, fais la
tienne. — Non, merci, Fitz-Harris, tu es un
fou de jouer ainsi avec des choses graves;
d'ailleurs, je ne suis pas de force; sans flatterie, tu manies le ciseau comme un Grec.
— Oh! mon Dieu! miss Patrick, si vous
faites la sucrée, reprit malignement Fitz-
Harris, après tout, on tâchera de se passer
de votre talent; dictez seulement à votre
page; il écrira.

Et il se remit à l'ouvrage, et Patrick, par
condescendance, et peut-être aussi de peur
qu'il ne gravât quelque impertinence sur son
compte, lui dicta :

CI-GIT

PATRICK FITZ-WHYTE,

NÉ LE 15 JUIN 1742,

DANS UNE CRÈCHE, AUX BORDS DU LAC DE

KILLARNEY,

AU COMTÉ DE KERRY, EN IRLANDE;

ENSEVELI VIVANT, SOUS CETTE MÊME LAME,

LE 2 SEPTEMBRE 1763,

A L'AGE DE VINGT ET UN ANS DEUX MOIS

ET DIX-SEPT JOURS.

ADIEU DEBORAH!

NOUS NOUS REVERRONS LA HAUT!...

DE PROF....

Fitz-Harris ne put achever ce dernier
mot, un étourdissement l'avoit pris. Il se
traîna tout chancelant jusqu'au bord de son
lit, et c'est tout ce qu'il put faire. A cette époque il étoit déjà dans une telle foiblesse que
l'application qu'il avoit mise à tracer ces
inscriptions sur la muraille l'avoit épuisé.
Depuis quelque temps, même dans l'inac-
tion, sans qu'aucun effort apparent les pro-
voquât, il étoit sujet à de pareilles défail-

lances. Il se plaignoit aussi de spasmes, de
palpitations au cœur, de sueurs froides. Il
avoit souvent à la bouche un mouvement
convulsif pénible à voir. Un frisson mortel
ne désemparoit pas de lui. Ces souffrances
lui donnoient sur les nerfs, l'agaçoient,
et son irritabilité naturelle et son irascibi-
lité augmentoient dans une proportion ef-
frayante. Il faisoit attention à tout; il s'occupoit de tout, lui qui, dans son beau
temps, ne songeoit à rien, et à qui rien n'importoit; et la plus petite chose, sans savoir
trop pourquoi, le crispoit, le révoltoit. Il se
levoit morose, et tout autour de lui et sur
lui lui sembloit sale, mal fait, mal adroit,
et il s'en affligeoit sincèrement. La chaleur si
ardente qu'il avoit eue dans le cœur s'étoit
refroidie. Ce qu'on pourroit appeler le pouvoir d'aimer avoit quitté son âme; il se dé-
tachoit de tout. Il devenoit dur, insensible,
à son égard et pour autrui. Il tracassoit sans
relâche les porte-clefs. Plus de caresses pour
Cork. Cork avoit toujours tort, Cork l'im-
portunoit, Cork étoit grondé sans cesse.

Plus de bonnes paroles pour Patrick; il le
grondoit, il lui disoit des duretés. Puis,
quand, par hasard, un mouvement de tendresse renaissoit , c'étoient alors des folies !
Il caressoit Cork sans miséricorde , il le
baisoit, il lui demandoit pardon d'être resté
si long-temps sans l'aimer. Il disoit les plus
douces choses à Patrick, il le cajoloit et vouloit, dans sa prévenance ; tout lui donner ,
même ses soins, le pauvre mourant! même
sa part de nourriture. Patrick , au demeu-
rant, avoit beaucoup à souffrir ; car ce commerce étoit, on le sent de reste, âpre et
difficile. Mais que sa conduite étoit belle !
Faisant toute abnégation de soi-même, il
laissoit passer, sans souffler mot, les reproches injustes, les épithètes cruelles ; il se
ployoit, il se courboit, il se prêtoit comme
un esclave inepte ; il obéissoit religieusement aux fantaisies les plus étranges, aux
caprices les plus passagers. — Au temps où
nous voici arrivés, le mal avoit fait un tel pro-
grès chez Fitz-Harris, que ses jambes trem-
bloient et fléchissoient sous le poids de son

corps, qu'il avoit peine à se tenir debout.
Patrick, vers le milieu du jour, l'aidoit à
se lever, l'enveloppoit bien chaudement et
l'asseyoit sur une chaise, d'où il ne bougeoit
plus jusqu'au coucher. Seulement il falloit
qu'il le changeât vingt fois de place. Fitz-
Harris le prioit de l'asseoir vers la porte;
puis, une fois là, il regrettoit de n'être pas
auprès de la table; puis, auprès de la table,
il souhaitoit d'être plus près de la cheminée.
Quelquefois, dans ses dispositions de mélancolie plus douce, quand il avoit bien
parlé de sa patrie, de l'Irlande, il demandoit à voir encore une fois le ciel; Patrick,
alors, le chargeoit doucement sur ses épaules,
et se rangeoit le long de la muraille, au-dessous de la lucarne. Se haussant comme il pouvoit, agrippé aux barreaux intérieurs, Fitz-
Harris parvenoit à dépasser de la tête l'embrasure, et là, tant que Patrick ne ployoit pas
sous la charge, il demeuroit tristement à con-
templer, à travers les clayonnages de fer et
les vitres sales, quelques bribes d'azur, un
reflet jaune ou une étoile solitaire. Scène

déchirante et sublime ! Chose horrible, à
faire pleurer les pierres !... Pauvres jeunes
hommes !

Fitz-Harris étoit depuis long-temps dans
cet état de langueur et de consomption,
quand, un matin, le porte-clefs, en leur ap-
portant, à onze heures, leur pitance, leur
annonça, pour l'après-midi, afin qu'ils
aient à mettre plus d'ordre dans leur chambre, la visite de M. le lieutenant-général de
la Police du Royaume.

Car M. le lieutenant-général de la Police
du Royaume avoit pour habitude de venir,
ordinairement, une fois dans l'année, à la
Forteresse, pour y faire censément une soi-
disant inspection. Rarement il y manquoit.
Il aimoit beaucoup ça. C'étoit pour lui
comme une partie de campagne, un rendez-
vous de chasse, auquel il invitoit toujours
quelques-uns de ses bons amis. Il y amenoit
même, quelquefois, sa petite famille, en ca-
lèche, quand on avoit été bien sage. Il va
sans dire que M. le lieutenant pour le Roi
étoit averti d'avance du jour fixé par M. le

lieutenant-général. A son arrivée chez le
commandant, après les *bonjour*, *comment
vas-tu?* exigés par la politesse, ce dernier
s'en alloit, droit comme un âne retourne au
moulin, prendre place à la table qu'il savoit
lui être servie. Alors se commençoit un
somptueux, un splendide repas, où se trouvoit tout ce que l'opulence et la délicatesse
la plus recherchée avoient pu inventer et
réunir. M. le lieutenant-général baffroit,
buvoit, se délectoit, s'extasioit, se confon-
doit en éloges, goûtoit, dégustoit, revenoit
au même plat, se léchoit les barbes.

Hosanna in excelsis! quelle fête! quelle
magnificence! O Amphytrion trois fois heureux!... Puis, une fois bien amorcé, dans
le plus chaud moment de son enthousiasme, vite on insinuoit à ce magistrat, vite
on lui couloit en douceur dans le tuyau de
l'oreille que tel étoit à peu de chose près le régime ordinaire des prisonniers, et que le cuisi-
nier qui venoit d'exciter ses transports étoit
celui-là même du Donjon. Il l'entendoit ou
ne l'entendoit pas, il l'écoutoit ou ne l'é-

coutoit pas, il y croyoit ou n'y croyoit pas ;
ce sera comme on voudra ; cela ne fait rien
à notre affaire ; mais ce qui est toutefois
positif, c'est qu'aussitôt que M. le lieutenant-général étoit bien pansu, bien repu,
bien bu, comme on diroit en anglois, on
le lâchoit tout rayonnant dans les tours, où
il demeuroit à peine une heure, et ne voyoit
jamais qu'un certain nombre de prisonniers, les originaux, les plus amusants à
voir, comme il disoit, qui, les infortunés,
de peur d'aggraver leurs misères, n'osoient
se plaindre du traitement qu'ils éprouvoient.
A peine, d'ailleurs, avoient-ils le temps de
lui dire quelques mots sur la liberté qu'ils
attendoient de sa justice. De la justice de
M. le lieutenant-général de Police ? Dérision !

Le porte-clefs avoit dit vrai : en effet, ce
jour-là, M. le lieutenant-général fit sa visite annuelle. Dans l'après-midi, en effet,
un bruit extraordinaire éclata aux portes du
cachot, qui, tout-à-coup, s'ouvrirent
comme par enchantement et laissèrent en-

trer avec fracas une suite nombreuse. Marchoit en tête, ou plutôt trébuchoit en tête,
M. le lieutenant-général, pour plusieurs raisons , et parce qu'en outre, en entrant, son
pied avoit heurté contre la marche qu'il
falloit monter pour entrer dans la chambre ;
marche que, pour plusieurs raisons encore,
il n'avoit pas vue au moment de son ap-
parition triomphale. Vêtu de noir, il étoit
comme tout magistrat bien né doit l'être.
Du reste, personnage insignifiant. Derrière
ses hauts talons venoient immédiatement
quatre autres comparses de même couleur,
principaux commis, sans doute ; puis M. le
lieutenant pour le Roi au Donjon, et les
siens, en habit neuf. A ce coup de théâtre,
Fitz-Harris, qui, enveloppé dans toutes ses
hardes et dans la couverture, étoit assis le
dos tourné à la porte , fit faire un demi-
tour à sa chaise, pour se mettre avec la cavalcade face à face. Les deux camps sont donc
en présence. Fitz-Harris regarde tout ça de
son air hargneux. Si l'on en vient aux mains,
gare! la journée sera chaude. — M. le lieu-

tenant-général, l'œil luisant, la lèvre épaisse,
après avoir balbutié inintelligiblement quelques paroles, parvint enfin à détacher assez
sa langue pour dire d'une voix engluée :
—Avez-vous, prisonniers, quelque réclama-
tion à faire ? Êtes-vous bien nourris? — A
laquelle question Patrick répondit :—Nous
le sommes assez mal, monsieur ; oui, assez
mal ! Mais l'affaire de notre liberté nous in-
téresse davantage ; occupons-nous du plus
nécessaire, s'il vous plaît. C'est notre sort
qu'il s'agit de changer, et non notre pâture.
Faites-nous libres d'abord. Et, quand nous
serons libres, nous vivrons comme les oiseaux du ciel, non pas comme il vous plaira,
mais comme il plaira à Dieu. — Assez mal,
reprit âprement Fitz-Harris; oui ! puisqu'il
faut le dire, nous le sommes assez mal, horriblement mal! Mais, monsieur, n'avez-vous
pas de honte de venir parader ainsi la bouche
pleine, dans l'antre de la faim, devant de
pauvres gents qu'on exténue par le jeûne?
Oui, monsieur, vous le savez de reste, nous
le sommes assez mal ! Voyez mon état ; voyez

comme mes bras et comme mes joues se
décharnent. M. le commandant que voici
est un valet infidèle qui fait, sans pitié,
danser l'anse du panier que le Roi lui a mis
au bras. Monsieur gagne sur tout : sur le
pain, sur le vin, sur le sel, sur les fèves,
sur les harengs, sur la viande pourrie qu'il
nous donne. Il nous laisse sans lumière,
sans feu, sans vêtements. Et, moyennant
notre faim, notre soif, moyennant notre misère, et le linge sale qui nous ronge, et le
froid qui nous gerce, monsieur, sans doute,
monte son écurie, sème de l'or dans les tri-
pots, entretient des filles ! Monsieur achète
des prés au soleil, des robes de moires et
des angleterres à madame ! Monsieur fait le
bon père ! Monsieur élève sa famille ! Eh !
vous, le maître immédiat de ce laquais, vous
savez ça, et vous le laissez faire ! vous sou-
riez à ces bassesses ! vous connivez à ces infamies ! Honte et opprobre !...

Tandis que Fitz-Harris jetoit ces dernières
paroles à pleine gorge, M. le lieutenant-général de police, décontenancé au plus haut

point, avoit prononcé quelques mots que la
voix du prisonnier couvrit et qu'on n'entendit
pas; puis il avoit fait un geste comme pour se
retirer et se faire suivre. Mais, là-dessus, le
pauvre malade, à qui l'indignation venoit
de rendre quelques forces, s'étoit levé tout-
à-coup, et, rejetant la couverture qui l'enveloppoit, s'étoit précipité contre la porte.
La porte, sous ce choc, s'étoit refermée, et
alors, sans interruption, pour ainsi dire, et
d'une façon plus téméraire encore, il avoit
poursuivi : — Audience, monsieur, s'il vous-
plaît! qui vous presse? Votre festin n'est donc
pas fini? Croyez-moi, ne rentrez pas à la bu-
vette; d'ailleurs, chacun à son tour à vous
avoir; vous êtes mon hôte à cette heure et
je suis votre échanson. Oh! je le vois bien,
c'est que mes paroles vous pèsent. Vous ne
vous attendiez pas à ce bouquet de chardons
que j'ai cueilli sur ces dalles. Il y a long-
temps que j'avois toutes ces choses sur le
cœur; je vais mourir.... mais, du moins,
je ne mourrai point sans vous les avoir dites. Quand on me met le pied sur la gorge,

comme le ver sur qui l'on marche, je me
redresse ; quand on m'éperonne, je rue !
Jusqu'à ce jour, j'avois fait l'âne pour avoir
du son ; j'avois été gentil avec vous lors de
vos visites ; à deux mains jointes, doucement, j'avois imploré de vous ma liberté,
j'en avois flatteusement appelé à votre miséricorde et à la justice de votre cœur ; mais à
quoi tout cela a-t-il abouti ? Quel mieux avez-
vous apporté à notre sort, depuis onze ans
que vous venez honorer notre cachot de votre
présence ; depuis sept ans, depuis l'arrivée
au Donjon de monsieur votre ami, que vous
venez, entre deux vins, faire le petit Vincent-
de-Paule, l'homme aux entrailles de père?
Pitié!... Hypocrisie!... Otez-donc ce masque, il vous déguise mal, beau sanglier faisant le philanthrope ! Monsieur le lieutenant
général de la Police du Royaume, vous avez
des héraults ; envoyez-les donc, je vous en
défie, proclamer par les carrefours de la
ville ce que vous nous faites ici, et pourquoi vous nous le faites. Mais non, donnez-
vous-en bien de garde, vos crieurs seroient

massacrés. Ces choses-là, d'ailleurs, ne se
divulguent pas : c'est le secret du ménage,
c'est la bouteille à l'encre de la Police, c'est
le pot au rose du Roi. — Depuis onze ans,
monsieur, nous vous demandions la liberté
ou la mort ; aujourd'hui, monsieur, que la
mort habite dans mon sein, je vous demande la liberté ou qu'on m'achève !....

Comme Fitz-Harris en étoit là, les porte-
clefs, qui depuis long-temps s'agitoient pour
l'arracher de devant la porte, en vinrent
enfin à leur honneur, et comme, tout dé-
busqué qu'il étoit de son poste, il reprenoit
haleine et brandissoit un nouvel épieu, Patrick, qui sentoit avec douleur qu'il n'en
avoit déjà que trop dit, lui mit la main sur
la bouche... Il étoit temps. Les fumées du vin
et de la colère montoient au nez de MM. les
lieutenants. Ils menaçoient, ils caracoloient.
Fitz-Harris, dans le fait, soyons francs, avoit
frappé assez dru sur les écailles de ces rep-
tiles pour qu'ils sifflassent et montrassent
leurs dards. — Sortons, messieurs, sortons,
je n'y tiens plus, s'écrioit M. le lieutenant-

général. De grâce ôtez-moi de ce foyer de sédition ! De grâce, ôtez-moi du spectacle de ces furieux ! — M. le lieutenant pour le Roi, vous me ferez jeter sur l'heure ces régicides dans les cabanons de Bicêtre, en attendant pis. — Que son Excellence me laisse le soin de venger la Couronne, et se repose sur moi, répondit avec joie M. de Rougemont.

Et la troupe défila comme elle étoit venue, non sans trinquer, chemin faisant, avec les murailles. M. le lieutenant au Donjon formoit l'arrière-garde, il tordoit ses bras avec rage ; ses dents claquoient.

Aussitôt que le cachot fut débarrassé et que Fitz-Harris se fut retrouvé en face de lui-même, la raison lui revint ; mais les forces que lui avoit prêtées la colère s'évanouirent. Il s'affaissa tout-à-coup sur les dalles, et, promenant son regard autour de lui, il se prit à verser un torrent de larmes. Il frissonnoit. Patrick s'empressa de le relever, le fit asseoir : et renveloppa dans ses langes, le pauvre enfant. — Oh ! mon frère, lui dit alors Fitz-Harris, nous sommes per-

dus! qu'ai-je fait? Que m'as-tu laissé faire?
Je ne sais plus, dans mon délire, ce que j'ai
dit à ces hommes, mais il me semble que je
leur ai dit des choses bien cruelles et qu'ils
rugissoient. Oh! mon frère, nous sommes
perdus! Cache-moi, ils vont revenir pour
me tuer!... — Non, mon pauvre ami, lui
répondit Patrick. Allons, courage, un peu
de calme! Ne crains rien; ces gents-là font
mourir, mais ne tuent pas.

Environ trois heures après cette échauf-
fourée, M. le lieutenant pour le Roi, armé
de sa canne, et les trois porte-clefs du
Donjon armés chacun d'un bâton, tambour
battant, mèche allumée, se précipitèrent
inopinément dans le cachot. M. le lieutenant pour le Roi écumoit. — Holà! A nous
deux, maintenant, misérables! se mit-il à
hurler, renversant la table d'une main, et
brisant la cruche d'un coup de pied pour
se donner une allure formidable. Porte-
clefs, rouez-moi de coups cette vile populace! Un noble gentilhomme, un serviteur
du Roi, traité ainsi devant son Excellence,

par un petit va-nu-pied, un ver de terre,
un enfant des rues! Tu voulois donc, bri-
gand, me faire chasser du poste où l'estime
générale m'a placé? Tu voulois donc arracher son gagne-pain à un pauvre père de
de famille?.. (Au mot père de famille, mot
tant exploité depuis, M. de Rougemont
donna à sa voix une inflexion sentimentale
S'il eût pu se cracher dans les yeux, je crois,
dans son attendrissement, qu'il eût versé
quelques larmes.) Tu mériterois, plat-
gueux, d'être écorché tout vif, que je te fisse
avaler mon poing comme une poire d'angoisse, que je te cassasse ma canne sur les
reins! Tiens donc! — Tiens donc! — Je te
tuerai, — misérable!... — Holà! monsieur,
c'est une infamie; frapper ainsi un malade!
Brute vile et féroce! cria alors Patrick en se
plaçant entre M. le lieutenant et son ami,
que ces coups avoient couché par terre. —
A moi! porte-clefs, à moi! reprit M. de
Rougemont; et deux porte-clefs s'élancèrent sur Patrick et le frappèrent violemment. Patrick ne broncha pas. Haussant

les épaules de pitié, il se contenta d'arracher fièrement la canne de M. le lieutenant
pour le Roi, de la briser sur son genou, et
de lui en jeter les morceaux à la face.

Tandis que ceci se passoit, derrière Patrick se passoit une chose plus barbare, plus
ignoble encore, digne d'un Bourguignon
au temps des Armagnacs, digne du temps
où, emmitouflé dans une robe de damas
doublée de martre, et le couteau en main,
régnoit dans la boue le roi Capeluche. Le
troisième porte-clefs, homme de carnage,
s'étant saisi de Cork, et lui ayant brisé la
tête sur l'angle de la cheminée et sur la
muraille, s'amusoit à barbouiller de sang
Fitz-Harris, étendu sans vie sur le plancher,
en lui passant sur le visage le corps mort
de son pauvre ami. Patrick, tournant la tête
et voyant cette lâcheté, jeta un cri terrible;
mais M. le chevalier de Rougemont y donna un sourire d'applaudissement.

Quel cœur ne seroit soulevé! Ma plume
tremble et m'échappe. A cet endroit, ce
livre tombera sans doute de plus d'une

main. Qu'y puis-je? La vérité n'est pas toujours en satin blanc comme une fille à la noce ; et, sur Dieu et l'honneur! je n'ai dit que la vérité, que je dois. Quand la vérité est de boue et de sang, quand elle offense l'odorat, je la dis de boue et de sang, je la laisse puer ; tant pis! Ce n'est pas moi qui l'arroserai d'eau de Cologne. Je ne suis pas ici, d'ailleurs, pour conter des sornettes au jasmin ou au serpolet.

Ce dernier acte d'une férocité suprême avoit glacé Fitz-Harris et Patrick : ils restoient là à demi morts, anéantis, comme attendant le coup fatal. — Profitant de cette stupeur, deux porte-clefs ramassèrent Fitz-Harris et l'emportèrent hors du cachot; et M. le lieutenant pour le Roi et le troisième porte-clefs, le prenant chacun par un bras, entraînèrent avec eux Patrick. Dans la tour de la Surintendance, il y avoit quatre cachots de cinq ou six pieds carrés, où les lits étoient de pierre ; et, tout au fond, un grand caveau où l'on ne pouvoit pénétrer que par un trou pratiqué dans la voûte. Ce

fut au bord de ce trou, dont la trappe étoit
levée, et dans lequel on avoit placé d'avance
une échelle, que furent amenées les deux
victimes. Arrivé là, Fitz-Harris revint à lui,
et, voyant que c'étoit là qu'on alloit le plonger, sa nature se révolta; il jeta un cri, fit
lâcher prise aux porte-clefs, et se dressa sur
ses pieds d'un seul bond. Patrick, alors, avec
un phlegme sépulcral, se mit de lui-même
à descendre l'échelle, en disant : — Il faut
mourir, mon frère; mon frère, il faut mourir quand il plaît à Dieu! Viens!... Fitz-
Harris, vaincu par ces paroles, se rapprocha
de l'ouverture pour imiter le courage de
son ami; mais comme il se penchoit pour
saisir les montants de l'échelle, M. le lieutenant pour le Roi, ou peut-être un porte-
clefs, je ne saurois dire, le poussa rude-
ment, le pied lui manqua, et il tomba
comme une masse au fond de la citerne.

L'échelle fut remontée, et la trappe s'a-
baissa.

XV.

Nous avons laissé Déborah et Vengeance, une courageuse mère et son enfant échappés de l'esclavage, Geneviève de Brabant et son fils Bénoni, échappés à la hache du traître Golo, avec Icolm-Kill l'aventurier et ses compagnons, faisant force de voile sur le sloop. Après un séjour de près d'un mois aux îles Baléares, après bien des bonnes et

des mauvaises fortunes de mer, qui, seules,
pourroient donner matière à un livre plus
gros et peut-être d'un intérêt plus palpitant
que celui-ci, mais sur lesquelles, n'enten-
dant rien aux choses maritimes, nous gar-
derons un modeste silence, la vigie, ayant
enfin reconnu la plage d'Irlande, cria trois
fois : terre! Et, de même qu'en quittant Lerins,
dès qu'au soleil levant elle avoit eu crié trois
fois : soleil! les matelots, tête nue, enton-
nèrent l'hymne à la patrie; mais cette fois
ils le chantèrent d'un air triste et presque
à voix basse. On n'étoit plus sous un ciel
étranger et libre : on étoit sous le ciel natal,
en proie à l'étranger. L'esclave étoit rentré
sous le fouet du maître.

Sir John Chatsworth reçut Déborah avec
une vive satisfaction. Il avoit peu compté sur
le succès de l'entreprise, malgré toute l'habileté et toute l'audace qu'il avoit bien voulu
lui-même reconnoître à Icolm-Kill. Sir John
Chatsworth n'étoit pas un homme de poésie
et d'aventure. Ce qu'on appelle le sort, le
hasard, la providence, sonnoit à son oreille

comme une parole vide. Les choses ne lui
sembloient pas faciles et prospères; il ne
voyoit pas en beau comme on dit; le présent, quelque triste et quelque mauvais
qu'il pût être, à ses yeux étoit bien; l'avenir n'étoit qu'une brume épaisse au-dessus
d'un abyme. Chez lui, point d'espérance,
point d'espoir, jamais! mais aussi point de
déception.

Ce qui causa surtout l'admiration de
M. Chatsworth, c'étoit le changement magnifique qui s'étoit fait dans la personne
de sa pupille. De la jeune et folâtre enfant
qu'il avoit vue à Limerick pour la dernière
fois, peu de mois avant la mort de sir Francis Meadowbanks, son grand-père, le temps
et le malheur avoient fait une grande et
belle dame sérieuse. Plusieurs fois M. Chatsworth revint avec éloge sur ce changement.
Déborah, comme on le devine bien, appela à elle les mots les plus suaves pour
remercier son tuteur dans toute l'étendue
de sa reconnoissance sincère et profonde, et
elle lui prodigua les marques d'une affection

si bonne et si vraie; que l'âme aguerrie de
l'homme de loi ne se put défendre maintes
fois de quelque émotion. Son arrivée répandit un peu de joie dans la maison de sir
John, et lui donna, pendant quelques jours,
presque un air de fête; mais comme cette
joie étoit sévère, mais comme cet air de
fête étoit grave, car la maison de sir John
étoit une de ces maisons angloises où rè-
gnent la règle et l'austérité, cela ne déparoit
pas la mélancolie séduisante que professoit la
jeune infortunée, et qui convenoit au deuil
de son cœur. Sir John crut devoir à ses
amis de leur ouvrir les portes de ses salons
pour qu'ils vinssent déposer leurs hom-
mages aux pieds de sa pupille. Il donna
plusieurs repas, il tint plusieurs cercles où
Déborah, si c'eût été possible, se fût dis-
pensée de paroître, mais où elle brilla dans
tout son éclat. Les infortunes et le courage
de cette belle prisonnière d'État excitoient
les plus vives sympathies et ajoutoient un
charme secret et irrésistible à ses charmes
naturels. Les premiers temps de son retour

s'écoulèrent ainsi quelquefois dans le trouble du monde, mais le plus souvent dans l'échange paisible des plus aimables témoignages d'amitié et de gratitude, et dans la confidence et le récit du passé.

Déborah apprit alors que lord Cockermouth, son père, n'habitoit plus l'Irlande. Sans doute, sa disparition, qui avoit détruit le bon effet qu'il s'étoit promis du jugement de Tralée, qui pourtant lui avoit coûté gros, l'avoit déterminé à prendre ce parti. Il n'étoit retourné à son manoir de Killarney que pour le vendre à la hâte avant de passer à Londres, où, depuis la mort de sa femme, quelques-uns de ses anciens compagnons de table le sollicitoient de venir habiter; car, depuis qu'Anna Meadowbanks lui manquoit, il nourrissoit dans quelque coin inconnu de son cœur un chagrin assez véritable, et des regrets qui souvent, malgré lui, avoient transpiré jusque dans sa correspondance. Au fond de tout, lord Cockermouth n'avoit pas été sans quelque affection pour sa femme et pour sa

fille. S'il avoit fait souffrir sa femme, ce
n'étoit pas qu'il se fût donné à tâche le martyre de cette douce créature. Il ne s'étoit
pas dit : je vais être méchant avec elle, je
vais payer d'ingratitude sa tendresse, son
dévouement, sa résignation ; elle avoit eu
une vie triste et pénible, par cela seul qu'on
l'avoit mise en contact avec un être lourd,
grossier, brutal, et que sa nature délicate
et choisie avoit été forcée de subir les lois
d'un maître implacable et médiocre qu'elle
n'avoit pas rêvé. Par convenance de famille,
la tourterelle avoit été accouplée à un bœuf,
et condamnée à tracer un sillon. — Si lord
Cockermouth avoit fait souffrir Déborah, sa
fille, ce n'étoit pas non plus qu'il fût pour
elle dénué de toute espèce de tendresse
et d'attachement : c'étoit à cause de Patrick.
Malgré sa rustique enveloppe et ses mœurs
triviales, ce lord, comme nous l'avons dit
quelque part autrefois, entretenoit la mor-
gue la plus fière et les plus hautes préten-
tions aristocratiques. Un sentiment mal di-
géré, mais inaltérable, de l'honneur de sa

maison et de son sang, vivoit en lui, et ce
sentiment vivace ne lui avoit pas permis de
transiger en faveur des liaisons de sa fille.
La seule pensée que le fils d'un bouvier,
d'un laboureur, pût être l'ami et peut-être
l'amant et l'époux de Déborah, le révoltoit,
et allumoit en lui une indignation, une colère pleine d'une noble passion, comme on
a pu le remarquer, à laquelle le caractère
ordinaire de cet homme n'eût pas donné lieu
de s'attendre. Il avoit fallu vraiment qu'il
vît la chose bien en mal, que la tache dont
son blason étoit menacé lui eût semblé bien
inévitable et bien énorme, pour qu'il en
fût venu à prêter les mains, sinon à commander l'attentat manqué sur Patrick dans le
sentier creux de Killarney; car ce bourru à
l'âme dure, qui profitoit volontiers des
droits de la guerre, avoit toujours répugné
à l'injustice; et une fois cette première injustice commise, une fois compromis par
cette triste affaire, il s'étoit vu, sans doute,
lui soigneux de la gloire de sa maison et de
son honneur, entraîné, pour sortir de ce pas

cruel, tout en pesant bien dans son cœur
ce que valoit cette mauvaise action; à provoquer ou plutôt à acheter le jugement des
juges de Tralée, qui avoit déclaré Patrick
l'assassin absent de Déborah. Oui, à travers
tout cela, il faut bien le reconnoître, lord Cockermouth avoit eu une affection assez réelle
pour Déborah, et le grand trouble dans lequel il étoit tombé, lors de son retour dans
la salle du festin, trouble allant jusqu'au
délire, qui lui avoit fait jouer un rôle si in-
convenant par-devant ses convives, qui lui
avoit fait dégaîner si inconsidérément son
épée encore toute sanglante, avoit eu sa plus
grande source dans la profonde douleur qui
l'avoit saisi intérieurement à la vue de sa
fille si horriblement mutilée par Chris, cet
imbécille assassin. Après ce coup pitoyable
pour la rendre à la vie, pour faire disparoître
ses blessures, il lui avoit fait donner avec joie
les soins les plus affectueux ; et si, à peine
convalescente, il l'avoit emmenée aux Assises
de Tralée, c'est qu'une nécessité impérieuse,
à ses yeux, ne l'avoit pas laissé libre en ce cas.

Soit que les bâtiments du château, pour
la plupart de la plus vieille date, eussent
besoin de réparations trop considérables,
soit que, par une sorte de superstition, personne n'eût voulu venir habiter ce lieu
maudit, comme on le regardoit, après un
phantôme, un serviteur de Satan : car le bruit
public, qui noircit et grossit tout, avoit fait
tout cela et pis que cela du vieux commo-
dore, lord comte Cockermouth n'avoit pu
trouver un acquéreur ; mais comme il s'é-
toit avancé, plutôt que d'en avoir le démenti, il avoit morcelé son beau domaine,
et l'avoit livré pièce à pièce aux campagnards
circonvoisins. Des fermiers avoient acheté,
comme matériaux, la demeure seigneuriale,
et l'avoient démolie, et en avoient extrait
les pierres pour bâtir des murs autour de
leurs clos. Quelques salles basses avoient
été seules respectées, et servoient de granges
et d'étables ; aujourd'hui, c'est à peine si
l'on en trouveroit quelques vestiges, et si,
au fond de quelque hutte, on trouveroit encore quelque vieillard qui ait gardé mé-

moire des Cockermouth. Ainsi finit ce castel, qui étoit là debout depuis tant de siècles, qu'il n'avoit plus d'âge, comme les
vieux chênes de la forêt. Ainsi finit Cockermouth-Castle, comme finissent autour
de nous tant de monuments, tant de ces
belles horloges de pierre, qui semblent pla-
cées là pour compter les générations qui s'é-
coulent, comme un cadran compte les heures écoulées. Ainsi finit Cockermouth-Castle,
ainsi finissent les plus saintes et les plus belles choses, sous la faulx du temps et sous la
faulx de l'homme : c'est le sort commun.
L'épée du conquérant s'en va à la ferraille ;
le manoir, dont les tours escaladoient le
ciel, est rasé à hauteur d'homme ; l'âne
brait dans la salle du thrône, et le sépulcre
royal, à demi enterré, n'est plus qu'une auge
à porcs.

Un jour, Déborah étoit seule au salon ;
assise près de la cheminée elle lisoit, et
Vengeance jouoit et se rouloit à ses pieds
sur une peau de léopard. M. Chatsworth
entra, fit glisser un siége sur le parquet,

et vint se placer à côté d'elle. Déborah fermama son livre par respect et s'inclina, et
M. Chatsworth lui prit la main, la serra
affectueusement et lui dit : — Depuis long-
temps, madame, votre tuteur avoit quelque chose à vous dire dans le secret; mais,
ne voulant rien brusquer, au lieu de provoquer une occasion favorable, il a attendu
patiemment que cette occasion se présentât.
Le temps et le lieu sont convenables; écou-
tez-moi : — Me croyez-vous votre ami? —
En puis-je douter, monsieur. — Me croyez-
vous assez votre ami pour n'avoir rien tant
à cœur que l'intérêt de votre bien et de votre gloire? — Oui, monsieur. — C'est que,
voyez-vous, j'ai à toucher à des choses bien
délicates, madame, auxquelles nul au monde
n'auroit le droit de toucher, à moins qu'il
ne fût ce que je suis pour vous, et que vous
n'ayez la foi en lui que vous daignez avoir
en moi. Vous avez là, à vos pieds, un bel
enfant, madame, que j'aime comme je vous
aime, croyez-le bien, et pour qui je suis
prêt à faire ce que je ferois pour vous; eh

bien , votre ami va vous dire une parole
cruelle: il faut que ce bel enfant soit éloigné
de vous , il faut que cet enfant disparoisse.
—Eh ! qui veut cela? — Le monde, madame.
— Le monde !... — Le monde et votre honneur, madame. — Le monde et mon honneur !... je ne comprends pas. — Le monde
a des lois et l'honneur est sévère, madame ;
et le monde et votre honneur, et votre avenir, exigent de vous ce sacrifice. A ces mots,
Déborah tomba à genoux auprès de son enfant, et, le serrant contre son sein , elle le
couvrit de baisers et de larmes. — Toi, mon
Vengeance, toi, mon Patrick, mon fils, mon
bien , mon âme, t'abandonner ! Oh! non,
jamais ! s'écrioit-elle. — Il faut que cet enfant soit éloigné de vous, madame ; mais je
ne dis pas qu'il faille qu'il soit perdu pour
vous. — Je comprends bien , monsieur. —
La naissance et l'existence de cet enfant est
chose tout-à-fait ignorée. Depuis votre arrivée j'ai fait en sorte, sans vous en donner
le motif, que cet enfant fût tenu à l'écart ;
ne divulguons pas ce que le Ciel , dans sa

bienveillance, a voilé; confiez-moi ce doux
être, je le ferai élever dans l'ombre d'abord,
puis je le ramènerai près de moi, et je le
soignerai, et je veillerai sur lui, et je le ché-
rirai comme mon propre sang. Il passera
pour l'enfant d'un parent à moi, éloigné et
pauvre, ou pour un orphelin, un adoptif. —
Votre offre est grande et généreuse, sir John,
et je vous en rends grâce; mais je sens là
qu'il y a en moi quelque chose d'énorme,
d'inexplicable, qui repousse la pensée seule
de ce moyen, et qui ne me permettra jamais
de m'y prêter. Cela, j'en conviens, pourroit sauver les dehors; ce qui se paie d'apparences pourroit être satisfait; mais mon
cœur ne le seroit pas, mais cela ne me sau-
veroit pas du remords. — Vous voyez mal,
mylady; une faute, et c'en est une, peut
donner du remords; mais on n'a pas de remords pour avoir effacé une faute. — Une
faute! mais de quoi parlez-vous? Je n'ai pas
commis de faute. Mais que voulez-vous
dire?... J'avois un époux de mon choix, un
ami, un amant, je l'aimois, et voilà le

fruit de notre amour, fruit que j'aime! et
ce que j'ai fait je l'ai voulu, et je ne saurois
vouloir une faute : il n'y a rien à effacer,
monsieur. — En prenant les choses d'en haut,
ma bonne amie, il se peut que devant la nature il n'y ait pas de faute; mais nous ne
sommes pas ici au bord du fleuve Saint-
Laurent, et c'est une faute devant les hommes. — Devant les hommes? pitié! Oh!
qu'ils ont bien mon mépris ceux-là!... J'ai
à me louer d'eux, en effet, je dois les mé-
nager. Non, non, mon fils; non, non, mon
Vengeance, je ne te renierai pas! tu ne seras pas sans mère! tu ne m'appelleras pas
madame! je ne ferai pas la vierge à tes dé-
pens!... N'insistez pas, ô mon tuteur; vous
me faites souffrir horriblement! Je suis sa
mère, sa mère, sa mère, et ne veux être
que ça! Je ne suis pas en quête d'une nouvelle alliance; qu'on me laisse pour ce que
je suis, comme je laisse les autres. C'est
fini! je suis à mon fils, et je pleure Patrick,
et voilà tout!... Vous êtes bon, sir John, je
vous aime; mais brisons là-dessus; vous êtes

un homme régulier, et je suis une folle!
vous êtes un archonte, et je ne suis qu'une
pauvre Sapho.

Sir John ému, attendri jusqu'aux larmes,
pressa contre son cœur la mère et l'enfant, Geneviève de Brabant et son fils
Bénoni, et leur dit : Cela peut blesser mes
sentiments, cela peut froisser un coin de
mon âme ; mais cela ne vous ôte ni mon
amitié ni mon dévouement ; à la vie, à la
mort, je suis à vous ; faisons la paix ; baise-
moi, pauvre enfant! embrassez-moi, pauvre femme!

Et depuis, l'honnête sir John Chatsworth,
qui avoit à son service une noble intelligence, n'insista pas, ne toucha plus à rien
dans ce sens. Là-dessus silence éternel.

XVI.

L'échelle fut remontée et la trappe s'a-
baissa, et il se fit une nuit profonde.

—Oh ! mon Dieu !... s'écria Patrick, flé-
chissant les genoux et se prosternant la face
contre terre.

L'horreur et l'effroi avoient ouvert par
surprise son cœur stoïque au désespoir ;
mais sa courageuse raison reprit aussitôt

son empire, et il s'ôta du cœur ce mouvement de foiblesse comme on s'ôteroit de la
main une écharde.

Il se releva, et, guidé dans les ténèbres
par ses gémissements, il s'approcha de Fitz-
Harris, et l'appela et prêta l'oreille. Fitz-
Harris ne répondit point. Il se pencha sur
lui et lui prit la main : sa main étoit froide.
Alors il s'éloigna de lui, et, se tenant à la
muraille, il poussa du pied, dans un des
coins du caveau, la paille, ou plutôt le fumier dont on avoit eu l'attention de joncher
le sol. Sur cette litière, ayant porté doucement son ami, il l'appela de nouveau après
lui avoir posé la tête comme sur un chevet;
mais toujours point de réponse. C'étoient
là touts les soins qu'il pouvoit lui donner;
il se coucha donc auprès de lui, dans une
anxiété inexprimable, s'assurant de minute
en minute du battement de son cœur, écou-
tant silencieusement son haleine, épiant
l'instant suprême où il auroit enfin cessé de
souffrir, où il auroit passé de la condition
humaine si triste, et de la plus dure des

conditions humaines, à un état digne d'envie : l'état de mort. Il demeura long-temps, sans doute, dans cette cruelle position, car un sommeil de plomb, avec lequel il lutta corps à corps, finit par l'accabler et l'assoupir. A son réveil, Fitz-Harris se plaignoit assez fort ; ses extrémités n'étoient plus froides comme le marbre. Patrick lui passa la main sur le front et l'appela presque à voix basse : —Harris ! Harris, mon frère !... lui dit-il. Cette fois Fitz-Harris fit un mouvement. Peu à peu il se ranima, et quand il eut recouvré tout-à-fait le sentiment, Patrick lui dit : —Tu as fait une chute horrible, mon frère ; tu souffres, où es-tu blessé ? — Je souffre beaucoup dans les reins, et j'ai des élancements qui se croisent comme des épées dans ma tête. Tiens, touche là à mon crâne. Patrick y porta la main avec précaution ; sous les cheveux trempés de sang, il rencontra une saillie énorme et la bouche d'une plaie. —Sais-tu où nous sommes, mon frère ? dit ensuite Fitz-Harris. — Où nous sommes, demandes-tu, mon frère ? dans une

basse-fosse. — Et que fait-on de nous? — Ne
te souvient-il plus, mon frère, que M. le
lieutenant pour le Roi s'est chargé du soin
de venger la Couronne? Ce qu'on fait de
nous, mon frère? on venge la Couronne.
— Dieu m'a-t-il retiré la vue, Patrick, ou
sommes-nous au milieu de la nuit? — Non,
Dieu ne t'a pas affligé comme son serviteur
Tobie; mais je ne sais, mon frère, si nous
sommes au milieu du jour ou de la nuit;
cette fosse n'a ni meurtrière ni lucarne. —
Mais c'est donc un tombeau? — Moins que
cela, mon frère, un cloaque sans issue, un
puisard immonde. — Un puisard! répéta
Fitz-Harris avec effroi; un puisard! C'est
donc avec des puisards qu'on venge la Couronne? — Avec des puisards, tu l'as dit.

Je ne sais là-dessus ce qui se passa d'affreux dans leur âme; ils gardèrent touts les
deux un morne et long silence.

Ce fut Fitz-Harris qui le rompit : — Sans
doute, dit-il, on nous a plongés dans cette
basse-fosse, condamnés que nous sommes
à y périr de faim : tant mieux! Il est bien

temps que nos maux aient un terme. Qu'elle
vienne donc la mort! Elle se fait bien prier
la capricieuse! Diroit-on pas une bégueule,
une mijaurée, une prude qui choisit son
monde! Qu'on nous jette des aliments ou
qu'on nous laisse sans nourriture, au de-
meurant, peu m'importe! C'est assez de misère comme ça, je veux en finir; si j'approche plus rien de mes lèvres, que je sois un
lâche!— Tu parjureras ton serment, mon
frère, reprit tristement Patrick, parce qu'il
est beau de se laisser tuer et qu'il est honteux
de se laisser mourir; parce que tu ne sais
pas ce que c'est que mourir de faim.

Il y avoit, du moins leur sembloit-il, l'intervalle de plusieurs nuits et de plusieurs
jours qu'ils étoient là, et personne n'avoit
reparu, et ils n'avoient entendu d'autre bruit
que le bruit qu'eux-mêmes avoient produit,
comme s'ils eussent été dans les entrailles de
la terre. Déjà ils étoient en proie aux souffrances de l'inanition; l'opération de la pensée étoit déjà chez eux pénible et lente; leurs
idées s'enchaînoient mal et ne se succé-

doient plus. Vers ce temps-là, Patrick, qui
lui-même avoit eu plusieurs défaillances
qu'il avoit cachées avec soin, prit la main de
Fitz-Harris et lui dit : —Jusqu'ici je m'étois
refusé à croire avec toi qu'on ait pu concevoir la pensée de nous plonger dans cet abyme
pour nous y laisser périr; mais je vois bien
que c'est là le sort qui nous attend; ta pré-
vision étoit juste; et pour nous ravaler au
niveau de la brute, on nous livre à la mort
sans prêtre, sans conseil, sans assistance.
Soin perdu! ceux qui ont su vivre comme
nous avons vécu, ceux qui ont su souffrir
comme nous avons souffert, ceux-là ne se
dépouilleront pas, dans un moment suprême, de la dignité qui convient à l'homme;
ceux-là sauront mourir. Frère, préparons-
nous à paroître devant Dieu. Alors Patrick
s'agenouilla, et, après un moment de recueillement, il poursuivit : —Je viens de
descendre en esprit, ô mon Dieu, dans le
fond de mon âme, je l'ai trouvée sans replis;
j'y ai cherché partout un crime, et je n'y ai
rencontré que des fautes dont ta miséricorde

ne me refusera pas la rémission. Ce n'est pas
sans doute, ô mon Dieu! que je sois meilleur qu'un autre, et que je mérite plus à tes
yeux; mais tu m'as laissé si peu vieillir dans
le monde que le temps m'a manqué pour
le péché. —Vous que le long du court chemin de ma vie j'ai pu offenser; vous pour
qui j'ai pu être un objet de scandale, je vous
en demande humblement pardon; pardonnez-moi comme je pardonne à ceux qui se
sont faits mes ennemis, comme je pardonne
à mes bourreaux.—A toi, Fitz-Harris, mon
frère, qu'ai-je à dire, sinon que je te bénis
et te porte en mon cœur, comme tu me bénis et me porte dans le tien?—Après la vie
la plus dure il te plaît, ô mon Dieu! de m'envoyer la mort la plus cruelle; que ta volonté
soit faite! puisqu'il faut mourir, j'accepte
et meurs avec espérance. Tu m'avois donné
une amie, ô mon Dieu! puis tu m'en as sé-
paré; et tu me fais mourir sans l'avoir revue!
ô mon Dieu! que cela est amer!... mourir
sans l'avoir revue!... Heu!... que cette lame
est froide! qu'elle entre lentement, et qu'elle

fait de mal ! — O mon Dieu ! — O mon Dieu !
— O mon Dieu !... Et sa voix s'étouffa dans
les larmes. Fitz-Harris reprit alors avec audace : — Quant à moi, ô mon Dieu ! je ne
meurs pas résigné comme mon frère, et je
meurs sans espérance. Un bon tiens vaut
mieux que deux tu auras ; je suis franc,
j'eusse mieux aimé, ô mon Dieu ! une pomme
sur ma table qu'une orange dans le jardin
des Hespérides. — Je ne reviendrai pas sur
le passé, mon frère : il est oublié, il est expié, je crois. Je te dirai seulement, mon doux
Patrick, que je t'aime, et puisqu'il faut que
je meure, et puisqu'il faut que tu meures,
que je suis heureux de mourir avec toi.
— Embrassons-nous une dernière fois, mon
frère, dit alors Patrick ; et, s'étant rappro-
ché de Fitz-Harris et s'étant penché sur lui,
ils se donnèrent un long baiser, le baiser
cuisant de l'adieu, d'un adieu éternel, le
baiser qu'entre le billot et la hache deux
amis se donnent sur le plancher de l'échafaud. Leurs lèvres se quittèrent enfin ; Patrick reprit place à côté de son ami, et là,

sur une couche de fumier, se tenant affectueusement par la main, semblant deux
figures taillées dans l'épaisseur d'un tombeau, l'âme brisée par la douleur, le corps
déchiré par la faim, ils se remirent froidement à attendre la mort, qui venoit à pas
lents.

Après ceci il se passa encore un long intervalle. Le mal étoit devenu si violent qu'il
arrachoit des plaintes à Patrick, et que Fitz-
Harris pleuroit. — Tu souffres donc beaucoup, mon Harris? Ayons courage! disoit
Patrick. A quoi Fitz-Harris répondoit : —
Ce sont mes blessures qui me font souffrir,
et puis la faim — un peu — aussi. — Ayons
courage, Harris! encore quelques heures
d'agonie, et le calice sera bu jusqu'à la lie;
tout sera fini. On ne meurt qu'une fois;
ayons courage, mon frère! — Oh! j'en ai
du courage, mon Patrick; quelque cruelle
qu'elle soit, j'accepte cette mort volontiers,
parce que la mort est un terme. J'en ai du
courage! je saurois mourir de même par
ma volonté. Sur un plat d'argent m'appor-

teroit-on la chasse la plus succulente, que je
la repousserois avec dédain. — O mon pauvre
ami! ne pensons pas à ces choses-là : cela
aiguise encore la faim.

A ces paroles avoit succédé un nouveau
silence, ou plutôt de nouveaux gémissements. Nos deux martyrs se tenoient toujours
attachés par la main. La mort ne venoit pas;
mais le jeûne avec son râteau de fer leur
déchiroit les entrailles. Tout-à-coup la trappe
de la voûte se leva, une foible lueur de flambeau se répandit peu à peu dans la fosse,
quelque chose qui pendoit à une corde descendit, et une voix connue, celle d'un porte-
clefs, cria à l'extérieur : Voici votre pitance,
prenez. La surprise leur fit jeter un cri. Il
leur sembloit que c'étoit du Ciel que venoit
ce message. Après être demeuré quelque
temps suspendu à quelques pieds du sol,
l'objet remonta, puis un instant après on
laissa choir quelque chose, et la trappe se
referma. — Qu'est-ce ? s'écria Fitz-Harris. —
Je ne sais, répondit Patrick. — Va donc voir,
mon frère. Patrick, non sans bien des ef-

forts, se traîna sur les genoux du côté où le
bruit s'étoit fait, et sa main ayant rencontré
l'objet : — C'est du pain! s'écria-t-il. Du
pain! répéta Fitz-Harris avec un râlement de
joie; du pain! du pain! Saints-du-Ciel!
Donne-m'en, mon frère, donne-m'en! La
faim est une chose atroce! puis, vois-tu, ce
n'est pas vrai, je ne veux pas mourir.

Au bout d'un espace de temps qui leur
parut assez court, le lendemain, sans doute,
la voûte s'ouvrit de nouveau, une corde descendit de même, portant du pain que Patrick cette fois alla détacher. Depuis lors ils
eurent rarement à supporter d'aussi longs
jeûnes; on leur apporta assez régulièrement
leur pitance, à savoir : de temps en temps
trois ou quatre onces de mauvais pain.

Pour compléter l'horrible de leur position, d'énormes rats, dont le nombre sembloit aller croissant, habitoient ou hantoient
le même puisard. Ces hôtes immondes, pour
qui nos deux victimes avoient la plus violente aversion, avec une familiarité et une
audace révoltantes, les harceloient sans

cesse et sans pitié. Ils s'attroupoient autour
de la cruche à eau, sur le goulot de laquelle
ils déposoient leur morceau de pain, et, dans
leur acharnement, souvent ils la renver-
soient, ou combloient, en s'entassant sur le
corps l'un de l'autre, la distance mise entre
eux et leur proie. Pendant leur sommeil,
pendant les moments de silence et d'accca-
blement, ces animaux leur passoient dessus,
leur rongeoient, leur déchiroient leurs vêtements, les couvroient de morsures à la face
et aux mains. Fitz-Harris, qui ne se mouvoit
qu'avec peine, en avoit le plus à souffrir; on
eût dit que cette engeance avoit le sentiment
de son état : elle bravoit ses menaces et s'at-
taquoit à lui sans plus de façon qu'à un cadavre. Continuellement étendu sur une
paille pourrie et sur un sol humide, ses
jambes peu à peu s'enroidirent et se para-
lysèrent, et, quoiqu'il eût tout le haut du
corps dans un état d'amaigrissement, d'é-
maciation horrible à dire, elles devinrent
comme œdémateuses, et s'enflèrent prodigieusement. Ses pieds acquirent un vo-

lume si énorme que Patrick fut obligé de
lui ôter ses chaussures, qui les bridoient
comme un brodequin de supplice. Ses
pieds ainsi à découvert, une misère plus
cruelle l'attendoit. Plusieurs fois des bandes
de rats affamés se jetèrent dessus, et, malgré ses cris et les efforts de Patrick, mal
servi par l'obscurité, ils lui déchirèrent et
lui mâchèrent les orteils. Je n'insisterai pas
sur l'atrocité de cette torture; on sait de
reste quelle corrélation a le cœur avec les
extrémités, et combien est aigu et fou-
droyant le frémissement du tétanos. Patrick
ne put mettre Fitz-Harris tout-à-fait à l'abri
de cette voracité qu'en lui enterrant les pieds
dans de la litière, et en recouvrant cette
litière d'une couche de terre, qu'avec la patience d'un captif il avoit arrachée du sol avec
ses ongles.

Notre nature vivace est rétive à la mort.
La mort nous enlève rarement de haute
lutte. Ce n'est qu'après bien des menées
sourdes, bien des combats, qu'elle nous terrasse. Sans employer le fer ni le poison, ce

n'est pas chose facile que de tuer un homme,
un jeune homme surtout, un brise-cou
comme Fitz-Harris, né pour fournir la plus
longue carrière, sain, vigoureux, et dont
touts les ressorts de la vie étoient neufs et
du plus pur acier. Dans l'état de dépérissement où il se trouvoit vers les derniers temps
de son séjour dans la chambre octogone,
qui n'eût pensé le voir s'éteindre prochai-
nement? Un médecin l'eût ajourné au plus
à quelques semaines. Et depuis, cependant,
il avoit fait une chute terrible; il avoit sup-
porté un jeûne de plusieurs jours, et avoit
passé bien des mois couché sur des ordures
humides dans un puisard infect, sans jour,
sans air, accablé de douleurs corporelles,
rongé par l'ennui et le désespoir le plus
profond, n'ayant pour mesurer le temps, qui
ne passoit pas, que son imagination, que
l'imagination, cette folle qui multiplie, qui
amplifie, qui exagère; et pour toute subsis-
tance que de l'eau, comme on sait, et de
temps à autre quelques onces de mauvais
pain. D'abord il avoit paru résister et végéter

à peu près dans le même état, sans mieux
ni pire, tandis que Patrick se minoit et tomboit en chartre à vue d'œil, comme un enfant arraché aux mamelles de sa mère, ou
plutôt, devrois-je dire, comme un homme
arraché aux mamelles fécondes de la liberté ; puis tout-à-coup il avoit baissé, et bais-
soit de jour en jour et déclinoit rapidement.
Mais à mesure que son pauvre corps s'approchoit de sa dissolution dernière, il per-
doit de plus en plus la conscience de sa position, et s'éloignoit en esprit de toute idée
d'anéantissement. Son état n'étoit plus qu'un
mal-être passager : il sentoit, disoit-il d'une
voix mourante, sa vigueur revenir ; son horizon s'éclaircissoit, son ciel se peuploit
d'étoiles, il n'avoit plus que quelques heures
à passer dans ce puits ; il étoit sûr d'une prochaine délivrance ; il la voyoit venir ; elle
venoit en effet : mais quelle délivrance !....
pauvre jeune homme !

Bien loin de se détacher des choses de ce
monde, il n'avoit la tête remplie que de
projets d'ameublement, de toilette, d'équi-

page, d'équipement de chasse. D'où lui viendroit l'or qu'il faudroit pour faire face à ce luxe? cela ne l'inquiéta pas une seule fois : cette question étoit trop froide et trop terrestre. Pour raviver tout-à-fait la fleur un peu froissée de sa jeunesse, désormais il ne devoit plus quitter le cheval; il devoit s'incorporer comme un centaure à un impétueux et fringant andalou, au plus beau genet de toutes les Espagnes. Ce genet à tout poil devoit avoir un mors bosselé, des fers d'argent, une selle magnifique, un caparaçon du plus riche tartan d'Irlande; une housse de velours, une émouchette en réseau d'or; il ne devoit sortir qu'avec un bouquet de rose sur le front. Avec cela c'étoient des bottes faites à ravir; des éperons qu'on eût dits forgés par saint Éloi; une longue escopette turque, marquetée, sculptée, ciselée, niellée, damasquinée; une paire de pistolets de ceinture, des pistolets d'arçon, un couteau de chasse avec une devise sur la lame; un huchet d'ivoire, et une trompe de sonneur. Son souci cuisant étoit de paroître à Chantilly à

la prochaine Saint-Hubert, et pour cela il
devoit se commander une soubreveste de
velours vert avec des passements d'or. Son
imagination se berçoit sans cesse des plus
séduisantes rêveries. Des caprices, des fantaisies merveilleuses naissoient et se succé-
doient en son esprit comme les vagues de
la mer. Il bâtissoit des enfilades de romans
dont il se faisoit le héros aventureux, et dont
le dénouement le plaçoit toujours au sein
des plaisirs, au comble de la fortune; et ces
romans en l'air avec leurs additions, leurs
améliorations, leurs variantes, il les contoit
naïvement à Patrick. —Le prince, chassant
dans la forêt, s'acharnoit à la poursuite d'une
chevrette et de ses faons, et s'égaroit. Seul,
loin du gros des chasseurs, dans une laie dé-
tournée, un sanglier furieux se jetoit sur lui;
mais, comme il alloit être blessé, Fitz-Harris, qui providentiellement se trouvoit là, je
ne sais comment, déchargeoit ses pistolets
dans le flanc de l'animal, et lui plongeoit
son couteau dans la gorge. Le prince, ainsi
miraculeusement délivré, plein d'une splen-

dide reconnoissance pour son hardi libérateur, l'attachoit à sa personne, le combloit
de biens, et, l'introduisant dans son inti-
mité, il devenoit un favori craint, puissant,
admiré. — Patrick n'étoit jamais oublié dans
ces coups du sort, il lui faisoit toujours la
plus belle place dans son char. — Au loin,
à l'horizon, sur un arbre jeté entre deux
roches, au-dessus d'un torrent, une femme
leste comme une biche s'élançoit; mais, parvenue au milieu de l'abyme, son pied léger
se heurtoit; elle tomboit, elle disparoissoit
sous les eaux. Fitz-Harris, qui d'aventure
cueilloit des narcisses sur le bord, la voyoit;
une sympathie indicible aussitôt l'agitoit;
il couroit de ce côté, il se précipitoit dans
le torrent, il plongeoit et replongeoit. Des
bras s'étant enlacés à lui, il remontoit à la
surface et amenoit au-dessus de l'onde le
plus beau sein et la plus belle tête de jeune
fille qu'on eût su voir. A la lueur douteuse
de la lune argentée, Fitz-Harris, dans un ra-
vissement céleste, contemploit éperdu cette
pâle Ophélie; avec un saint frémissement il

posoit ses lèvres amoureuses sur son front
humide et renversé, et l'entraînoit sur le
rivage. Là, se trouvoit une nacelle d'osier
recouverte de peaux de bisquain teintes en
pourpre, Fitz-Harris y couchoit doucement
la vierge évanouie. La richesse de ses vêtements indiquoit une damoiselle du haut
parage. Fitz-Harris s'atteloit à la nacelle, et
s'en alloit frapper à la porte d'un manoir
voisin. C'étoit justement la fille unique,
adorée, du châtelain de ce château. Le seigneur pleuroit sur sa fille, pressoit Fitz-
Harris dans ses bras, il le nommoit son fils.
Isabelle revenoit à la vie, et, la reconnoissance et l'amour s'en mêlant, elle offroit à
Fitz-Harris sa main glorieuse; et Fitz-Harris
passoit une vie filée d'or et de soie dans les
voluptés paisibles de l'hymen, dans les plaisirs turbulents de la chasse.

Ces folies, ces visions, étoient l'œuvre de
la fièvre lente qui l'emmenoit : il ne put
long-temps en faire la confidence. Sa voix
étoit devenue si foible que ce n'étoit plus
qu'un bruit d'haleine : il avoit peine à lier

deux mots. Voyant le triste état où il étoit
réduit, Patrick conçut pour son ami les plus
vives alarmes. L'heure d'une séparation
cruelle approchoit, et jusque là il s'étoit
peu appesanti sur cette idée; il n'avoit fait
qu'entrevoir dans le vague, et comme chose
possible, la perte de son compagnon d'infortune. Il étoit accablé. Il désiroit impatiemment faire connoître à M. le lieutenant
pour le Roi, dans l'espérance que peut-être
il en seroit touché, le péril où se trouvoit
Fitz-Harris; mais comme il ne pouvoit le
faire savoir au porte-clefs qui venoit apporter leur nourriture sans en même temps
épouvanter le pauvre mourant et l'ôter à
ses illusions, il gardoit tristement le silence;
et, comme un nocher dont la tempête a brisé
la barque, et qui de la grève où il a été rejeté se voit forcé de demeurer le spectateur
immobile d'un navire qui sancit sur ses
amarres, qui coule bas, il assistoit au nau-
frage de Fitz-Harris dont la nef disparaissoit
peu à peu sous le flot envahissant de la
mort. Enfin, une fois, le hasard ayant voulu

que Fitz-Harris sommeillât à l'heure où vint
le porte-clefs, Patrick saisit l'occasion, et, se
jetant à genoux sous le trou d'extraction,
sous la trappe : — Au nom du ciel, porte-
clefs, je t'implore! s'écria-t-il; rappelle-toi
que nous sommes des hommes, que nous
sommes tes semblables, que nous sommes
de chair et d'os comme toi, et songe à ce
qu'on nous fait souffrir. Au nom du Ciel! si
tu n'es pas une pierre, si tu n'es pas sans
quelque reste de pitié, va dire, fais-moi la
grâce d'aller dire à ton maître, M. le lieutenant pour le Roi, que Fitz-Harris, mon
frère, se meurt; qu'il est entre la vie et la
mort; s'il demeure une heure de plus dans
cet égout, il est perdu! Va, sauve-le! va,
implore M. le lieutenant pour le Roi à deux
genoux comme je t'implore; peut-être que
sa vengeance est enfin assouvie, que sa haine
est repue, et qu'il ne souhaite pas ce meurtre. Mon ami, prends une échelle, un flambeau, descends dans ce lieu d'horreur, tu
verras notre misère, et tu ne pourras plus
y songer sans verser des larmes. Au nom du

Ciel! porte-clefs, sauve-le, sauve mon frère!
sauve ton frère : car nous sommes des
hommes! car nous sommes tes semblables!
va et tu seras béni!—Mais le porte-clefs ne
fit aucune réponse, et n'en rapporta point.
Déposa-t-il le message aux pieds de M. le lieutenant pour le Roi, ou n'en tint-il aucun
compte, je ne sais. Patrick grinça des dents
d'indignation et de dépit. Honteux, il rou-
git en face de lui-même, comme un homme
qui vient de faire une chute dans le péché,
d'avoir, entraîné par son zèle pour Fitz-Harris, fait une humble prière, lui qui n'en faisoit jamais, et de l'avoir faite à un valet, et
de l'avoir faite en vain.

Ce sommeil extraordinaire de Fitz-Harris
se prolongea bien long-temps : ce fut sans
doute une léthargie, et quand il se réveilla
il avoit recouvré le sentiment et la parole.
—Oh! mon Dieu! Patrick, dit-il d'une voix
forte, une brèche s'est faite dans la muraille
de ce caveau! Vois, comme on plonge au
loin; comme la vue s'égare dans l'immensité; quel beau spectacle! Enchâssée dans

l'Océan., quelle est donc cette verte éme-
raude? Oh! mon Dieu! c'est la terre d'Irlande. Vois-tu, sur son beau rivage, notre
sauvage comté de Kerry, tourné comme une
fleur vers le soleil? Quel parfum m'arrive au
cœur! quel baume on respire! Ce ne sont
plus les miasmes d'un puisard : c'est l'air
libre des montagnes, c'est l'air pur de la
patrie:— *Spiorad-naom!* comme tout-à-coup
le jour s'est voilé! comme tout-à-coup la
nuit s'est faite. *Spiorad-naom!* où sommes-
nous donc, Patrick? Ah! dans la ville en-
dormie de Killarney. Quel silence! tout
repose. Reconnois-tu Killarney, Patrick?
Killarney la simple, Killarney la hautaine?
Nous voici dans une de ses rues étroites et
tortueuses. Qui sort de cette maison déla-
brée? *Spiorad-naom!* c'est Donald, mon bandit de frère. A sa main est un bâton qui
tourne et qui siffle. Trois compagnons le
suivent. Comme ils sont faits, comme ils
sont débraillés! Les vois-tu, comme ils chan-
cellent? Le bandit passera donc toujours
ses nuits dans les repaires et dans les ta-

vernes. — Dieu ! voici la rue où je suis né ;
voici le toit où je suis né ; voici la chambre
où je suis né ! Auprès d'un feu couvert ma
pauvre vieille mère veille, son rosaire à la
main. Quel calme et quelle tristesse sur sa
belle figure, symbole d'une âme sans re-
proche ! Quelle image de la vertu ! Elle
veille, elle attend avec anxiété la tendre
femme, mon frère, son fils Donald, qui, sans
pitié pour elle, trôle encore à cette heure
dans les rues évitées de la ville ! Elle pleure !
elle pleure sur moi, sans doute. Son esprit
habite dans ma prison ; elle souffre ce que
je souffre ; mes fers sont rivés à ses pieds ;
elle traîne avec moi mes chaînes ; elle me
croit perdu sans retour. — Me voici ! me
voici ! pauvre femme ! console-toi, ma mère !
Les murs de mon cachot se sont écroulés !
Plus de deuil, plus de larmes ! Le fils est
rendu à sa mère, la mère et le fils sont ensemble ! Presse-le sur ton cœur, pauvre
mère, c'est bien lui, c'est bien Kildare, c'est
bien ton Harris. Laisse, que je baise ta bouche de miel, tes cheveux blancs ; laisse-moi

m'étendre à tes pieds et reposer sur ton giron ma tête veillie et rembrunie, comme
autrefois j'y reposois ma tête rose et blonde.
— Le jour renaît, Patrick, nous voici dans
le chemin de Kenmare ; le soleil se lève, des
forges semblent s'allumer sur le sommet des
montagnes, quelle splendeur ! J'avois presque oublié le soleil. Que c'est beau ! Gloire
à toi, Dieu du monde ! trois fois gloire à toi !
Verse sur nous tes feux et tes rayons, ré-
chauffe-nous ; ranime-nous ; reverdis-nous,
toi ! La tyrannie nous a pourris dans l'ombre. — Salut, roches escarpées, pitons ardus,
mamelons de pierre, vallées profondes, bois
épais où se sont aventurés nos premiers pas,
où tant de fois dans nos courses vagabondes
nous jetâmes des cris déchirants pour faire
sonner l'écho, qui se répercutoit de colline
en colline. Tiens, Patrick, comme on découvre d'ici le Loug-Leane, le beau lac de
Killarney ! C'est la mer apportée dans des
montagnes. Quelle paix ! quel calme ! c'est
ton image, Patrick ; des éléments divers qui
se heurtent en son sein, des combats qui

s'y livrent, rien ne transpire à la surface. Là-
bas s'élèvent les hautes crêtes des Mac-Gil-
licuddy's-Reeks et le Curran-Tual; mais les
tours de Cockermouth-Castle sont encore
cachées sous la brume matinale. Cet amas de
pierres moussues, n'est-ce pas les ruines solitaires du Prieuré? et non loin, ce toit qui
fume, n'est-ce pas, Patrick, la hutte de ton
père? Quelle joie de revoir tout cela! Oh!
mon Dieu! que la patrie est belle!... Suis-je le
jouet d'une folle illusion? Une magnificence
inconnue se déploie comme un éventail et
m'éblouit. Une brise rose et parfumée soulève une poussière d'or qui s'épand sur toute
la nature. Vois-tu dans cette forêt magique,
sur cette colline de marbre, passer Diane, la
divine chasseresse, son arc en main, son
croissant d'opale sur le front? trois beaux
levriers blancs qu'on diroit découpés dans
l'ivoire suivent ses pas rapides. Comme sa
tête est majestueusement tournée sur l'é-
paule! Phœbé, Phœbé, ô ma déesse!....
Lève les yeux, Patrick; là-haut, là-haut,
vois-tu cet ange qui traverse, comme une

flèche, la voûte éthérée; ses lèvres pressent
l'embouchure d'une longue trompette d'or;
quelle fanfare éclatante il éparpille parmi
les étoiles! Entends-tu au haut des airs ces
concerts de voix et d'instruments? pluie har-
monieuse qui descend des nuées, pénètre
dans le cœur et le rafraîchit. Tout scintille,
tout étincelle comme une escarboucle; tout
est rutilant, tout chatoie, tout ondoie, tout
poudroie. Cette magnificence, c'est la robe
de Dieu! Ces pourpris, ce sont les pourpris
célestes. Une femme noire et voilée va lentement le long d'un ruisseau de crystal; elle
porte une touffe de scabieuses passées dans
un anneau d'or. Il me semble que sa démarche m'est connue. La brise rose et fraîche a soulevé son voile. Grands dieux! c'est
Déborah! Oh! mon Dieu! qu'elle est pâle!...
Un jeune homme la suit, un tout jeune
homme, ma foi. Oh! mon Dieu! Patrick, qu'il
te ressemble!... c'est ton ombre. Sur les
pierres du chemin il fait sonner une longue
épée. Le voici qui lutte corps à corps avec
un chêne, le frêle arbrisseau! Oh! mon

Dieu! le chêne se déracine, le chêne penche, le chêne tombe, le chêne l'écrase!....
Hélas! il est tué, le pauvre enfant!—Qu'un
grenadier en fleur est un bel arbre! Sous ce
grenadier sauvage quelle est donc cette
femme si belle? Est-ce Ève ou Vénus? Que
d'abandon dans sa pose! quel feu et quelle
douceur dans son regard! que d'amour sur
sa bouche! comme son sein palpite et re-
bondit! quelle grâce dans ses contours! que
de voluptés à cueillir! Oh! je mourrois si
j'approchois seulement mes lèvres de son
pied!... Suis-je en rêve? Non, non, ce n'est
point une folie; l'orgueil ne m'égare point.
Elle m'a vu, elle me sourit, elle m'appelle!...
Un charme irrésistible m'entraîne, me précipite vers elle. L'amour renaît pour moi:
bénit soit le sort! je vais encore mourir sous
un baiser. Un charme mystérieux m'attire
et m'entraîne, te dis-je; je le sens bien, je
suis vaincu, il faut céder. Viens, Patrick,
suis-moi; viens, avec la liberté on recouvre
l'amour.

A ces mots, Fitz-Harris, qui depuis vingt

et un mois gisoit sur sa litière, se dressa subitement sur ses pieds, et, traversant à
grands pas le caveau, il se précipita contre
la muraille. Là, se tenant accroché avec ses
ongles aux angles des pierres : —Viens, Patrick, viens, mon frère, poursuivit-il, ne
m'abandonne pas dans la félicité. Une brèche s'est faite dans le mur, te dis-je; viens,
suis-moi; les fossés sont pleins de bruyères;
ce n'est qu'un pas à franchir. Viens, suis-
moi; viens, nous serons libres!

En achevant ces dernières paroles, comme
une pierre de la voûte il tomba pesamment
sur le sol; puis il se fit un profond silence.
Patrick prit alors le pauvre infortuné dans
ses bras; il étoit froid.

Il étoit mort!...

XVII.

Mieux vaut la certitude la plus cruelle
que le doute le plus léger, que l'incertitude
la plus vague; rien ne ronge comme l'incertitude, rien ne creuse comme le doute; et
Déborah vivoit dans l'incertitude la plus
profonde à l'égard de la fin dernière de
Patrick. Elle avoit bien vu le fer entrer dans
son flanc, elle avoit bien entendu les cris

qu'il avoit jetés et son adieu déchirant; elle
avoit bien vu sa chute, elle avoit bien entendu rouler au loin le carrosse emportant
sans doute le cadavre et les meurtriers;
mais qui l'avoit tué? mais au nom de qui
l'avoit-on tué? mais qu'avoit-on fait de ses
restes? elle l'ignoroit. Aussi brûloit-elle de
rentrer secrètement en France pour tâcher
de lever un coin de ce voile, et pour recueillir les dépouilles mortelles de son ami,
comme ces courageuses femmes de l'Anti-
quité qui, au temps des persécutions, se
glissoient dans la nuit jusqu'aux lieux des
supplices pour ensevelir les corps des martyrs et les mettre en sépulture.

Dès que ses affaires de succession, affaires
toujours interminables, eurent été régulari-
sées, laissant l'administration de touts ses
biens à sir John, elle prit donc congé de
lui, non sans l'accabler toutefois de nouveaux et précieux témoignages de reconnoissance. Quant à Icolm-Kill, persévérant
dans sa première et noble résolution, il ne
voulut mettre aucun prix à l'action qu'il

avoit faite, il ne voulut rien accepter; il
demanda seulement à Déborah, comme
grâce ou comme faveur, de s'attacher à sa
fortune. Un homme habile, entendu, à
toutes mains, de l'espèce d'Icolm-Kill, étoit
trop rare et d'une utilité trop immédiate
pour que l'adroite comtesse Déborah né-
gligeât l'occasion si belle de se l'acquérir,
et d'en faire un officier de sa maison. Elle
s'empressa de se rendre à son désir, et lui
donna la charge de gouverneur de son fils
et d'intendant.

Un navire de France appareilloit dans le
port; l'âme oppressée, le cœur déchiré dans
touts les sens, Déborah quitta Dublin, Déborah s'éloigna à toutes voiles de son Irlande
bien aimée; mais cette fois ce n'étoit plus
pour aller renouer ses amours avec son beau
Patrick au rendez-vous qu'ils s'étoient donné
sur le Continent. Une urne à la main, elle
partoit la sainte femme!...

Afin de mieux échapper au ressentiment
de la Cour et de la Police, dans le cas où
son évasion de Sainte-Marguerite auroit été

ébruitée, Déborah se déguisa sous le nom
irlandois de Barrymore; mais Icolm-Kill,
qui, à la Forteresse, avoit joué le rôle d'un
prétendu lord Cunnyngham, pour se rendre
parfaitement méconnoissable, n'eut simplement qu'à ôter son masque. Ce ne fut
pas sans effroi que notre jeune infortunée
reprit la route de Paris; cependant elle approcha ses lèvres avec courage de ce vase
rempli pour elle d'amertume, et le vida à
longs traits; car il y a dans la douleur une
volupté mystérieuse dont le malheureux est
avide; car la souffrance est savoureuse
comme le bonheur. Ce ne fut pas non plus
sans trouble qu'elle revit la rue de Ver-
neuil, si placide, si gentilhomme, où, dans
la solitude, elle avoit habité avec Patrick et
goûté quelques moments d'une félicité bien
rare. Elle ne posa le pied qu'en frémissant
sur le pavé de cette rue; il lui sembloit encore couvert du sang de son ami. La scène
nocturne du meurtre de Patrick, comme
une sombre tapisserie, vint alors se dérouler
devant ses yeux : elle entendoit distincte-

ment le choc des épées. — Depuis son absence l'hôtel Saint-Papoul avoit été tellement défiguré à l'extérieur, que Déborah
hésita long-temps avant que de le reconnoître et d'oser entrer. La maison avoit
changé de maître et de destination, et le
nouveau concierge lui donna pour certain
que M. Goudouly, après avoir vendu tout ce
qu'il possédoit à Paris, s'étoit retiré dans
son pays, dans le Béarn, il y avoit déjà plusieurs années. Voilà pourquoi, sans doute,
cela paroîtroit s'expliquer assez bien aujour-
d'hui, toutes les lettres que Patrick avoit
adressées à ce brave vieillard, dans les derniers temps de la lieutenance de M. de
Guyonnet, étoient toutes demeurées sans
réponse, à son grand crève-cœur. Sa première démarche n'étoit pas heureuse; c'é-
toit un assez fâcheux pronostic; Déborah n'en prit que de trop vives alarmes.
Elle avoit beaucoup espéré apprendre de
M. Goudouly quelque chose sur le sort
de Patrick; sinon quelque chose de bien
positif, quelque chose au moins qui eût pu

la mettre sur la voie et la guider dans ses dou-
loureuses recherches. La perte des objets qui
lors de son rapt étoient restés dans son appartement à la discrétion de son hôte, mais que
cet hôte fidèle, comme nous l'avons vu en
son lieu, avoit recueillis dans une valise et
envoyés avec empressement au Donjon, lui
causa aussi un grand chagrin. Aux chiffons,
aux bijoux elle tenoit peu : donner une
larme à ces choses-là eût été indigne d'elle ;
ce qu'elle regrettoit, ce qu'elle regretta
amèrement, long-temps, toujours, c'étoient
quelques billets de Patrick, quelques stances
que, tout jeune homme, il avoit rhythmées
pour elle ; c'étoient quelques fadaises dont
il lui avoit fait hommage ; c'étoient quelques
babioles qu'elle lui avoit offertes en présent ;
c'étoient quelques livres favoris, à lui ou à
elle, excellents de soi, et excellents aussi
pour les souvenirs qu'ils éveilloient, précieux comme l'or pour les ramilles, les feuilles de rose, les fleurs de violette séchées
et conservées entre chaque page comme
entre les pages d'un herbier. C'étoit sur-

tout, c'étoit par-dessus tout l'épée de Patrick, cette épée qu'il avoit trempée dans
le sang de ses assassins, et qui avoit été re-
trouvée à la porte de l'hôtel. Elle eût été si
glorieuse de la voir suspendue au côté de
Vengeance adulte, de la voir étinceler dans
la main de Vengeance devenu homme!

L'absence de M. Goudouly laissoit Déborah dans une grande perplexité; et que
faire pour sortir de cette inquiétude dont
son âme étoit si lasse? Où creuser pour trouver le filon qui pourroit conduire à la mine?
à quelle porte heurter? Le coup avoit été
frappé dans l'ombre par des hommes aux
gages de gents ayant tout pouvoir, et qui
avoient dû faire disparoître jusqu'à la
moindre trace de leur forfait; pas une tache
de sang n'avoit dû rester empreinte sur la
poussière du chemin détourné conduisant
à la fosse où l'on avoit dû jeter le cadavre
de Patrick. A tout hazard Icolm-Kill écrivit
très-humblement à M. le lieutenant-général
de police pour lui demander s'il n'avoit pas
eu connoissance d'un attentat commis le

2 septembre 1763, sur la personne d'un jeune Irlandois nommé Patrick Whyte ou Fitz-Whyte, servant dans la première compagnie des mousquetaires du Roi; et dans le cas où cette affaire ne lui seroit pas inconnue, s'il ne seroit pas possible par ses soins de recouvrer le corps de cet infortuné, que sa famille souhaitoit de faire exhumer et transporter au pays de ses pères. M. le lieutenant-général de la Police du Royaume répondit à cette requête, ou plutôt fit répondre par ses Bureaux, qu'il n'avoit eu vent d'aucun fait semblable, et que c'étoit avec regret, le cafard! qu'il se voyoit dans l'impossibilité de rien faire pour la consolation d'une famille au chagrin de laquelle il prenoit sincèrement part. Cette réponse ne causa pas une grande surprise à Déborah; elle s'y attendoit ou à quelque chose de semblable; logiquement il devoit en être ainsi : les loups se sont-ils jamais dévorés entre eux ?

Icolm-Kill, opiniâtre, et que rien ne démontoit, prit encore sur lui de faire une

autre tentative. Il se présenta avec hardiesse
chez M. de Villepastour comme un oncle de
Patrick, débarqué nouvellement, et chargé
par sa famille laissée dans une grande inquiétude, de s'enquérir à tout prix de son
sort. M. le marquis mordit parfaitement à
la grappe. Il avoua, faisant le bon prince,
que Patrick étoit un charmant jeune homme
qu'il avoit beaucoup aimé, mais qu'il ignoroit absolument ce qu'il étoit devenu; que
depuis qu'il avoit été dans la pénible nécessité de le renvoyer de sa Compagnie,
c'est-à-dire des gardes gentilshommes de
sa Majesté, il n'en avoit plus eu de nouvelles, non plus que de la jeune personne
irlandoise qui l'avoit suivi en France. M. de
Gave, marquis de Villepastour, mentoit.
M. le marquis en savoit plus long, beaucoup plus long qu'il ne cherchoit à s'en
donner l'air : cela est évident pour touts
ceux qui ont suivi pas à pas cette tragédie;
cela n'étoit pas aussi évident pour Icolm-
Kill, mais cela ne le satisfaisoit guère; volontiers il auroit souffleté le belître; mais

comme il tenoit à sonder son homme jusqu'au bout, prêtant le flanc de son mieux,
il poursuivit avec candeur : — Cette jeune
Irlandoise, du moins me l'a-t-on assuré,
dit-il, est détenue pour quelque raison secrète dans une prison d'État; et pour ce qui
est de Patrick, un bruit vague et venant on
ne sait de quelle source porteroit à croire qu'il
a été assassiné un soir comme il sortoit de son
hôtellerie. — Assassiné ! reprit M. de Villepastour, non, je ne le pense pas : ce n'est pas
que j'en sache rien, ce n'est qu'un sentiment
qui m'est personnel. Assassiné, dites-vous ;
et par qui?— De lâches spadassins salariés
par de hauts personnages auxquels il avoit
eu le malheur de déplaire ont fait le coup;
du moins on a cette idée, monsieur le marquis. — Cette histoire, mon cher monsieur,
est peu vraisemblable; en tout cas, à votre
place je m'adresserois à M. le lieutenant-
général de Police. Cette affaire est de son
département, il lui seroit facile de vous faire
donner satisfaction. M. le lieutenant-général doit connoître au fond et au clair le sort

de M. votre neveu, cela est plus que présumable : voyez-le. — Icolm-Kill ne vit pas M. le lieutenant-général de Police, mais il lui fit parvenir une seconde lettre polie, flatteuse, pressante, suppliante, déchirante ; et en réponse il reçut ceci : — « Monsieur, vous auriez dû vous en tenir à votre première demande, après la lettre que je m'étois donné l'honneur de vous faire ; vous auriez dû sentir que toute insistance ne pouvoit qu'être fâcheuse. Que je connoisse ou non quel a pu être le sort de M. votre neveu, j'ai dit ce qu'il étoit de mon devoir de vous dire. Veuillez bien comprendre, s'il vous plaît, que ma charge est de faire exécuter les ordres du Roi, et non pas de divulguer les actes de son autorité suprême. »

Il fut parfaitement évident pour Déborah que ces deux hommes avoient dans leur main le secret qu'elle cherchoit, et qu'ils fermoient le poing ; mais comme elle savoit au juste ce que valoient ces deux cœurs sans pitié et sans remords, elle comprit aussi qu'il falloit s'en tenir là. Ce n'est pas qu'elle

eût perdu toute espérance d'obtenir un jour,
tôt ou tard, quelque certitude ; seulement
elle attendit plus de l'efficacité du temps,
du hazard ou de la Providence que de ses
propres efforts. Elle avoit quitté l'Irlande
dans l'intention de se fixer en France ; l'ignorance dans laquelle elle demeuroit confinée
touchant le sort de Patrick la confirma dans
cette disposition ; mais elle étoit dans la plus
vive impatience de sortir de Paris, à qui elle
gardoit une franche et profonde rancune.
Elle y souffroit. Paris pesoit de tout son poids
sur elle ; il lui sembloit qu'on n'y respiroit
que le souffle empoisonné de la convoitise
et de la haine. Pas un visage qui ne lui parût une enseigne de prostitution, de bas-
sesse et de lâcheté. Cependant elle ne pouvoit
non plus s'en éloigner beaucoup : il étoit
nécessaire qu'elle demeurât à portée de
saisir le moindre bruit public, le moindre
vent qui pourroit la conduire sur quelques
traces.

Après avoir parcouru tout le territoire
riche, varié, cossu et plein de hardes qui

environne Paris, la grande mêlée d'hommes
et de pierres; après avoir fouillé dans touts
les coins les plus perdus de ce territoire,
pour y surprendre quelque retraite belle,
solitaire, ignorée, et visité touts les manoirs,
touts les ménils, toutes les habitations un
peu seigneuriales, libres, vides, délaissées,
ou infidèles et prêtes à se vendre au premier écu d'or reluisant, elle fit rencontre
d'un assez beau pavillon ayant appartenu à un
magnifique traitant dont la fortune venoit
de s'ébouler, et situé très-heureusement,
très-pittoresquement sur le sommet d'un
coteau se mirant dans un méandre de la
Seine, entre Triel et Évêquemont. Séduite
par la position, la majesté, la solitude de
cette demeure, Déborah ne balança pas à
en faire l'importante acquisition, et elle s'y
retira avec joie pour vivre dans son deuil et
dans l'amour de son fils, pour se consacrer
tout entière à l'éducation de Vengence.

XVIII.

Ma tâche est triste ; mais puisque je me suis engagé à dire ces malheurs, je l'accomplirai. Je m'étais cru l'esprit plus fort, le cœur plus dur ou plus indifférent ; j'avois cru pouvoir toucher à ces infortunes et en sculpter le long bas-relief avec le calme de l'artisan qui façonne une tombe ; combien je me suis abusé ! A mesure que j'avance

dans cette vallée de larmes, mon pied soulève
un tourbillon de mélancolie qui s'attache à
mon âme comme la poussière s'attache au
manteau du voyageur. Pas un outrage dont
j'aie donné le spectacle, qui n'ait allumé en
moi une colère véritable ; pas une souffrance
que j'aie peinte, qui ne m'ait coûté des pleurs.
Courage, ô ma muse ! encore quelques pages, et toutes ces belles douleurs ramassées
par toi avec un soin si religieux, toutes ces
belles douleurs jusqu'à ce jour ignorées du
monde, étouffées, perdues, comme de petites herbes sous les gerbes de faits éclatants
et sans nombre qui jonchent le sol de l'histoire, auront trouvé leur dénouement et revêtu une forme qui ne leur permettra plus
de mourir, de mourir dans la mémoire des
hommes.

Devant le corps inanimé de Fitz-Harris,
Patrick demeura anéanti. Ce qui se passoit en
lui étoit trop profond et trop intérieur pour
que rien en transpirât. De long-temps il ne
donna pas une seule manifestation. Non, il
étoit là immobile et muet. Le coup l'avoit

percé de part en part. La douleur, comme
le clou de Sisara, le tenoit adapté au sol.
C'étoient deux cadavres en présence : l'un
tout-à-fait froid, l'autre se refroidissant;
l'un glacé par le désespoir, l'autre glacé par
la mort.

Quand le porte-clefs vint comme de coutume apporter le morceau de pain de ses
prisonniers, le bruit qu'il fit en ouvrant la
trappe rendit tout-à-coup Patrick à l'existence. Il se souleva, et d'une voix déchirante
jeta ces mots vers la voûte : — Mon frère est
mort !

Cette visite, en obligeant Patrick à rompre le beau silence que gardoit sa douleur,
ouvrit une issue à son oppression : de pro-
fonds soupirs s'exhalèrent de sa poitrine
gonflée ; jusque là il étoit demeuré l'œil sec,
et il se prit à fondre en larmes.

— O mon frère ! s'écria-t-il alors, pourquoi m'as-tu abandonné ? Après une aussi
longue et aussi étroite communauté, ne de-
vions-nous pas mourir ensemble ? Pourquoi
me laisses-tu seul dans cet abyme ? Ne

t'aimois-je pas assez, n'avois-je pas assez de
tendresse pour toi ?...

Mais non, que dis-je ? tu as bien fait de
mourir, ô mon frère ! la mort a mis fin à
tes souffrances. On a souvent tort de naître ;
on n'a jamais tort de mourir. Naître pour
en venir là, en venir là après être né, à quoi
bon ?... La vie, qu'est-ce donc après tout
pour la plupart, sinon une longue suite,
une longue multiplicité de douleurs, entre
deux énigmes, entre l'énigme de la naissance et l'énigme de la mort ?

Va, tu as bien fait de mourir, tu as bien
fait de te dissoudre, ô mon frère ! Quand,
rendu à la liberté et au monde, tu eusses passé
quelques heures de plus sur cette terre,
qu'y aurois-tu acquis ? N'avois-tu pas déjà
épuisé toutes les moins pires choses humaines ? N'avois-tu pas eu un berceau et le zèle
d'une mère ? N'avois-tu pas traversé l'enfance, qui jouit sans arrière-pensée ? N'avois-
tu pas eu un premier amour ? N'avois-tu
pas eu vingt ans ? Ce qui te restoit à connoître, ce n'étoit plus que des fripperies ; ce

qui te restoit à subir, ce n'étoit plus que des
décrépitudes. Tu as bien fait de mourir,
ô mon frère !

Mais je suis ton aîné, et j'aurois dû te
précéder dans le chemin de la mort. Pourquoi, plutôt que toi, la mort m'a-t-elle épargné?... Oh! n'en sois pas jaloux, mon frère !
Dieu, sans doute, a sur moi quelque secret
dessein qu'il n'auroit su accomplir sur toi.
Toi, tu pouvois mourir, tu n'étois pas lié;
tu ne laisses rien derrière toi; mais moi, j'ai
dans quelque coin perdu du monde une
femme qui m'appelle, et qui a besoin de
mon secours, et un fils, sans doute, qui a
besoin que je secoure sa mère; et Dieu,
qui sait? a peut-être la pensée de me rendre
à eux, qui ont besoin de moi, et de les
rendre à moi, qui ai tant besoin d'eux. —
Si c'est là ton dessein, ô mon Dieu, béni
soit-il! Tu sais combien je suis résigné!
Quelle que soit ta volonté sur moi, qu'elle
s'accomplisse, je me prosterne... Mais si je
ne dois jamais les revoir, et si je dois, comme
mon frère, mourir dans ce puisard, je ne te

demande qu'une grâce, ô mon Dieu! de
m'envoyer, comme à mon frère, durant ma
dernière heure, d'ineffables illusions, de
m'envoyer la mort au milieu d'un délire.

Patrick, en proie aux angoisses les plus
cruelles, s'attendoit de minute en minute à
voir descendre un fossoyeur pour enlever
le corps de son ami; mais personne ne paroissoit; et bien qu'il redoutât beaucoup
l'instant de cette suprême séparation, où
son compagnon s'éloigneroit sans pitié et
sans retour, et le laisseroit abymé dans une
morne solitude, cependant il l'appeloit de
touts ses vœux. La nature a des lois de des-
truction et de décomposition inexorables
pour le plus bel être comme pour l'objet le
plus aimé; et Fitz-Harris étoit mort dans un
si mauvais état, et ce puits étoit si malsain,
que Patrick n'osoit plus, disons plus juste,
ne pouvoit déjà plus l'embrasser, ne pouvoit
déjà plus poser ses lèvres sur son front.

Après le même intervalle de temps qui
s'écouloit d'ordinaire entre chaque appari-
tion du porte-clefs, la trappe se soulevant

enfin, Patrick s'avança incontinent sous l'ouverture, et s'écria avec indignation : —
Monsieur le porte-clefs, ne vous ai-je pas
dit que mon frère est mort? A quoi songe
donc M. le lieutenant pour le Roi? Rappelez-
lui, s'il vous plaît, qu'il est envers les
hommes des derniers devoirs.

Mais, cette fois encore, sans daigner laisser
tomber une seule parole, le porte-clefs se
retira.

Abymé dans les pensées les plus amères,
l'esprit brisé sous la roue de la réflexion, et
le corps affaissé par une longue veille (depuis
que Dieu avoit rappelé Fitz-Harris, il n'avoit
pas fermé ses yeux remplis de larmes),
Patrick s'assoupit enfin. Sur l'aile d'une
rêverie, le sommeil l'aborda si doucement,
qu'il ne put s'en défendre. Au fond de
toute mélancolie il y a toujours quelques
drachmes d'opium.

Ce sommeil duroit encore lorsqu'un des
hommes du Donjon penché à l'ouverture de
la voûte, et qui glissoit une échelle, enjoignit
à Patrick de monter le corps de son ami.

Ébloui par la lueur répandue dans le caveau
et surpris par cette brusque arrivée, cependant Patrick se leva aussitôt et s'excusa sur
cet ordre, en prétextant son état d'extrême
foiblesse. Mais la même injonction ayant
été répétée d'un ton plus brutal encore,
et quelqu'un ayant ajouté avec un accent
de raillerie : — Après tout, si monsieur
ne veut pas se séparer de ce cadavre, les
volontés et les goûts sont libres. Patrick,
non pour obéir à cette insolence, mais pour
les mânes de son ami, rassemblant toutes
ses forces, chargea courageusement sur ses
épaules le corps de Fitz-Harris et se mit à
monter, je devrois dire à se traîner le long de
l'échelle. Écrasé sous le poids, n'ayant qu'une
main disponible, l'autre soutenant et rete-
nant le cadavre, peu s'en fallut plusieurs fois
qu'il ne se renversât et ne fît une horrible
chute. Le plus cruel, c'est qu'il n'avoit point
de chaussure ; de sorte que chaque fois qu'il
s'appuyoit sur un échelon, cela lui scioit la
plante des pieds et lui causoit une douleur excessive. Lorsqu'il eut gagné le caveau

supérieur, il apperçut à quelque distance les
porte-clefs et M. le lieutenant pour le Roi
au Donjon, qui tous quatre se tenoient ainsi
à l'écart, pour échapper sans doute à l'air
putride qu'exhaloit le trou d'extraction. Les
trois valets portoient chacun un falot. Quant
à M. le lieutenant, il ne portoit rien; il étoit
simplement coiffé d'un serre-tête et entor-
tillé dans les ramages d'une robe de chambre
non moins spacieuse que ridicule.

Sans lui donner le temps de reprendre un
peu courage, ces quatre misérables se mirent
en peloton, et entraînèrent au milieu d'eux
Patrick, qui ployoit sous sa sainte charge.

Après avoir monté plusieurs vis, traversé
plusieurs caves, plusieurs salles, plusieurs
couloirs, plusieurs galeries, ils pénétrèrent
dans un jardin, le jardin du Donjon. Le
long du mur un trou assez profond avoit été
pratiqué dans la terre. Quand Patrick y eut
été conduit, il comprit de suite que c'étoit
là, et déposa tout au bord son fardeau. Sous
le poids qui l'accabloit, il avoit tant employé
d'efforts durant cette longue marche à tra-

vers ces sombres détours , qu'une sueur
froide couloit de son front à grosses gouttes,
et que ses jambes fléchissoient. L'imagination pourroit-elle concevoir un spectacle plus
lugubre, une scène plus propre à glacer d'effroi? De touts côtés, de grandes murailles
noires emprisonnant des ténèbres et du
silence; des hommes d'un sinistre aspect,
avec des figures pleines d'ombre ; un personnage odieux dans une robe longue, comme
un homme de Palais ; trois lanternes jetant
quelques lueurs sourdes et n'éclairant que
par-dessous le feuillage appauvri de quelques arbres ; un trou en terre , puis un
cadavre immobile porté par un cadavre
mobile couvert de cheveux et de haillons.

Ayant posé leurs falots le long de la muraille , et s'étant saisi chacun d'une bêche,
les trois porte-clefs poussèrent le corps de
Fitz-Harris dans la fosse, et déjà ils avoient
jeté sur lui plusieurs pelletées de terre, lorsque, à cette vue, retrouvant quelque force,
Patrick se releva, et avec un geste terrible

leur commanda d'arrêter. Puis, s'appro-
chant lentement de M. le lieutenant pour le
Roi, qui, les mains sur le dos et son bonnet
de nuit sur la tête, regardoit faire: — Au
nom du ciel! monsieur, lui dit-il avec la
noblesse qui accompagnoit toujours ses
moindres expressions, ce n'est pas ainsi que
s'enterrent les hommes! La haine la plus
cruelle s'arrête ordinairement où le néant
commence; mais la vôtre, qui passe toutes
bornes, à ce qu'il paroît, passe aussi le
seuil de la tombe. Ce n'étoit donc pas assez,
monsieur, d'avoir lâchement assassiné mon
frère et de l'avoir laissé mourir sans les secours de l'art et de la religion?... Allons,
qu'on le porte à la chapelle et qu'on appelle
un aumônier!...

   A ce coup de hache, M. le chevalier de
Rougemont répondit avec perfidie qu'il n'y
avoit point au Donjon de prêtres à l'usage
des religionnaires; mais Patrick lui ayant
humblement représenté qu'ils étoient Irlandois et catholiques : — Assez, jeune
homme, lui répliqua-t-il impudemment,

je ne dois compte de ma conduite qu'à sa
Majesté.

M. le chevalier savoit parfaitement que
ses prisonniers n'étoient ni Anglois ni an-
glicans, et la raison qu'il avoit paru vouloir donner n'étoit que pour tenir lieu d'une
plus véritable qu'il n'avoit pas voulu mettre
en avant. M. le chevalier, qui devoit à
chien et à chat, au dedans et au dehors du
Donjon, à ses fournisseurs, à son boucher,
à ses porte-clefs, à ses garçons de cuisine,
devoit aussi au curé de la Sainte-Chapelle les
honoraires de plusieurs inhumations; et
ce dernier, ne pouvant arracher un sou de
ce fripon, venoit, poussé à bout, de l'atta-
quer en justice. — Ce fut là pourquoi, ce que
Patrick ignora toujours, Fitz-Harris fut enterré sans prêtre et sans obsèques, comme
un chien.

Les expressions me manquent; la parole
n'a pas assez de ressource et de souplesse;
je ne sais que dire, je ne sais quel signe employer pour dépeindre la stupeur profonde
dans laquelle Patrick retomba, lorsqu'après

ces insultantes funérailles il se retrouva seul
dans le puisard. Si la perte d'une âme qui
nous est chère, au milieu du mouvement,
des soins et du fracas du monde nous porte
un coup terrible et laisse à nos côtés un
vide que rien ne sauroit combler, quel vide
ne doit pas faire autour du captif, de quelle
mortelle horreur ne doit pas le cerner la
perte de la seule âme sa compagne, de la
seule âme qui partage le froid de son abyme.
Si Patrick n'eût été soutenu par la pensée
de Déborah, par une lointaine espérance, il
auroit sans doute succombé sous sa douleur; peut-être même que cette pensée n'eût
pas suffi pour défendre de la mort ce qu'il
y avoit en lui de périssable, s'il fût demeuré
plus long-temps dans ce cachot. Mais au
bout de quelques heures, dix ou douze
heures, je pense, une voix étrangère, inconnue, vint frapper tout-à-coup son oreille.
La voûte s'étoit ouverte sans qu'il s'en fût
apperçu, tant il étoit absorbé, et la voix disoit : —Quoi! dans ce trou, au fond de ces
ténèbres, il y a un être vivant, une créature

de Dieu? Lâche abomination!.... Je ne sais
pas quelle a pu être la faute de cet homme
qui est là dans ce gouffre ; mais ce que je sais,
monsieur le lieutenant, c'est qu'il ne faut pas
se faire criminel envers le criminel; qu'il
ne faut pas punir le crime par un châtiment pire que le crime, par un crime sans
fin, surtout, et sans profit, et que ne de-
mandent ni la loi, ni le Roi, ni mon Roi, qui
est le vôtre, monsieur le lieutenant. A ces réflexions simples et austères qui rabrouoient
un peu le chevalier de Rougemont, M. le
chevalier, empêché dans sa confusion, sans
doute, ne souffla mot. Mais la même voix,
après un moment de silence, ayant ordonné
qu'on plaçât une échelle, et demandé des
flambeaux, qu'on l'éclairât, craignant sans
doute que son prisonnier, s'il étoit visité,
ne l'accusât, monsieur le lieutenant recouvra
soudain son éloquence accoutumée, et se prit
à dire d'un ton de candeur, le Pharisien !—
De grâce, monseigneur, je vous conjure, je
me mets à vos pieds, ne descendez pas dans
cette loge, c'est un fou furieux, farouche,

inabordable qui l'habite ; il iroit de vos
jours ; cet homme a des heures terribles. De
grâce, monseigneur !... Mais, sans paroître
faire aucun compte de cette insinuation per-
fide, la même personne étrangère répondit :
— Bien, bien, monsieur, des flambeaux,
qu'on m'éclaire ! j'en jugerai par moi-même.
N'oublions jamais, monsieur, que l'insensé et
le méchant sont, avant tout, des malheureux
dignes de notre sollicitude : nous devons à
l'un nos soins, à l'autre notre pitié. Dieu ne
met au monde que des hommes ; c'est le
monde, monsieur, qui engendre les méchants et les fous. Les méchants et les fous
sont son œuvre, sont notre œuvre, monsieur
le lieutenant.

Quand l'étranger eut descendu l'échelle
et posé les deux pieds sur la croûte noire du
sol, il porta ses yeux sur la croûte grise et
luisante des murailles et de la voûte ; il regarda autour de lui, il laissa tomber son
regard, et l'arrêta long-temps sur Patrick,
spectre aux cheveux et à la barbe sauvages,
aux muscles affaissés et mal cachés sous quel-

ques restes de haillons, qui demeuroit là
dans la plus morne immobilité; et, après
avoir fait bien des efforts visibles pour ral-
lier son cœur qui se fendoit devant ce spectacle, devant tant de souffrances, de misère
et d'abjection, il put enfin trouver assez de
calme pour dire, avec un accent plein d'en-
couragement qui eût gagné la créature la
plus farouche : — Ne craignez rien, prisonnier, je ne viens point pour vous faire du
mal; je viens pour vous consoler, si je puis,
et vous ôter à l'horreur de ce cachot. A ce
geste d'une bienveillance marquée, Patrick
se leva et s'inclina respectueusement. Ce
charitable étranger étoit habillé de noir;
une épée d'acier étinceloit à son côté. Son
air de visage étoit doux et noble, sa bouche
gracieuse : son front beau et pur déceloit
un cœur sans limon et sans remords. La
limpidité de son regard proclamoit la limpidité de son âme. Tandis que Patrick l'ad-
miroit, il poursuivit : —Votre malheur est
grand, monsieur, et me pénètre de douleur, et surpasse à coup sûr votre faute?

— Mes malheurs, en effet, monsieur, sont
inouis, lui répondit tristement Patrick,
mais je suis sans reproches devant Dieu,
devant la loi, devant ma conscience. Avoir
plu et déplu à une adultéresse, voilà mon
crime, qui fut celui de Joseph, et qui,
comme lui, m'a fait jeter dans une prison,
où je suis condamné à mourir. — Il ne faut
pas vous désespérer ainsi, monsieur; il n'y
a de condamnés que ceux que Dieu con-
damne. Dieu souvent se plaît à abaisser son
serviteur, pour le mieux élever. Joseph sortit de sa prison pour régner sur l'Égypte.
Depuis combien d'années êtes-vous céans?
— Ce fut le 2 septembre 1763 que je fus
amené dans ce Donjon; et depuis le mois
de septembre ou de décembre 1773 j'habite
cette fosse. — Quoi! depuis vingt et un mois
on vous retient dans cet abyme? O mon pauvre jeune homme! il faut vraiment que Dieu
vous réserve pour quelque grande chose,
que sa main vous ait soutenu, pour que,
sous le faix de tant de maux, vous n'ayez
pas succombé. — Je n'ai pas succombé en-

core, moi ; mais, monsieur, j'avois un ami,
un frère, un compagnon d'infortune et de
captivité, qui, exténué, tué par le désespoir,
a rendu l'âme sous cette voûte. Son cadavre, il y a peu d'heures, étoit encore là
étendu. Oh! que n'êtes-vous descendu plus
tôt dans ce puisard! C'étoit un brave et bon
jeune homme. La terre l'a perdu, le ciel l'a
gagné. O Fitz-Harris! ô mon ami! tout pour
toi fut cruel, ta vie, ta mort, ton destin !...
L'étranger, remué jusque dans ses entrailles,
prenant alors la main de Patrick, la lui serra
affectueusement. Patrick, dans une émotion
non moins vive, se mit à genoux, et reprit :
— Ce qui se passe dans votre cœur se trahit ; vos yeux sont mouillés de larmes. Je
ne sais pas qui vous êtes, monsieur ; mais
je vois bien que vous êtes un honnête homme ; souffrez que je me prosterne à vos
pieds. — Non, relevez-vous, mon bon ami,
lui dit l'étranger, et suivez-moi. Sortons au
plus vite de cet air empoisonné ; venez, vous
serez libre ; venez, je suis la clef qui ouvre
et qui ferme la porte de la liberté. — Vous

êtes, monsieur, je le vois bien, vous dis-je,
reprit encore Patrick, avec une émotion
toujours croissante, un messager du ciel
envoyé de Dieu; j'accepte volontiers ce que
vous daignez me rendre, non pour moi-
même, mais à cause d'une femme, objet de
tout mon culte et de tout mon amour; mais
cette liberté que je perdis avec un compagnon, et que seul je vais recouvrer, sera
toujours pour moi bien sombre et pleine de
deuil.

Quand l'étranger fut ressorti de la citerne,
il prit par la main Patrick, qui l'avoit suivi,
et dit à M. de Rougemont : — Monsieur le
lieutenant, je vous présente un jeune homme
dont je m'honorerois d'être l'ami, plein de
raison et de réserve, et d'une dignité qui m'é-
difie. C'est mal à vous, monsieur le lieutenant,
d'avoir cherché à me tromper. Vous êtes,
monsieur le lieutenant, un officier cruel; tant
pis! vous ne serez jamais le beau-cousin de
notre jeune Roi. Faites conduire monsieur,
s'il vous plaît, dans une chambre du Donjon,
et que les soins les plus attentifs lui soient

prodigués sur-le-champ. En achevant ces
dernières paroles, l'étranger s'éloignoit avec
empressement et modestie pour se sous-
traire aux marques d'une touchante reconnoissance que Patrick lui donnoit.

Mais quel étoit donc cet étranger à la voix
douce et puissante, et que tant de respects
semblent entourer? C'étoit... Eh bien, oui!
cet homme, dont la main s'appliqua à détacher tant de fers, horrible destinée!
vienne le temps, et lui-même à son tour
sera chargé de chaînes qui ne seront pas
détachées. Vienne le temps, et sa tête blan-
chie roulera sur l'échafaud! Cet homme...,
inclinons-nous; vice, égoïsme, indifférence,
rentrez dans votre honte! cet homme, c'é-
toit la vertu; c'étoit Chrétien-Guillaume
Lamoignon de Malesherbes, ministre de
Paris, et plus tard — dernier conseil de
Louis XVI.

Patrick avoit été conduit dans la chambre octogone, où il avoit passé tant d'années
de souffrance avec Fitz-Harris, et il étoit
assis tristement, essayant de se réchauffer

aux rayons d'un feu énorme, quand M. d'Al-
bert, le nouveau lieutenant-général de police, se présenta avec affabilité et lui dit : —
M. de Malesherbes n'a point voulu, monsieur, quitter le Donjon sans vous donner,
par ma bouche, un dernier mot de courage.
Soyez tranquille, avant peu vous serez libre.
M. le ministre attend de votre déférence que
vous voudrez bien lui adresser prochaine-
ment un mémoire circonstancié de votre
captivité et de ses causes. En outre, à ce
mémoire, il vous en prie, vous serez assez
bon pour joindre une liste de la somme
d'argent et des effets que vous jugerez vous
être nécessaires pour reparoître convena-
blement dans le monde : ce sera pour M. le
ministre un vrai plaisir que d'y pourvoir.

Patrick s'inclina gracieusement pour témoigner de sa gratitude, et répondit, après
avoir paru réfléchir un instant : — Ce mémoire que M. le ministre daigne me demander, bien qu'il me fende le cœur de
redescendre dans ma pensée et d'y remuer
l'amas de mes infortunes, je le ferai selon son

désir. Mais, qu'il me soit permis, monsieur,
de m'abstenir d'y joindre aucune liste ; je
n'ai besoin de rien. La liberté me suffira. Il
parut encore réfléchir quelques instants ;
puis il reprit : — Cependant, monsieur,
tant de bonté m'encourage, que je me
donnerai la hardiesse d'implorer humblement de M. de Malesherbes une chose qui,
dans mon affliction, m'a bien fait faute,
dont la vue m'aidera à supporter les dernières heures que je dois passer encore dans
ce cachot, et qu'en sa mémoire je garderai
toujours saintement — UN CRUCIFIX.

LIVRE SEPTIÈME.

Where is my lord? Where is my Romeo?

SHAKSPEARE.

XIX.

Adossé contre un bois, accoudé entre
deux bois, le manoir de Déborah étoit posé
comme une couronne crénelée sur le front
d'une colline rapide, et se mirant amoureusement dans un méandre de la Seine, ce
qu'il me semble, si j'ai bonne mémoire, que
j'ai déjà dit. Un large fossé passoit par-de-

vant et se reploit sur lui-même, à chaque
extrémité, comme l'ornement d'une frise
grecque, pour embrasser à droite le logis
des gardes, à gauche les écuries et le chenil.
Un ponceau de pierre l'enjamboit avec son
arche vis-à-vis d'une magnifique grille, ou-
vragée au marteau, et dont les ailes de fer,
pareilles aux ailes membraneuses de Satan,
étoient scellées dans les flancs de deux
énormes piliers de briques qui supportoient
sur leur tailloir des figures de sangliers terribles, à la gueule béante, à l'œil hors de
l'orbite, aux soies hérissées. Une longue allée de sable découverte, entre des parterres
géométriques, conduisoit à la demeure seigneuriale, dont le perron étaloit, avec grâce,
son parquet de dalles, et ses degrés, chargés d'urnes à fleurs, et sembloit dire à l'é-
tranger de l'air le plus aimable : — Montez,
venez, entrez; soyez le bien-venu, soyez
notre hôte. Toutefois l'étranger, avant que
d'arriver à la bienveillance de ce perron,
avoit à subir de rudes épreuves; et qui n'eût
été gent de courage ne l'eût jamais atteint

La longue avenue de sable étoit garnie, sur
ses deux rives, de dix en dix pas d'élégantes
petites cabanes d'où s'élançoient, au bruit
de la marche la plus légère, des chiens en-
chaînés, d'un volume formidable, qui ne
laissoient qu'un passage étroit entre leurs
dents acérées, entre leurs aboiements ef-
froyables.

Ce séjour isolé, esseulé, éloigné, ceint tout
à l'entour de la solitude la plus vraie, étoit
dans un si bel état de conservation et d'une
disposition si heureuse, répondant si bien
au rêve de Déborah, qu'en en prenant possession, elle n'avoit pas eu à y déranger une
syllabe. Seulement, sous l'abri d'un arbre
résineux, dont la ramure horizontale s'ou-
vroit comme une ombrelle au centre de la
vaste pelouse, qui, s'enclavant de toutes
parts dans les bois, dérouloit le velours de
son tapis vert au pied de la façade intérieure, fidèle à sa douleur et à son espoir,
elle avoit fait élever à grands frais, sur un
caveau souterrain, un magnifique sarco-
phage de marbre blanc, à la mémoire de

Patrick, et destiné à recevoir sa dépouille terrestre, si jamais, selon ses vœux, le Ciel permettoit qu'enfin elle la recouvrât. Ce sépulchre, dont l'écusson étoit voilé et le
cartouche muet, éternellement agenouillé
comme un pénitent sous le poids du remords; immobile, impassible, inaltérable
au milieu des variations et des renouvelle-
ments sans nombre et plein de charmes de
la nature, produisoit un effet d'art superbe;
et, répandant autour de lui le parfum d'une
grande tristesse, il faisoit planer et veiller
sur la solitude de ces lieux la pensée uniforme qui habitoit l'âme si grave de Déborah.

Dans les premiers temps de sa retraite au
désert, notre sombre châtelaine avoit envoyé
Icolm-Kill à son castel de Limerick pour
y décrocher les peintures précieuses que
son grand-père lui avoit religieusement
léguées, et les faire passer en France,
ainsi que sa bibliothèque italienne, dont il
a été question autrefois, je ne sais plus au
juste dans quel ancien argument de cette

triste épopée ; et, profitant de l'absence de
cet homme, elle avoit amené de Paris quelques artistes et quelques artisans qu'elle
avoit occupés à des travaux secrets, dans
une pièce située à l'extrémité de son appartement, contiguë avec sa chambre à coucher, fermée comme un coffre-fort, dans
laquelle personne au monde qu'elle ne pénétroit, et dans laquelle, pour obéir à la
loi de ce poème, nous-mêmes nous ne pé-
nétrerons pas encore.

Il y avoit déjà plusieurs années que Déborah menoit une vie calme et solitaire dans
ce nid d'aigle, suspendu au ciel et couvert
du mystère des bois. Son cœur, où l'affection et l'enthousiasme n'étoient pas encore
desséchés, s'étoit passionné pour ces lieux
pleins de séduction et d'empire. La nature
agreste, cette amie discrète, généreuse, ca-
ressante, y mêloit son parfum et sa rosée à
l'amertume de son fiel, au sang qui couloit
de sa plaie ; et je ne nierai pas qu'au fond
de sa mélancolie, quelque sombre et quelque opaque qu'elle fût, un rayon de bonheur

n'essayât une pâle et craintive lueur, au feu
de laquelle son âme transie se réchauffoit.

Déborah portoit rarement ses pas au-delà
des limites de son domaine, encore son pied
dénouoit-il plus volontiers les réseaux du
lierre jonchant le sol du bocage qu'il ne
fouloit la fleur de la prairie promise à la
faulx : lorsque des besoins, quelque affaire
indispensable l'appeloient à la ville, à Meu-
lan, à Saint-Germain, à Paris, elle s'y rendoit
au fond de son carrosse et, pour échapper aux
regards, enfermée sous un voile épais. Ce
n'étoit pas qu'elle redoutât beaucoup l'œil
louche et rancunier de la police; c'étoit
plutôt par un sentiment de mépris et d'a-
version pour ce monde qu'elle avoit repoussé, et dont elle aimoit à se garer comme
d'une bête venimeuse. Hors les domestiques et les gents de son service, personne ne
l'approchoit, personne n'étoit reçu au château. La paix extraordinaire au sein de laquelle se reploit, dédaigneuse de ce que la
foule recherche, une jeune femme inconnue, étrangère, d'une beauté aussi extraor-

dinaire que sa règle, comblée des dons de
la terre et du ciel, faite pour jeter autant
d'éclat, de bruit, de retentissement qu'elle
répandoit de silence, n'avoit pas été, comme
on le pense bien, sans susciter un intérêt général de curiosité, d'étonnement, d'admiration; chez quelques-uns même un intérêt
coupable. Chacun avoit cherché à sa manière, selon l'étendue de ses ressources, à
percer le brouillard, à écarter de ses mains
la haie compacte, pour tâcher de voir par-
dessus. Les interprétations les plus inimaginables et les conjectures les plus folles
furent produites et goûtées. Long-temps
touts les brillants gentilshommes des fiefs
d'alentour avoient mis leurs soins et leur
gloire à tenter de s'ouvrir un accès auprès
de la mystérieuse comtesse de Barrymore,
mais, quoiqu'ils eussent provoqué maintes
fois les incidents les plus romanesques, pas
un n'en étoit venu seulement à dépasser le
saut-de-loup de la porte.

Comme Déborah, pour les mânes de Patrick, alloit toujours vêtue de deuil, les

paysans l'appeloient la déesse noire, et plus
volontiers encore la bonne dame noire. Les
hommes des champs ne sont pas flatteurs :
elle étoit bien acquise cette épithète de
bonne. En effet, la bonté de Déborah,
comme un arbre immense et ployant sous
les fruits, abritoit sous ses rameaux toutes
les cabanes d'alentour ; en effet sa bonté se
partageoit comme un pain et sembloit se
multiplier sous la lame qui faisoit la part
de chacun. Elle savoit habilement se faire
livrer le secret de chaque souffrance, et,
tandis qu'elle restoit fidèle à sa solitude, sa
charité les mains pleines s'en alloit de seuil
en seuil. Là elle se penchoit au chevet du
malade ; ici elle rallumoit le four du pauvre ; là elle atteloit la charrue du laboureur,
qui pleuroit ses bœufs morts sur le sillon,
ou retrempoit la hache et les forces du bû-
cheron ébréchées aux pieds des chênes.

Pour ce qui étoit de l'administration du
château, de ses terres et de ses bois, Déborah s'abandonnoit entièrement à Icolm-
Kill. Ses soucis, elle les réservoit pour un

objet plus saint et plus digne, pour son fils,
pour Vengeance, sur qui elle répandoit in-
cessamment le vase intarissable de ses soins,
pour qui elle eût voulu effeuiller toutes ses
heures. — Derrière les premiers halliers du
parc, il y avoit une source qui sortoit
d'une pierre et couloit sous un fourré de
cresson. Ce lieu étoit plein de repos et de
charme. Dans ses moments de loisir Déborah aimoit à venir s'y asseoir. Vengeance
jouoit dans les hautes herbes; elle, elle lisoit, ou se laissoit aller au désordre d'une
rêverie. Chaque jour aussi, sans y manquer,
elle faisoit d'assez longues absences; elle
disparoissoit au fond de son appartement
dans la pièce secrète, où nous ne pouvons
la suivre; et souvent aussi elle y passoit une
partie de ses soirées et de ses nuits.

Le scion se faisoit l'image fidèle de l'arbre abattu. La beauté encore enfantine de
Vengeance rappeloit de plus en plus la
beauté virile de Patrick, et promettoit de
l'égaler. Quant à son caractère, il sembloit
formé d'un heureux mélange. Aux qualités

généreuses et solides de son père, s'étoient
jointes la résolution, la hardiesse, la spon-
tanéité de Déborah. Nourri dans la plus
grande liberté, laissé à toute sa fougue, sans
chaîne, sans collier, sans mors, sans joug,
sans devoir, sans étude, sans rien qui pesât
sur lui, sans rien qui l'opprimât ou le ré-
primât, il grandissoit sauvage, irrégulier,
volontaire. Rien au monde de ce qui pouvoit développer chez lui la vigueur, la force, la fierté n'étoit considéré avec indifférence. Déborah pensoit que l'homme n'a
besoin que de deux choses, d'une santé de
fer et d'un haut sentiment de l'honneur.
L'éducation de Vengeance étoit donc toute
militaire : des rhéteurs l'eussent trouvée barbare. Icolm-Kill, l'ancien factieux, l'ancien
pirate, son gouverneur en titre, lui ensei-
gnoit à monter à cheval, à tirer le pistolet,
à nager, à ramer, à manier l'espadon, à faire
des armes ; les gardes lui montroient à se
servir du fusil, à chasser au tir, à chasser à
courre, à sonner de la trompe, en un mot
tout ce qui concerne le bel art de la chasse ;

et pour endurcir son corps à la fatigue souvent ils l'emmenoient avec eux battre les
bois. Vengeance apportoit une disposition
rare à touts ces exercices; il s'y adonnoit de
toutes ses forces et y réussissoit à ravir. Ces
habitudes turbulentes qu'on lui donnoit,
ces goûts ardents qu'on lui inspiroit ajoutoient encore à sa pétulance, à son audace,
à son courage naturel : il étoit devenu in-
domtable. La vive affection qu'il vouoit à
sa mère ne suffisoit plus pour l'enchaîner
à ses côtés. Le salon ne l'avoit pas souvent
sous son lambris. Sans cesse en action, sans
cesse dans le tumulte, c'étoit bien le plus
inexorable des démons; c'étoit un diable !
Pas de ravage, pas d'exploit qu'il n'imagi-
nât ! Il se battoit avec ses chiens, et prenoit
leur chenil d'assaut; il chassoit au sanglier
avec les porcs de la basse-cour; il brûloit
la cervelle aux carpes de la pièce d'eau ; il
cueilloit les fruits du verger à coups d'arquebuse. A toutes ces algarades, qui eussent
désolé tant d'autres pauvres femmes, Déborah applaudissoit tout bas; c'étoit son

œuvre; elle en étoit fière. Déborah ne vouloit pas que son fils fût un clerc précoce,
mais un lionceau; non pas un marjolet;
mais un brave. Comme il devoit avoir à
vivre avec les hommes, elle le prémunissoit
contre eux;—il se pouvoit d'ailleurs qu'il eût
un jour son père à venger, et un père ne
se venge pas avec une fleur de rhétorique.

XX.

Neuf jours après sa sortie du puisard, Patrick reçut le crucifix qu'il avoit demandé. Le Christ étoit d'argent; la croix étoit d'ébène et garnie d'orfévrerie; tout au bas se lisoit, gravé, le nom de M. Lamoignon de Malesherbes. Patrick, acceptant ce signe avec reconnoissance, l'approcha de ses

lèvres, et se livra aux émotions d'une joie
douce, intérieure, presque exempte de tristesse, appuyée qu'elle étoit sur une espérance certaine. L'homme puissant, généreux, qui l'avoit tiré avec tant de zèle de sa
basse-fosse, qui s'étoit prêté si gracieusement à un simple désir, ne pouvoit manquer
à une promesse formellé. Aussi Patrick
voyoit-il la liberté à sa porte. Sans cesse il
prêtoit l'oreille; au moindre bruit il l'entendoit frapper. — Cependant l'impitoyable
M. de Rougemont, avec une complaisance
invraisemblable de sa part, s'attachoit à
faire prodiguer à son prisonnier, selon
l'ordre de M. de Malesherbes, les soins les
plus délicats. On eût dit son cœur tout-à-
coup ouvert à l'humanité. Mais il y avoit
dans cette conduite nouvelle une sorte
d'affectation et de parade qui, assurément,
aux yeux de quelqu'un moins intéressé que
Patrick à prendre ce fourbe au sérieux, eût
pu le faire paroître d'une foi douteuse. —
Dans le dépit on goûte une sorte de satisfaction à faire plus qu'il n'est nécessaire.

Nous voulons accorder plus qu'on ne nous
demande; nous nous plaisons à dépasser
les bornes. Condamnez un enfant qui porte
son plein tablier de fruits, à en offrir un
seul contre son gré, il vous les jettera touts
à la face.

Patrick vit alors reparoître autour de
lui tout ce dont on l'avoit dépouillé; depuis
ce qui lui avoit été ôté à son arrivée au
Donjon, jusques aux confiscations de M. le
dernier lieutenant. La bague surannée que
sir Francis Meadowbanks avoit donnée en
mourant à sa fille Debby, que Déborah
avoit confiée à Patrick en signe d'alliance,
et que la Putiphar n'avoit pu desceller de
son lieu, étincela de nouveau à son doigt
avec orgueil! Ce fut pour lui une satisfaction bien douce que de recouvrer tant de
vieux amis perdus, dont le souvenir de plusieurs même alloit s'effaçant de jour en jour
de sa mémoire; mais son cœur saigna aussi,
et il lui resta des regrets bien amers : les
joyaux et les parures de Déborah ne se re-
trouvèrent pas dans la valise. M. le cheva-

lier de Rougemont déclaroit ignorer ce que
c'étoit devenu ; mais il mentoit par sa gorge,
le voleur !

Dès que les bains et le vin vieux eurent
remis un peu de vie et de sève sous son
écorce desséchée, Patrick, rassemblant ses
forces bien modiques encore, s'appliqua à
rédiger le mémoire que souhaitoit M. de
Malesherbes ; et aussitôt qu'il l'eut achevé
M. de Rougemont se chargea avec empressement de le faire parvenir.—Patrick avoit
pensé, avec assez de raison, que sa mise en
liberté suivroit de près l'envoi de son fac-
tum. Il comptoit dessus ; c'étoit chose promise, sûre, immanquable. Ses chaînes entre
ses serres, il battoit de l'aile pour essayer
son vol. Il bouillonnoit, il aspiroit, il appeloit ; hors du bord, penché à la mer, les
bras nus, il étoit prêt à lever l'ancre au
premier signal. Mais les heures, biches lé-
gères pour l'homme de plaisir, tortues pa-
resseuses et pesantes pour l'âme en peine !
s'écouloient ; mais les semaines, qui ram-
poient lentement comme des chars em-

bourbés, s'entassoient, et la voix qui devoit
venir crier à travers les barreaux : Levez-
vous et soyez libre! ne retentissoit point.
— Ce silence devenant de plus en plus
inexplicable, et voulant à tout prix sortir
de cet état d'attente qui le tuoit, Patrick se
résolut à la fin d'écrire à son bienfaiteur, et
il lui adressa cette lettre brève, mais superbe, mais bien propre à le faire ressouvenir, si tant est que M. de Malesherbes
eût oublié. — « Monseigneur, — Le prisonnier à qui dans votre miséricorde vous
avez bien voulu donner un Christ, le simu-
lacre le plus saint, attend de vous la chose
la plus sainte, la liberté. »

Cette démarche fut un coup frappé à la
porte d'une maison déserte : personne ne
parut à la fenêtre et ne répondit. Le silence
qui régnoit devant, régna après. L'éche-
veau ne se démêloit point, et le temps passoit toujours; chaque jour amenoit plus de
désespérance dans l'espoir de Patrick. L'é-
difice de son bonheur prochain, lézardé de
toutes parts, tomboit pierre à pierre. Pa-

trick, qui avoit compté sur les doigts de rose
de la liberté, les délices que la liberté
alloit lui rendre, se reprenant, les décomp-
toit tristement sur les doigts de bronze du
Destin.

Quelque cruelle que fût cette inquiétude
dans laquelle il vécut, durant plusieurs
mois, si c'étoit vivre, elle n'arriva que trop
tôt à son terme. Un changement violent
opéré dans le régime salutaire dont il jouissoit depuis la visite de M. de Malesherbes,
vint tout-à-coup l'éclairer sur son sort. Révolté des nouveaux traitements qu'on s'ap-
prêtoit à lui faire subir, ayant fait porter
son indignation aux pieds de M. le lieutenant pour le Roi, celui-ci, levant enfin le
masque, lui avoit répondu : — Perdez, s'il
vous plaît, je vous en prie, tout espoir
d'être jamais libre. M. de Malesherbes n'est
plus au ministère, et vous êtes mon ennemi; je vous tiens; pas de plainte; la fosse
où vous devriez être n'est pas comblée.

M. de Malesherbes, pour suivre Turgot
dans sa retraite, venoit effectivement de se

démettre de son département, malgré les
instances de son Roi ; mais qu'il l'eût fait
sans avoir ordonné la mise en liberté de
Patrick, c'est ce qui sera toujours inadmissible. Il se peut, comme quelques-uns l'af-
firment, que durant sa trop courte administration, de douce mémoire, surchargé de travaux et d'affaires, à travers mille devoirs et
mille préoccupations, embarrassé dans la
foule de détenus qu'il vida des bastilles,
M. de Malesherbes ait oublié quelques infortunés dans les cachots, dont sa vertu
auroit dû briser les fers; mais que Patrick
ait été de ce nombre,—impossible! Patrick
sur qui sa charité s'étoit arrêtée d'une façon
particulière ; Patrick à qui sa bonté pater-
nelle avoit fait avec empressement et complaisance un don si saint, si précieux. Non,
cela, dis-je, n'est pas possible! Non, M. le
chevalier de Rougemont dut tromper M. de
Malesherbes comme le pensa Patrick, et
comme il nous faut bien le penser avec lui.
A coup sûr ce méchant dut retenir entre ses
mains le mémoire et la lettre de son pri-

sonnier; à coup sûr il dut recevoir l'ordre
de son élargissement, auquel il désobéit. Cet
homme féroce, ce stupide forfante qui gardoit dans son cœur, si toutefois il en avoit,
une haine implacable pour Patrick, surtout
en mémoire de Fitz-Harris, n'avoit pu sans
doute se faire un seul instant à l'idée de
perdre la proie dans les chairs de laquelle
ses ongles entroient chaque jour avec une
hideuse et nouvelle volupté.

Jusques alors l'esprit élevé de Patrick s'é-
toit maintenu dans sa force. Son âme étoit
demeurée belle, noble, judicieuse; son corps
seul avoit fléchi sous le malheur, et subi
d'attristantes détériorations; mais ce dernier assaut le vainquit. Sa raison en fut
profondément ébranlée. Sa sagesse s'égara,
et se fêla du haut en bas comme un crystal
qui reçoit un choc; et, dérogeant à son es-
sence native, sa nature douce et distinguée
dégénéra. Tombé dans le dégoût profond
de toutes choses, il commença dès lors, peu
à peu, à manquer à la culture de soi-même,
aux soins quotidiens qu'on se doit; triste

symptôme!—Lui qui, dans la souffrance, s'é-
toit toujours montré avare de plaintes et de
pleurs, laissoit voir sans cesse une larme
arrêtée sur la rive de sa paupière, ou dans
le creux de sa joue décharnée et livide. —
Prosterné devant son épitaphe, que Fitz-
Harris autrefois avoit gravée, comme on sait,
sur la muraille, la bouche accollée à son
crucifix, il passoit régulièrement toutes les
heures de sa longue journée. Où l'automne
l'avoit laissé, le printemps le retrouvoit.
—Neuf des plus belles années qui soient
comptées à l'homme, il les dépensa ainsi,
sur ce gril, en proie à une douleur monotone, déchiré dans touts les sens par les
vexations obséquieuses d'un geôlier infatigable et cruel. Ces neuf années qui se dé-
roulèrent si lentement pour Patrick, dont
chaque jour fut une coupe amère à vider,
nous allons d'un seul pas les franchir.—Qui
donc trouveroit en soi assez de courage pour
suivre crise à crise une telle agonie?

Enfin, par une nuit d'hiver, le 27 février
1784, si je suis bien servi par ma mémoire,

les triples portes de son cachot s'ouvrirent
précipitamment, et M. de Rougemont pa-
raissant avec un flambeau au poing, s'écria :
— Levez-vous, prisonnier, et suivez-moi;
vous êtes libre! Dans la cour un carrosse
attendoit portière ouverte; M. de Rougemont
le pria de vouloir bien y monter. — C'est
beaucoup trop de tendresse, monsieur, lui
dit alors Patrick, en souriant : je n'espérois
pas, je l'avoue, de m'en aller en carrosse à
la liberté, il eût suffi, monsieur, d'ouvrir ce
guichet et de baisser le pont. Comme il
obéissoit à cet ordre, deux personnages qui
se trouvoient déjà placés dans la voiture
se reculèrent à son aspect avec un geste
d'effroi et de pitié; hérissé de barbe et de
chevelure, pâle, blême, décharné, les
lueurs blafardes et les ombres foncées de
la nuit lui donnoient la physionomie et la
transparence d'un spectre. Deux autres
personnages, de mines communes, s'étant
aussi embarqués à sa suite, la portière se
ferma et les chevaux se mirent en marche.
Lorsque les deux hommes qui s'étoient re-

culés à la vue de Patrick eurent repris leur
assurance, ils lui adressèrent quelques questions avec politesse. Quelles étoient-elles,
ces questions? et qu'y répondit-il, je l'ignore; mais il est à croire toutefois qu'elles
touchoient à sa misère; car, après qu'il eut
parlé quelques instants, ils lui prirent la
main l'un et l'autre et la lui serrèrent cor-
dialement. Une commisération sincère et
douce ne se trouve guère que dans les cœurs
où le malheur habite, ou par où le malheur a passé : ces deux personnages, qui,
oubliant leur propre infortune, s'étoient si
fort émus du sort de Patrick, étoient eux-
mêmes des prisonniers comme lui, qui
comme lui venoient d'être retirés du Donjon;
l'un des deux, celui aux vêtements modestes,
n'étoit qu'un gentilhomme toulousain, le
comte de Solages, arrêté sous le ministère
Amelot, et à la requête de son père, pour
dérangement de conduite, pour quelques
folies de jeunesse; mais l'autre—c'étoit une
des gloires de la France, —un martyr qui
n'arriva à son calvaire qu'après avoir été

tour-à-tour enfermé au château de Chau-
four, au château de Saumur, à la Concier-
gerie, au château de Miolans , deux fois à
Pierre-Encise, exilé à la Coste, incarcéré à
Vincennes, puis, au temps où nous sommes,
transféré à la Bastille.

On s'obstine à vouloir faire honneur à la
haute sagesse de Napoléon de l'emprison-
nement, dans la maison des fous, de cet
homme célèbre entre les célèbres ; c'est
écrit, c'est dit ; mais on en a menti ; mais
on ment ; mais c'est faux ! Non, cette cruauté
n'est pas l'ouvrage du bon sens imaginatif
de Napoléon. Au mois de juin 1789, cet
homme, à la suite d'une scène burlesque
qu'il avoit eue avec l'état-major de la Bastille, avoit déjà été conduit au couvent de
Charenton, d'où il étoit sorti durant les
troubles révolutionnaires, en vertu d'un
décret qui ne le concernoit point ; et on l'y
avoit déjà réintégré que Buonaparte n'étoit
pas seulement encore empereur en herbe.
—C'eût été mal d'ailleurs de la part de l'empereur corse d'accommoder ainsi un empereur romain.

Ce que j'entends par cette gloire de la
France, s'il faut le dire, c'étoit l'illustre auteur d'un livre contre lequel vous criez touts
à l'infamie, et que vous avez touts dans votre
poche, je vous en demande bien pardon,
cher lecteur; c'étoit, dis-je, très-haut et
très-puissant seigneur, monsieur le comte
de Sade, dont les fils dégénérés portent aujourd'hui parmi nous un front noble et fier,
un front noble et pur.

La plus grande partie des bagages dépo-
sés sur une espèce de charrette qui suivoit
le carrosse appartenoient à ce gentilhomme,
qui, joignant à ses goûts impériaux un goût
impérieux pour les vêtements splendides,
possédoit une garde-robe qui se composoit
bien, sans mentir, sans exagération, de plus
de deux cents habits galonnés ou chargés
de broderies, — que nous aurons bientôt le
triste avantage de voir figurer dans une sanglante mascarade.

Le carrosse rouloit lentement et toujours
dans la même direction. L'épaisseur de cette
nuit de février ne permettoit guère à nos

prisonniers de se reconnoître; cependant
tout les portoit à croire qu'ils s'approchoient
de Paris. Enfin, après plusieurs qui-vive
qui retentirent dans le silence, quelques
sourds bruissements, quelques bruits de
ferrement et de porte, le carrosse s'arrêta
court et s'ouvrit; les deux mines basses et
taciturnes qui avoient été du voyage descendirent immédiatement, et, faisant leur
fonction d'exempts de police, elles invitè-
rent nos trois prisonniers à les suivre. Un
groupe d'officiers et de sergents de garde,
l'épée au côté, et des geôliers armés de flambeaux et de clefs, qui se tenoient à quelques
pas de la portière, se saisirent de Patrick
comme il quittoit le marche-pied. — A cet
attentat, comprenant toute la trahison, Patrick promena un œil hagard sur les hautes
murailles qui l'environnoient, et, reconnais-
sant tout-à-coup la cour intérieure de la Bastille, que, vingt-un ans auparavant, joyeux,
il avoit traversée pour porter à Fitz-Harris les
lettres de grâce qu'il venoit d'arracher à la
haine de la Putiphar, il poussa un cri

terrible et tomba le front sur le pavé.

Éclairé surtout, assure-t-on, par le livre
des lettres de cachets de Mirabeau, sur les
abus et le régime exécrable de la prison de Vincennes, le nouveau ministre de Paris, M. le
baron de Breteuil, venoit d'en ordonner l'éva-
cuation. — Commandance du Château, Lieutenance du Donjon, M. Paulmi d'Argenson,
avec son capitaine et ses trente hommes de
garde, M. le chevalier de Rougemont, avec ses
guichetiers et ses bénéfices, tout fut rasé et
balayé en un clin-d'œil ; et, à quelque temps
de là, après qu'on en eut dispersé touts les
prisonniers dans divers châteaux forts, après
que l'intraitable le Prévôt de Beaumont qui
se refusoit à subir une nouvelle translation,
eut capitulé et ouvert de bon cœur son cachot dont on avoit fait en vain le siége,
cette Tour fameuse et redoutable, demeure
d'une longue suite de rois, prison d'État
pendant une longue suite de siècles, devint
l'humble théâtre d'une boulangerie qui
fournissoit à Paris du pain à un sou meil-

leur marché les quatre livres; et où l'on eût pu faire, pour peu qu'on eût fouillé le sol, du pain sans froment, comme au temps de la Ligue ; du pain de farine d'ossements.

XXI.

Donnez-moi votre main, seigneur lecteur; donnez-moi votre main si jolie encore sous son gant parfumé, ma belle dame, et remontons ensemble le sentier rapide qui ondoie et va s'attacher comme un ruban sur l'épaule de la colline. Déjà les chiens de garde grondent à notre approche; déjà leurs aboiements se répandeut et retentissent. Voici la grille du ménil d'Évêquemont; sonnons sans peur. — Suivez-moi.

Vengeance atteignoit sa seizième année. Développé magnifiquement par une jeunesse féodale, et maintenu en dehors de cette souillure humaine qu'on appelle éducation, il avoit déjà la taille et la prestance d'un homme; mais quelque chose de svelte, de candide et de fin qui tenoit tout à la fois, si j'osois dire, de la fleur et de la vierge. Harmonieux et placide comme une statue antique, ont eût dit un jeune athlète grec amène et suave, un chevalier normand dont la grâce ne s'est point encore enroidie sous l'armure. Il se livroit toujours avec ardeur à l'art du cheval et de la chasse; cependant Déborah, sa douce mère, commençoit à étendre sa royauté chaque jour davantage sur les sentiments de son cœur. Il demeuroit plus volontiers auprès d'elle; il paroissoit attacher plus de prix à sa compagnie, la rechercher souvent et s'y plaire. Le brus-

que et fier écuyer se faisoit à ses côtés un
ange de douceur; un page amoureux n'eût
pas été d'une prévenance plus jolie et plus
attentive. L'âme à cet âge s'amende et
s'ouvre à l'approche d'un sens, d'une passion
qu'elle ignore et qui bientôt va l'envahir;
elle s'emplit de tendresse; elle se vêt de velours pour qu'on la caresse; elle se fait des
mains de velours pour mieux caresser. —
Les femmes ne sont d'abord pour le jeune
homme, dans ses premières années, qu'une
vaste et douce prairie d'herbe pareille et
uniforme; mais à mesure qu'il avance dans
l'allée de saules de la vie, cette prairie s'é-
maille, se diapre, s'individualise, et de mieux
en mieux il discerne parmi le foin veule et
fourré les fleurs élégantes qui çà et là le
dominent, ou celles qui, plus modestes, se
cachent et qu'il étouffe. Les regards du
jeune homme s'arrêtent alors pour la première fois; pour la première fois il remar-
que sa mère, ses sœurs, les amies de ses
sœurs et sa nourrice; alors ce n'est plus
seulement sa mère qu'il aime, c'est une

femme divine; un vase d'onyx rempli des
plus suaves essences; ses sœurs se révèlent
à leur tour pleines de charmes, de qualités
et de grâces; dans les amies de ses sœurs
il en compte plusieurs qui sont belles, belles
à vous troubler; et sa vieille nourrice lui
apparoît toute chargée de beaux vestiges qui
donnent des regrets.

L'affection si distinguée et si tendre de son
fils eût été pour Déborah une source de consolation bien douce, si la plus vive inquiétude
n'eût troublé la limpidité de cette source.
Une tristesse profonde, que surtout depuis
un an Vengeance portoit peinte sur son
jeune front, et qui devenoit de plus en plus
sombre, alarmoit son amour. Il paroissoit
sans cesse occupé tout bas d'une pensée secrète qui l'isoloit. Quelquefois il demeuroit
silencieux et froid à ses côtés; quelquefois
il recevoit ses baisers comme une idole insensible, ou tout-à-coup, semblant écarter
d'un geste une image fâcheuse, il la pressoit tendrement sur son cœur; et lui donnoit dans son effusion les noms et les ca-

resses les plus tendres. Déborah le ques-
tionnoit-elle sur son air rêveur, sur la cause
de sa mélancolie, il répondoit nonchalamment : — Je n'ai rien, ma mère; que voulez-vous que j'aie, moi? Je n'ai pas de chagrin; je ne suis qu'un enfant frivole.

Les peines cachées ont une raison plus
cachée encore, que l'esprit le plus fin sait
rarement pénétrer. Déborah attribuoit à la
vie retirée et monotone du château, l'ennui
qu'elle remarquoit en Vengeance et qui l'affligeoit. Afin d'y porter d'une main sûre un
prompt remède, elle résolut donc dans sa
sagesse de l'engager à entreprendre, avec
Icolm-Kill, quelque long et beau voyage
sous le ciel de l'Europe le plus chéri; et elle
ne balança pas à lui en faire la proposition.
Tant que ce voyage fut un projet, une chose
lointaine, Vengeance parut s'y prêter avec
assez de déférence; mais enfin Déborah
ayant pris sur elle de fixer le jour du départ, et donné des ordres pour qu'on hâtât
les préparatifs, Vengeance, après avoir long-
temps lutté avec lui-même, vaincu par ses

propres efforts, vint la trouver un après-
midi dans sa chambre, et là, dans un trouble à fendre le cœur, il lui dit : — Croyez-
moi, ma mère, ce n'est pas l'ennui qui me
ronge !... Je n'ai que faire de passer les
Alpes ou les Pyrénées ! Ne m'éloignez pas de
vous, ma mère, vous me feriez mourir !
J'aurois sans doute, peut-être pour ma
perte, pu conserver encore au fond de mon
sein le mal que j'y nourris ; mais votre dé-
cision me pousse à bout ; je n'y tiens plus !
Il faut à tout prix que je sorte de mon affreuse condition ! — Ma mère, je vous aime !
vous savez combien je vous aime ! eh pourtant je vais vous faire du mal ! je vais vous
plonger plus d'un trait dans le cœur, moi,
qui ne voudrois être que votre bouclier ;
car malheur, opprobre au fils qui n'est pas
le rempart des flancs qui le portèrent ! Moi,
à peine sorti des langes de l'enfance, moi,
éclos sous vos baisers, moi, grandi sous vos
ailes ; moi, qui vous dois tant de veilles et
tant d'amour ; qui ne devrois approcher de
vous qu'avec un front timide, un regard

caressant, le cœur satisfait et plein de reconnoissance; les mains jointes par vénération; je vais me dresser contre vous, et
vous tourmenter comme feroit un méchant
ou un juge. O ma mère!... pourtant je vous
aime! pourtant je ne voudrois être pour
vous qu'un sujet de gloire et de joie. Pardonnez-moi, ma mère!.. — Je sais peu de
chose; j'ai lu peu de livres, mais j'ai remarqué davantage, mais j'ai pensé beaucoup. J'ai porté mes regards partout dans
la nature. Je suis remonté à la source, à
l'origine des êtres et des choses. Je me suis
penché sur chaque nid. Je suis entré dans
l'étable et dans la bergerie. Je me suis introduit dans les familles; j'ai écouté; et j'ai
vu que tout dans le monde avoit un père,
excepté moi! Cette injustice m'a navré. J'ai
cherché à en pénétrer le mystère. Je me
suis creusé l'esprit; j'ai souffert; je souffre;
mais pour moi, comme aux premiers jours
du réveil de mon intelligence, rien ne s'est
expliqué. Voici, ma mère, la cause de cet
ennui qui m'accable, et vous comprenez

bien que ce n'est pas un voyage qui m'en
peut guérir. Pourquoi suis-je ainsi maltraité
par le sort? En quoi suis-je donc indigne
que je reçoive moins du sort que la plus
abjecte créature. Où est mon père? où est-
il? et quel est-il? Je vous en supplie, ma
bonne mère, parlez-m'en! montrez-le-moi!
Cette ignorance dans laquelle je suis me
trouble; ce vide que j'apperçois à votre côté
m'effraye! — Ne le presserai-je donc jamais
dans mes bras, cet homme qui comme vous
doit être si bon, si noble, si beau, si plein
d'amour, et pour qui je dois être un objet
si précieux et si cher? — Quoi! il est un
homme sous le ciel qui m'a donné ce qu'un
homme peut donner de plus grand, la vie!
qui m'a donné son sang, dont le sang coule
dans mes veines, et passe par mon cœur!
Eh! cet homme! eh! ce bienfaiteur! je ne
le connois pas! eh! je ne suis pas à ses pieds!
Parlez sans crainte, ma mère, vous n'y per-
drez rien; je ne partagerai pas en deux parts
ma tendresse; une même piété vous con-
fondra tous les deux! — Autour de moi, je

n'ai vu que choses obscures et douteuses,
rien qui pût me mettre sur la voie : je me
suis demandé : Suis-je orphelin? Mon père
est-il mort? S'il est mort, d'où vient qu'il
ne nous reste rien de lui? où donc est son
sceau? où donc est son épée? S'il est mort,
et que la tombe de la pelouse soit sa tombe,
d'où vient qu'elle n'a pas d'épitaphe, qu'elle
porte un écusson voilé, et qu'elle ne contient pas d'ossements? Poussière de mon
père, avez-vous donc été dispersée par les
vents!... S'il est mort, et que vous soyez
veuve, d'où vient que vous n'en avez que le
deuil, et non pas le titre? Si mon père est
mort,—le père de mon père, sa mère, votre
père et votre mère sont-ils donc morts
aussi? Êtes-vous une étoile tombée du ciel
qui dans sa chute a brisé le fil qui la menoit, que sur cette terre où je vois bien que
tout est lié, pas un lien ne vous lie?...—Oh!
que je suis coupable et cruel! Ingrat que
je suis, de porter une main lourde et si
hardie sur la plus sainte douleur et la plus
inviolable! Ma mère, ne pleurez pas; vos

larmes tombent sur mon cœur et le brûle
comme du feu !... Ici la vérité n'est pas ce
qui se montre; on a jeté sur elle un voile
épais. Il y a derrière nous un passé qui se
cache à touts les yeux, mais dont tout ré-
vèle l'existence. O ma mère! de grâce, j'implore cela de votre amour, ne me tenez pas
plus long-temps dans cette sombre perplexité! Pourquoi me taire qui vous êtes?
qui je suis? où je vais, d'où je sors? Suis-je
donc si indigne de cette confidence? Je suis
tout jeune encore, il est vrai, mais je suis
grave; mais vous m'avez fait une âme solide; le poids et le prix des choses me sont
connus; je n'abuserai pas du secret que
vous me confierez, ma mère, si tant est qu'il
y a un secret au fond de tout cela! O ma
mère! dites-moi, soyez bonne, si j'ai mon
père; si je l'ai vu, si je dois le revoir; si
vous l'aimez, s'il faut que je l'aime? Oh! ne
me cachez pas où il est, sa retraite, son exil
ou son refuge! Je serois si joyeux, si heureux de voir cet homme, de lui baiser les
mains et de lui dire : — Bonjour, mon père.

— Mais si le destin a voulu qu'il nous fût
enlevé, qu'il soit arraché à votre amour, et
que je sois privé du sien, oh! conduisez-
moi vers son urne, et je l'arroserai de mes
larmes! Oh! dites-moi son nom, qui est le
mien, que je le bénisse! dites-moi sa vie,
que je marche sur ses traces! dites-moi ses
vertus que je m'efforce à les imiter! De
grâce, ma mère, ou mon père, ou son urne
et son épée!....

Cette démarche inattendue, l'émotion de
Vengeance, son air pénétré, sa voix pleine
de passion, ses précautions tendres et res-
pectueuses, ses craintes avant que d'oser
aborder son aveu, avoient fait tout d'abord
une impression violente sur l'âme de Déborah. Dans une pénible angoisse, immobile,
couvant du regard son enfant, elle écoutoit
avec anxiété, elle buvoit chaque parole.
Mais quand il eut prononcé tristement cette
plainte, que tout dans la nature avoit un
père excepté lui; anéantie sous ce coup qui
frappoit sans pitié sur toute sa douleur,
qui rouvroit du haut en bas ses blessures;

remuée jusqu'au fond de ses entrailles, oppressée, son cœur se renversa dans sa poitrine comme un flambeau qu'on éteint, et
de ses yeux tombèrent d'abondantes larmes. Mais enfin, ayant repris un peu d'empire sur elle-même, elle répondit avec
bonté : — Si le passé a été caché avec soin
à tes yeux, mon cher enfant, c'est qu'il est
sombre, c'est qu'il est horrible ! c'est qu'il
eût été cruel, bien inutilement cruel, d'en
attrister ton jeune esprit, d'en troubler le
ciel pur de ton enfance. Jouis en paix de ta
jeunesse, goûte le présent, rêve à l'avenir,
qui sera beau ; mais ne jette pas tes regards
en arrière. Il est des choses qui enveniment,
et le cœur du jeune homme doit être sans
venin. Vois-tu, notre passé c'est une éponge
trempée de fiel : plus tu la presserois, plus
elle répandroit d'amertume. Ne cherche
pas à regarder par-dessus ta mère, à percer
au-delà. Que ta mère et son amour te suffisent. Je ne veux pas te tromper ; je n'ai
rien à déguiser pour toi ; attends encore, tu
sauras tout un jour, il le faudra bien ; mais

prie le bon Dieu que ce jour vienne le plus
tard possible, car ce jour remplira ton cœur
de colère ; tu grinceras des dents, et tu
mordras avec rage dans un pain de cendre
et de poison. Aime-moi, pense à moi, vis
pour moi ! je ne veux pas de deuil sur ton
front. Laisse le passé ; sois heureux. — Les
fleurs sont belles, les femmes adorables ;
tes chevaux ont du sang ; le chevreuil
abonde au viandis. Allons, monsieur le
penseur, venez dans mes bras ; venez que
je vous baise ! Je ne vous en veux pas de
votre incartade ; je suis fière au contraire
de l'excellence de votre esprit, de votre sensibilité, de vos beaux sentiments !

Déborah avoit mis tant d'onction dans
ces paroles ; une douceur si ineffable avoit
coulé avec elles sur ses lèvres ; son désordre
avoit ajouté tant de grâce à ses charmes,
que Vengeance, troublé, attendri, se jeta
avec ivresse à ses genoux, et lui couvrit les
mains de baisers ; mais, surmontant aussitôt
ce spasme, son souci accoutumé reparut
sur son front ; il se releva d'un air insou-

mis, et s'écria, avec une passion plus grande
encore : — Non, non, ma bonne mère,
n'insistez pas ! je ne puis vivre plus long-
temps dans l'incertitude où je suis. Je vous
en conjure, ôtez-moi de cette ignorance!
Quelque sombre que soit le passé, il ne
m'atterrera pas; il me fera moins de mal
que le doute; il ne flétrira pas ma jeunesse,
il n'enveloppera pas chacune de mes pensées de sa glu âcre et fétide. Où est mon
père? où est-il, de grâce, et quel est-il? Je
ne sais! affreuse condition ! Sur chaque
face humaine j'ai peur de l'y démêler. Un
froid mortel me saisit devant le vieillard
qui pleure au bord du chemin, comme
devant le gentilhomme qui passe magnifique. Ainsi qu'un agneau désolé cherche
sa mère égarée dans le troupeau, je cherche
mon père parmi les hommes. — Au tribu-
nal de la nature et de la raison il n'y a qu'une
sorte de père, mais je l'ai appris; devant le
monde il y a des paternités coupables et des
fils désavoués. Comment porterai-je le front
dans le monde? Dois-je y entrer par la porte

ou par une issue dérobée? Me montrera-
t-on au doigt, ou s'inclinera-t-on sur mon
passage. Ce n'est pas que je veuille, si je
suis marqué d'une tache originelle, prendre
de l'humilité et demander merci; non, je
veux seulement marcher dans ma voie. A
l'homme, selon le monde, le chemin est
tracé; il est droit, il est fait; à l'autre appartient l'audace, la rebellion, la gloire, l'a-
venture! Le monde veut que le bâtard ra-
chette sa bâtardise. Bâtard! ce mot paroît
vous froisser, ma bonne mère; tranquilli-
sez-vous : si je suis bâtard, l'on ne m'en
verra pas rougir. Mieux vaut être le fruit
d'un amour, que le fruit d'une habitude;
j'ai entendu dire cela quelque part, et je le
tiens pour bien dit. Malheur à qui voudra
m'en faire honte!... — Vous pleurez; ces
paroles vous déchirent; mon cœur ne m'a-
voit pas trompé : je suis bâtard! bâtard!
bâtard! Tant mieux, ma mère! Une épée!
et ce monde qui me rejette sera rempli de
moi! Une épée! et l'on se courbera sous
mon pas, et je légitimerai ma race illé-

gitime dans le sang légitime des vaincus!

Eh bien! ma mère, maintenant que je
viens de me découvrir, de me laisser paroître tout entier devant vous, me trouvez-
vous assez mûr? Suis-je digne d'une confidence? Il en est toujours ainsi; la mère
s'obstine à voir encore l'enfant dans le fils
fait homme. Qui d'ailleurs eut jamais la
mesure de ce que l'enfant sait et pense.
Tandis qu'on le croit occupé d'un hochet,
il rêve à soulever le monde, il rêve la colère
d'un Luther ou la gloire d'un autre Alexan-
dre. Parlez, ma mère, parlez! que craignez-
vous? Vous le savez, je vous aime de toute
mon âme! Rien que je sache pourroit-il me
détacher de vous! Je suis votre main droite
et votre armure! vous êtes mon ciel, mon
idole, ma vie! Parlez sans crainte; fussiez-
vous la plus vile pécheresse... Oh! de grâce,
parlez! vous me feriez venir d'affreux soup-
çons, vous me feriez croire à des choses
bien mal... Au nom de Dieu, madame,
qu'avez-vous fait de mon père?... Je vous

dis qu'il est temps de rendre compte du passé !

Déborah, dans une agitation dont il est facile de se faire l'image, se leva alors avec courage, et, après avoir ouvert avec empressement la porte qui donnoit sur la pièce secrète, et qui étoit fermée comme un coffre-fort, elle prit Vengeance par la main et l'entraîna sur ses pas. Arrivée vers un portrait devant lequel brûloit une lampe : — Tiens, cruel, s'écria-t-elle d'une voix déchirante, voici ton père, voici Patrick, — mort assassiné !

— Assassiné ! eh par qui, s'il vous plaît, ma mère ? reprit lentement Vengeance avec énergie et en la regardant fixement comme un juge terrible.

Froissée, étonnée, épouvantée peut-être, devrois-je dire, de la violence et de la rébellion de ce tout jeune enfant, l'âme accablée sous le poids de bien des souvenirs sombres, affreux, amers, que cette scène fatigante avoit provoqués, brisée, affoiblie, anéantie, Déborah tomba alors sur les genoux, puis s'affaissa, puis les bras pendants

et fermés ainsi qu'un bracelet, la tête tristement inclinée, demeura désolée et muette
comme l'image de Magdelène au pied de
la croix. — Debout, non loin d'elle, Vengeance, qui avoit jeté le feu de son emportement, promenoit çà et là des regards
pleins d'effroi. Un spectacle étrange s'étoit
offert subitement à sa vue et le dominoit.
Cette chambre mystérieuse, dans laquelle il
venoit d'être entraîné par sa mère, où personne, pas plus que nous-mêmes, n'avoit
jusque là pénétré, où Déborah avoit vu
s'écouler tant d'heures silencieuses, étoit
toute tendue de draps noirs, murs et pla-
fond, tandis que la lampe d'argent qui brûloit devant la ressemblance de Patrick, étoit
la seule lueur qui diminuât l'épaisseur des
ténèbres de ce lieu de réflexion.

Dans sa posture si touchante, Déborah
paroissoit s'oublier depuis quelque temps,
quand tout-à-coup, se relevant avec dignité :
— Monsieur, reprit-elle d'une façon sévère,
le fils est donné à la mère pour l'honorer
et la vénérer, et non pour l'interroger ! Un

doute, un soupçon, de la curiosité à son égard, c'est une chose laide et condamnable! Vous êtes bien coupable envers moi, mon-sieur; je devrois vous punir, et élever entre nous une barrière infranchissable!... Mais je suis bonne... Daignez cependant croire, s'il vous plaît, que si je balance, ce n'est pas qu'il y ait rien dans le passé qui soit à ma honte!—Vous le voulez, monsieur,?—vous l'exigez?— soyez satisfait! — Qu'il en ad-vienne ce qu'il plaira à Dieu!

Elle s'avança alors jusque vers le lit de repos, y prit place, et fit signe à Vengeance de s'y asseoir. Vengeance ayant obéi, leurs mains se rapprochèrent, se serrèrent ten-drement; puis la mère dit au fils : —Je vais reprendre les choses à leur origine, je ne passerai pas un iota; la vérité entière va sortir de ma bouche : regardez chacune de mes paroles comme inaugurée dans le sang de Patrick.

Déborah cependant revint encore au si-lence. Sa bouche éclose se referma encore devant la révélation pénible qu'elle alloit

faire, comme certaine fleur sensitive à l'approche des ombres du soir ; elle se recueilloit sans doute ; tout bas elle s'essayoit aux
flots, comme le baigneur craintif, avant que
d'oser se plonger dans l'onde du passé amère
et saumâtre ; comme un pêcheur d'Ischia,
assis au cap Misène, et qui rêve et projette
son regard amoureux et sévère sur la mer
azurée de Baya, de l'île de Caprée au golphe
de Naples, de la rive au fond de l'horizon ;
attendrie, elle promenoit ses regards dans
touts les sens sur ses années écoulées ; elle
en mesuroit le deuil. — Enfin, cédant sous
le poids du souvenir comme une touche
sous le doigt qui la presse, après s'être en-
tourée encore de quelques douces précautions, elle commença le récit simple et
fidèle de ses malheurs, dont le sillon, prenant sa source au pied de son berceau dans
le castel de Cockermouth, s'avançoit en
replis tortueux, creusé par une main fatale,
jusques au ménil d'Évêquemont, — et n'é-
toit pas achevé.

Déborah, dont l'esprit se montroit si fin

dans ses ressources, apporta une extrême
habileté dans cette ouverture si délicate.
Guidée par son sens exquis, judicieux, elle
s'efforça de s'appesantir sur toutes les circonstances qui ne pouvoient éveiller chez
l'âme de son jeune révolté que des sentiments doux et tristes, elle laissa aller jusqu'à
l'éloquence sa phrase naturellement pleine
de séduction ; mais avec toute l'adresse d'un
vieil écuyer, chaque fois aussi qu'elle avoit
vu s'approcher quelque incident, quelque
choc cruel, elle avoit su réprimer sa parole, et l'avoit faite sobre et modérée. —
Pendant tout le temps qu'avoit duré cette
douloureuse confidence, accoudé sur les
sculptures du lit de repos, le front appuyé
dans sa main, l'œil fixe, Vengeance avoit
écouté dans l'apparence d'un grand calme,
avec une application qui n'étoit pas de son
âge, et lorsqu'elle avait été achevée, sans
empressement, sans marque de passion, il
s'étoit mis aux genoux de sa mère, lui avoit
pris les mains, les avoit approchées plusieurs fois amoureusement de ses lèvres, et

levant sur elle un regard mêlé de chagrin
et d'admiration, après avoir balbutié quelques remerciements et quelques douces for-
mules de consolation : — Regardez-moi
bien, ma mère, lui avoit-il dit, je ne suis
plus cet enfant d'autrefois! je suis un homme
—que l'inquiétude a mûri, que tout ce qu'il
vient d'ouïr mûrira plus encore!... — Ne
craignez rien, ma mère; du secret que vous
me confiez ma jeunesse n'abusera pas!...

Lady Barrymore, qui s'étoit attendue,
après l'état d'exaltation dans lequel Vengeance s'étoit d'abord montré, à quelque
violente explosion, se laissant prendre à ce
dehors de sagesse et de réserve, rapporta
tout l'honneur de cette amélioration aux
ménagements qu'elle avoit su mettre dans
ses confidences; elle se félicitoit tout bas
de son adresse et de sa politique... Pauvre
femme! pauvre mère!... — Hélas! la face
humaine est un rideau de théâtre chargé de
peinture et de fard, au travers duquel rien
ne transpire, pas même les apprêts de la
plus sombre tragédie.

Il fallut que la cloche du manoir vint
deux fois les tirer doucement par l'oreille
et les semondre au souper pour les arracher
enfin aux doux propos qui avoient succédé,
et dans lesquels touts deux ils se reposoient
de leurs émotions si réelles et si diverses.
En quelques heures quel changement s'é-
toit fait! Les deux camps s'étoient rappro-
chés et mêlés. — L'assiégeant avoit ouvert sa
tente, et la place assiégée sa porte. — L'épée
sortie pour immoler avoit donné l'accolade.
— La mère éplorée, qui, véhémente comme
une ménade, avoit entraîné son fils emporté
et terrible dans la chambre funèbre, maintenant quittoit cette chambre, calme et ra-
dieuse, lui glorieux et caressant. Ils alloient
maintenant comme deux personnes amoureuses et pleines de sympathie, heureuses,
orgueilleuses l'une de l'autre, se cherchant
du regard à chaque pas. — Le bras mollement enlacé à la taille élégante de Déborah,
la tête appuyée sur sa belle épaule, Vengeance marchoit sous une pluie de baisers.

La soirée, comme d'habitude, Vengeance

la passa au salon, auprès de sa mère, dans
un aimab!e désœuvrement; Déborah travailloit à de la broderie, tándis que lui,
nonchalamment jeté dans une causeuse,
tenoit un livre à la main qu'il ne lisoit pas.
—Sauf, peut-être, deux ou trois questions
insignifiantes en apparence, et qu'il fit d'un
air d'indifférence, peut-être même un peu
trop affecté, ce à quoi Déborah ne prit pas
garde, il n'y eut pas un mot de retour sur
les choses si graves qui venoient d'être agi-
tées, pas un coup de pioche donné derechef dans l'amas de décombres fraîche-
ment remué. En voyant l'extérieur d'un si
parfait oubli, on eût dit qu'un mois entre
le midi et le soir s'étoit écoulé; que le temps
avoit effacé sous son pas des impressions
faites dans le sable. Sur la surface unie de
l'onde retrouve-t-on les traces des vagues
appaisées! — Chaque fois que Vengeance
aiguillonné par sa mère reprenoit la parole,
il ne manquoit pas d'enjouement; mais
comme s'il eût été en proie à un reste de
souci intime qu'il auroit eu peine à dé-

guiser, souvent il laissoit en beau chemin sa période, donnoit seulement deux
ou trois coups de serpe à son idée, et par
une pente insensible revenoit promptement
au silence; mais dans le silence même la
fierté nouvelle qu'ils avoient dans l'âme se
trahissoit. On voyoit, cela perçoit comme
le bourgeon sur l'écorce, qu'ils venoient de
grandir dans leur estime mutuelle; qu'ils
venoient en leur faveur réciproque d'enté-
riner dans leur cœur de nouvelles lettres
d'anoblissement et de crédit. On voyoit,
cela transpiroit par touts les pores, que
l'enfant étoit devenu tout-à-coup pour sa
mère un homme sûr, une âme droite,
éprouvée et d'une riche complexion; —
une épée d'une trempe forte et choisie,
pénétrante, acérée; — un champ prêt à
s'ouvrir sous le soc du monde, prêt à jeter
moisson; — un terrain ferme où fonder l'é-
difice d'une vie remplie par la gloire; — et
que de son côté la mère pour l'enfant n'é-
toit plus une femme sans avenues et sans
issues; — un caillou arrondi autrefois dans

le lit de on ne sait plus quel fleuve; —un
lambeau déchiré au pavillon du ciel, ou
sorti du limon; — une femme, en un mot,
avec une flétrissure creusée au diamant sur
le front; cavale de Cour réformée dans une
remonte, défroque de quelque princelet
coulé bas ou fait ermite; Aspasie tombée en
désuétude, catin abdiquée!

A onze heures, Vengeance se leva pour
prendre congé de sa mère : ils s'embrassèrent long-temps savoureusement, avec délices; mais, au lieu de se retirer comme de
coutume dans son appartement, Vengeance,
ayant gagné le perron, se glissa doucement
dans le parc, sur les bords préférés de la
source. —La brise répandoit une senteur de
chêne; —le firmament étoit du bleu le plus
pur; — Phœbé regardoit amoureusement la
terre; —et les étoiles scintilloient comme si
Dieu les eût nouvellement refourbies.

Là, l'esprit tout-à-fait isolé au milieu de
ce spectacle sublime, pensif, silencieux,
souvent assis sur une pierre, quelquefois
marchant à grandes enjambées dans les

broussailles, la tête plus fièrement portée,
le poing fièrement sur la hanche, notre
jeune orphelin demeura fort avant dans la
nuit, comme ces moucherons qui s'oublient
à jouer dans les rais argentés de la lune. —
Puis, tout d'un coup, comme s'il avoit enfin cueilli dans les genévriers la fleur si
rare de la résolution, quittant brusquement
le parc, il se rendit dans sa chambre, où
sa lampe qui l'attendoit à demi voilée, inon-
dée des splendeurs nocturnes, sembloit le
flambeau d'une veille funèbre. —Ayant pris
sur la muraille son épée, ses pistolets, et sa
fidèle carabine, puis une miniature de sa
mère qu'il couvrit de baisers et plaça sur
son cœur, il écrivit quelques mots à la hâte
qu'il laissa sur la table, s'enveloppa dans son
manteau, et ressortit aussitôt avec une extrême précaution. Arrivé sur la pelouse,
auprès du cénotaphe de Patrick, il mit
alors le genou en terre,—le plombeau d'acier
de son épée brilloit à son côté dans l'herbe
comme une luciole,—et s'appuya sur le fût
de son mousquet. Après avoir gardé quel-

que temps cette attitude pieuse, il se releva
avec enthousiasme, et s'écria :— Dites, mon
père, est-ce pas que je fais bien ?— que c'est
votre conseil ? — eh ! que je serois un lâche,
indigne des entrailles de ma mère!... Mais
cela ne sera pas ! cela ne peut pas être !...
Est-ce pas, poussière de mon père? est-ce
pas?—Jamais! vois-tu, mon père, pensée
ne s'est offerte à mon esprit avec plus de
charmes! sans cesse elle s'en revient vers
moi, cette pensée, plus jeune et plus séduisante !... Rose, amoureuse, fraîche, elle
m'aborde couronnée de pampre et de fleurs!
elle me baise sur le front! elle pose ses
lèvres sur mes lèvres! elle me serre volup-
tueusement la main, et me dit : — Courage ! —va ! — va !... — au fond de cette action, vois-tu, tu trouveras une satisfaction
ineffable, un assouvissement, une estime de
toi-même, que rien autre au monde ne
t'apporteroit!... va !... —Bien! bien! ombre de mon père! —Bien! bien! mon esprit,
plus de calme; allez! je connois et je comprends mon devoir, et je saurai l'accom-

plir!... Étrange chose que le monde! Il y
a quelques heures encore, si l'on m'eût
parlé de cet homme, j'aurois écouté avec
bienveillance; si je l'eusse rencontré sur
mes pas je lui eusse donné mes respects;
que de fois ainsi, dans la vie, ne doit-il pas
arriver que la victime serre affectueusement
le bras qui forgea son malheur! que l'opprimé et l'oppresseur, inconnus l'un à l'autre, se donnent le baiser de paix; que l'infortuné courbe révérencieusement la tête
devant l'auteur de son abjection; que le
pauvre pleure à la porte du carrosse où se
fait mener triomphalement le fils de ceux
qui dépouillèrent ses ancêtres!... — Oh!
mais, moi, mon père! béni soit le ciel! tout
m'est révélé! je ne serai pas de ce nombre!
je remonterai jusqu'à la source de mon
mal, et je la tarirai!... — Étrange chose que
la haine! cela gonfle tellement le cœur, que
la terre, si vaste pour ceux qui s'aiment,
manque d'espace et ne peut contenir deux
cœurs remplis de ce venin!...

En achevant cette obscure invocation

aux mânes de son père, Vengeance, qui
chanceloit, appuya son front brûlant sur
le marbre, et attacha ses lèvres avec ardeur
sur l'écusson voilé, taillé dans le couvercle
du sépulchre. — Comme l'amant qui a jeté
son bras autour du col de son amante, il
ne pouvoit se séparer de cette froide pierre.

Enfin, ayant gagné après un long détour
le bâtiment des écuries, et sellé en un
tournemain son palefroi, à petits pas, sans
bruit, il entra dans une allée de sycomores,
bien sombre, au bout de laquelle existoit
une petite porte basse qui donnoit sur des
terres empouillées.

D'un bond ayant franchi cette barrière,
il piqua des deux, et fendant l'espace avec
la vélocité de Wilhelm emportant Lénore,
il disparut bientôt au loin, parmi les masses
d'ombre, dans la plaine.

XXII.

Quand Vengeance entra dans Paris, le jour succédoit tout d'un coup à la nuit, ainsi que cela se voit à la comédie ; et des coulisses commençoient à sortir les personnages : — Crispin et Sbrigani, Oronte et Mascarille, Chrysalde et Lucinde, Dandin et Dorine, Sganarelle et Scapin : — chacun

pour son rôle mettant le pied en scène. —
A travers toute cette foule d'acteurs vigi-
lants, Vengeance traversa comme une
flèche décochée. Entraîné par la pensée
qui s'étoit emparée de son cœur avec
force, il se jetoit en avant. Il avoit en lui
un besoin impérieux qui entendoit être
obéi. Mais dans quel val écarté, quel ravin
rapide, sous quel ombrage épais, sous quel
tablier d'herbes vertes, gisoit la source em-
poisonnée et mortelle où le cerf altéré devoit trouver à étancher sa soif?... Comme
un homme réveillé en sursaut par un bruit,
qui, l'épée à la main, s'avance et tâtonne
pour tuer dans les ténèbres, Vengeance
marchoit — aveuglément — arquebuse au
poing. — La colère étoit prête; mais la
victime manquoit! — La lame s'agitoit dans
le fourreau, impatiente de creuser une
plaie; mais où battoit la poitrine exécrée?
mais s'offriroit-elle jamais sous les coups!...

La passion sait aller au but sans être in-
formée et sans qu'on la guide! elle trouveroit un anneau tombé dans l'Océan! Les

fumées de la bête forlancée qu'elle poursuit ne s'effacent jamais pour elle. Avec
elle pas de gîte sûr pour le lièvre! — pas de
bauge pour le sanglier! — pas de tanière
pour le lion!...

Au quartier de MM. les Mousquetaires du
Roi, l'adjudant de service répondit à Vengeance que M. de Villepastour avoit pris sa
retraite depuis le nouveau règne; mais que
s'il souhaitoit d'arriver jusques à lui, qu'il le
trouveroit en son hôtel, rue de l'Université.
— Et à l'hôtel de la rue de l'Université, le
suisse répondit que M. le marquis habitoit
pour la saison son château de Colombes.

Jusque là Vengeance avoit ignoré s'il ne
couroit pas après une ombre vaine; s'il ne
chassoit pas une bête morte, un renard
dont la peau étoit déjà chez le fourreur :
aussi quand il eut acquis la certitude que
son ennemi ne lui manqueroit pas, quand
il eut dans la main le fil qui le devoit conduire sûrement à son repaire, un commen-
cement de satisfaction s'ébaucha au fond
de son âme. Son esprit gagna un peu de

calme, et sa précipitation se ralentit; car
il alloit comme un éperdu. — Tranquille
alors, comme s'il eût eu devant lui une
tâche sans péril, il ne repartit de Paris
qu'après avoir fait reposer sa monture, et
s'être donné à lui-même quelques heures
d'un bon sommeil.

Les flèches de feu du midi tomboient du
carquois embrâsé du soleil, les gryllons
seuls remplissoient de leur cliquetis l'air
silencieux des campagnes, lorsque Vengeance atteignoit la sombre tonnelle de
verdure qui, s'avançant dans la plaine
comme une jetée dans la mer, comme une
couleuvrine hors du rempart, conduisoit
au château de Colombes; vieux castel, de
féodal devenu Louis-Quinzesque; — casque
de pierre peinturé, enrubanné, et plein de
fleurs.

A l'entrée de l'avenue la lice de bois, couleur vert-naissant ou vert-pomme, étoit
ouverte; — au fond de l'avenue la grille aussi
étoit ouverte. Vengeance s'avança donc sans
hésiter; et, comme il s'approchoit sous les

fenêtres, il apperçut dans les jardins, descendant les degrés d'une terrasse, une dame
dans un galant et riche appareil. D'une
main elle relevoit une basque de sa robe,
de l'autre elle hochoit un éventail avec
grâce. Elle se renversoit avec majesté, se
dodelinoit comme une rose que Zéphire
agite, et jetoit avec élégance comme un
aviron son pied qui soulevoit les flots trans-
parents de sa jupe, son petit pied, grand à
peine comme un biscuit, captif dans un
soulier de soie jaune, haché par des zébru-
res plus sombres, et qui, échafaudé au haut
d'un haut talon et la pointe prosternée, ter-
minoit une jambe divine par une douce
déclivité.—Une suivante, ravissante soubrette, venoit derrière, flairant une branche de romarin, et portant nonchalamment, repliée sur son bras, la queue
démesurée de sa maîtresse.

A la vue de cette grande dame inattendue, Vengeance tourna court, et chevaucha
plein de fierté jusques auprès de la terrasse.
—Là, ayant mis pied à terre, tenant sa bête

par la bride, il se découvrit, et saluant plusieurs fois de son chapeau, en bon gentilhomme, avec une suprême courtoisie, il
demanda M. le marquis de Gave de Villepastour, à cette délicieuse personne, qui
lui répondit d'une façon suave et d'une voix
sucrée : — Mon mari, monsieur, est en ce
moment dans le parc. — Veuillez prendre en
face cette allée, et d'honneur vous l'y trouverez. — Sur quoi Vengeance s'inclina de
nouveau en signe de remerciement. — Pendant toute cette brève entrevue, tandis
qu'ils avoient parlé ou s'étoient fait leurs
révérences, ils avoient eu l'œil attaché l'un
sur l'autre, leurs regards s'étoient cherchés;
il y avoit eu de part et d'autre un mouvement d'admiration inopinée. On eût dit que
le dieutelet Cupidon, ce petit archerot ma-
lin, les avoit sur-le-champ férus tous deux
de la même sagette. — Vengeance étoit
le beau jeune homme antique que vous
savez ! — La marquise, d'une taille élevée,
femme de trente ans toute jeune encore,
étoit bien belle aussi ! — Une tête noble et

superbe, comme on en voit sur des médailles
de Syracuse; un col d'un galbe imaginaire,
animé et flexible, avec un doux balance-
ment; une poitrine à rendre Junon jalouse,
et deux admirables commencements de
sein, car le surplus étoit caché; de la prestance, une parure rare, une abondance
majestueuse de costume; — mi-partie reine
et déesse !— Comment Vengeance auroit-il
échappé à tant de prestige si bien à sa mesure! Quel derviche même y eût échappé!...
Enfin, ayant rompu la charme qui le lioit
et le retenoit encore après la réponse reçue,
il remonta avec beaucoup d'aisance sur son
impatient palefroi, et s'enfonça à toute bride
dans le parc par l'allée indiquée.

— Célimène, dit alors la marquise à sa
caudataire, ne trouves-tu pas ce jeune
homme un enfant superbe? Quel port!
quelle grâce! quel visage! —Oh! j'en suis
toute bouleversée !

La soubrette fit un petit bruit de lèvres railleur, et répondit après un silence
plus moqueur encore : — Mon cœur sur la

main, ma foi, madame, je le trouve un
charmant berger. — Si charmant! que, s'il
daignoit vouloir m'offrir des nids de tourterelle et m'orner de fleurs ma houlette, —
je lui laisserois volontiers m'offrir et m'orner tout ce qu'il voudroit.

— Célimène, que vous êtes terrestre!
Vous ne pouvez rien voir sans penser de
suite à votre lit. Oh! je n'aime pas ce genre
d'esprit grossier! — Mais venez, et suivons
ce chérubin dans le parc. J'ai besoin de le
revoir, ce bel ange! — Oh! s'il le veut, ce
bel amour, il verra bien des défaites!...

Au détour d'une petite allée Vengeance
rencontra M. le marquis de Gave de Villepastour, qui, l'épée nue à la main, poursuivoit
un papillon d'un riche plumage qui fuyoit
effaré devant lui, voltigeoit et se posoit de
branche en branche. — Un valet à quelques
pas plus avant tenoit au bout d'une chaîne
d'argent un singe en frac de velours, portant suspendue à son col une petite corbeille de figues qu'il ravageoit. — M. le marquis, s'il vous plaît, s'écria alors Vengeance

en réprimant brusquement sa course. —
C'est moi, monsieur, que me voulez-vous?

Prompt comme la foudre, ayant sauté à
bas de son cheval, et rejeté son manteau,
Vengeance dégaîna son épée. Puis, l'œil en-
flammé et marchant droit sur lui : — Marquis, ce que je veux, reprit-il avec force, ce
que je veux, infâme! c'est ta vie! çà, défends-toi! — Je viens de la part de mon père
et de ma mère!

— Que voulez-vous dire?

— Je veux dire, misérable! regarde-moi
bien! que je suis le fils de Patrick! et que
Déborah est ma mère! et que je viens demander le paiement des outrages que ma
mère a subis, et le prix du sang de mon
père que tu as assassiné.

— Décidément, c'est donc une manie de
famille, mon jeune brave, de vouloir que
Patrick soit mort, et que moi j'en sois l'auteur! — fit alors le marquis d'un air tout-à-
fait calme et réjoui; — puis il poursuivit
avec indifférence, en froissant dans ses doigts
les plis d'une dentelle: — Ah! vous êtes, mon

cher, le fils de madame Déborah! une char-
mante, une adorée personne, ma foi !...
Comment va-t-elle?... Oh! je me la rappelle
parfaitement! vous lui ressemblez : cependant plus encore à M. votre père. Aussi je
me disois en vous regardant tout à l'heure :
Mais, c'est étonnant! je connois ce gar-
çon-là.

— En garde! monsieur, vous dis-je : —
Mais défends-toi donc!... misérable!

— Hola! tout beau! vous faites bien l'emporté, mon mignon! Quelle mouche vous a
donc piqué? — Venez à la maison; qui sait?
peut-être j'aurai bien des choses à vous
dire : nous causerons tranquillement.

— Tu railles, infâme!... Défends-toi, ou
tu es mort!

— Mort! — non. — Tout beau. — Pas si
vite...

— O mon père! je n'en finirai donc pas
avec ce lâche!...

Vengeance frappoit du pied la terre, —
se heurtoit le front; — et brandissoit son
épée d'une façon terrible.

Ah! tu ne savois donc pas, mirliflore imbécille, qu'il ne faut insulter ni l'enfant ni
la femme! — Parce que la femme devient
mère, parce que l'enfant devient homme!

En garde! — Encore un coup, te dis-je,
défends-toi donc!

— Mon pauvre apprentif, c'est de la vraie
folie! vous voulez donc mourir, mon cher,
vous n'y pensez pas? vous voulez donc me
forcer à vous faire du mal?

— Mourir! moi! non, monsieur le marquis, non je n'en crois rien. Moins de tendresse, je vous prie. Dans ceci, ne voyez-
vous pas que la justice et Dieu sont avec
moi!

— Dieu?... mon garçon, ceci auroit fait
bien rire M. d'Holbach. Vraiment vous êtes
délicieux!

Comme Vengeance se précipitoit sur lui,
et qu'il n'y avoit plus de temporisation possible, M. de Villepastour, se retournant vers
son valet, lui dit alors d'une façon résignée:
— Tu vois, Jasmin, que monsieur m'y
oblige.

Les fers étoient croisés, Vengeance atta-
quoit comme un lion. —Le vieil homme
d'armes se contenta d'abord de parer élé-
gamment ; mais, peu à peu, animé par l'ardeur et l'audace de son implacable adver-
saire, il prit une part plus active à cet horrible jeu, et devint à son tour terrible.

Ils en étoient là, tantôt rompant, tantôt
allant à fond avec fracas, quand tout-à-
coup la marquise éperdue apparut au détour de l'allée, et, poussant des cris de grâce,
vint se jeter entre les combattants, essayant
de couvrir Vengeance de sa protection, —
ce qui le perdit.

Une botte portée trop brutalement par
M. le marquis, et qu'il ne put modérer, se
fit jour sous le fer de son ennemi, lui
cloua sur la poitrine l'éventail d'ivoire de
la marquise dont elle s'efforçoit de faire un
bouclier, lui perça le cœur, et s'insinua
sous le poids du bras jusques à la garde.

Vengeance recula d'un pas, jeta un long
regard sur la marquise. Et criant : O ma
mère ! — Il étoit mort.

—Barbare! quoi! vous avez tué ce bel
enfant!... s'écria alors madame de Villepastour avec un geste d'effroi — horrible, et se
laissant tomber sur la poitrine de Vengeance,
que déjà le sang inondoit.

—Jasmin, dit là-dessus M. le marquis,
sans aucune marque d'altération ni de trouble, — j'ai la main meilleure encore que je
ne pensois.

Madame de Villepastour fut détachée du
corps de Vengeance, qu'elle tenoit embrassé
en versant d'abondantes larmes, et ramenée
au château par Célimène, où les plus tendres
soins ne pouvoient la rendre à ses esprits,
tandis que Jasmin, aidé de M. de Villepastour, conduisit le cheval de Vengeance dans
l'épaisseur d'un bosquet, l'y attacha, — cacha
sous un fourré le jeune mort, — et poussa
du sable avec le pied sur la marre de sang
répandu.

—Ceci, Jasmin, n'est que provisoire... La
cloche appelle; viens. — Nous reviendrons
ce soir quand nous aurons avisé à ce que
nous devons faire de ce butin.

A la nuit, en effet, M. le marquis et Jasmin reparurent. — Après avoir tiré du bosquet le cheval, ils chargèrent sur la selle le
cadavre, puis, l'ayant lié avec de bonnes
cordes, ils conduisirent hors du parc, par
une porte pour ainsi dire dérobée, ce lugubre équipage. — Là, ayant frappé chacun
avec un caillou sur les flancs du cheval, l'a-
nimal, qui hennissoit à l'odeur du sang, s'em-
porta et s'enfuit — épouvanté.

En regardant partir cette triste cavalcade,
M. de Villepastour ne put se défendre d'un
mouvement de regret. — Pauvre garçon!...
fit-il. — Est-ce pas, après tout, Jasmin, qu'il
étoit beau et brave! Que c'étoit après tout
un jeune preux!

— Preux ou non, rentrons, monsieur le
marquis, et souhaitons-lui un bon voyage.
— Bonne chance, mon drôle! En voilà un du
moins, cher maître, qui, voyageant à dos
de mulet, ne craint pas qu'on lui prenne ou
la bourse ou la vie.

— Connois-tu, Jasmin, l'histoire de Mazeppa?

— Non, maître.

— La besogne que nous venons de faire
m'y fait songer : — je te conterai ça.

Le cheval ne sembloit déjà plus au fond
de la plaine qu'un corbeau voletant sur la
crête d'un sillon. — Le maître et le valet
rentrèrent dans l'enceinte du castel : — la
chose avoit réussi; ils étoient satisfaits.

XXIII.

Quand je pris la plume pour écrire ce
livre j'avois l'esprit plein de doutes, plein
de négations, plein d'erreurs ; — je voulois
asseoir sur le trône un mensonge, — un
faux roi ! Comme le peuple, sujet à la dé-
mence, pose quelquefois le diadème impé-
rial sur un front dérisoire, et que devroit

plutôt fleurdelyser le fer rouge du bourreau,
je voulois ceindre du bandeau sacré une
idée coupable, lui mettre une robe de
pourpre, lui verser sur le chef les saintes
huiles, — l'élever sur le pavois ou sur l'au-
tel, — la proclamer Cæsar ou Jupiter — et
la présenter à l'adoration de la foule, qui a
moins besoin de pain que de faux dieux,
que de faux rois, que de fausses idées, que
de phantômes! — Mais je ne sais par quelle
mystérieuse opération, chemin faisant, la
lumière s'est faite pour moi. — Le givre qui
couvroit ma vitre et la rendoit opaque
comme une gaze épaisse, s'est fondu sous
des rayons venus d'en haut, et a laissé un
plus beau jour arriver jusques à moi. — Où
l'eau étoit bourbeuse, j'ai trouvé un cou-
rant limpide. — A travers les roseaux j'ai
plongé jusque sur un lit du gravier le plus
pur, sillonné par l'ombre fugitive des pois-
sons argentés qui passent entre deux ondes
comme un trait, — comme une barque qui
a mis toutes voiles dehors, — comme une
navette qui courroit sans repos de la main

droite à la main gauche, de la main gauche
à la main droite de Neptune. — Le brouillard s'est déchiré, et la cîme des monts,
pareille à une armure gigantesque dorée par
les flammes du soleil, au fond de la gerçure
ouverte dans la brume, s'est offerte à mes
yeux. — Au travers de cette vapeur d'eau
bouillante, mon regard a philtré, et la ville
assise sur la colline et la forêt étalée dans
la plaine, qu'elle céloit, m'ont enfin apparu
dans toute leur beauté.

Oui! il y a un Destin!

Oui! il y a une Providence pour l'Humanité et pour l'homme!

Non! les méchants ne triomphent pas sur
la terre! — Non, sur la terre chacun reçoit
le salaire de ses œuvres.

Non, il n'y a pas besoin d'une seconde
vie pour redresser les torts de la première,
— pour faire la part du juste, et refaire la
part du méchant. — Rien ici-bas ne demeure impuni!

Non, il n'y a point de désordre dans le
gouvernement du monde!

Non, les bons ne payent point pour les
mauvais, — la vertu pour le vice!

Non, il n'y a point d'hommes qui soient
donnés en proie aux hommes sans que Dieu
n'en ait la raison.

Les bons qui souffrent ne sont des bons
qu'en apparence, ou si ce sont des bons
réels, — comme le fils du mauvais peut être
juste, — c'est qu'ils expient les torts de leur
race.

Oui, je crois à l'expiation!

Non, la destinée fatale originelle n'est
point une atrocité! mais une loi sublime!

Dieu est un Dieu vengeur!

Sa vengeance est quelquefois invisible,
souvent elle est longue et tardive, mais elle
est sûre! — Dieu a devant lui l'espace; rien
ne le presse; rien ne lui fait un devoir de
punir le prévaricateur dans soi-même plutôt que dans la postérité qui doit sortir de
son flanc.

Nous qui ne sommes que d'un jour, si la
vengeance n'est pas au bout de notre courte et fragile épée, elle nous échappe! —

mais rien n'échappe à l'épée éternelle de
Dieu !

Cette opinion, j'en conviens, est une opinion terrible! Soit! tant mieux! Qu'elle
aille trouver le crime heureux dans le bain
de ses prétendues délices, qu'elle lui troue la
poitrine avec sa vrille de fer, qu'elle s'y in-
sinue, et lui fasse égoutter le cœur!...

La vérité est un jeune arbre inflexible que
nulle force au monde ne peut ployer, et
dont rien ne sauroit faire un arc! — C'est
un rocher qui retombe sur celui qui le dé-
place!

Je me suis efforcé tout le long de ce livre
à faire fleurir le vice, à faire prévaloir la dissolution sur la vertu; j'ai couronné de roses
la pourriture; j'ai parfumé de nard la lâcheté; j'ai versé le bonheur à plein bord
dans le giron de l'infamie; j'ai mis le firmament dans la boue; j'ai mis la boue dans
le ciel; pas un de mes braves héros qui ne
soit une victime; partout j'ai montré le mal
oppresseur et le bien opprimé... — Eh tout
cela, toutes ces destinées cruelles accumu-

lées, n'ont abouti après tant de peines qu'à me donner un démenti !

Lord Cokermouth, un méchant cœur, fils peut-être d'un cœur plus condamnable encore, n'expie-t-il pas ses torts par lui-même et par sa race. Il est puni en soi. Il est puni dans sa compagne. Il est puni dans sa fille. Sa fortune se détruit, et vivant il assiste à la ruine de sa maison. Le bras de Dieu le poursuit jusque dans sa descendance, et ne s'arrête qu'après avoir tout effacé.

Lady Cokermouth, la pauvre tourterelle accouplée à un bœuf; c'étoit une âme droite; mais elle dut payer pour son père, un marchand parvenu.—Vous savez, messieurs, si c'est l'honnête homme qui parvient !

Quant à Déborah ! n'étoit-ce pas la dernière raison d'une race doublement maudite, et qu'on vient de voir s'éteindre dans la personne de Vengeance, son jeune fils, enfant appartenant à deux souches condamnées; car Patrick que nous voyons étendu sur le plus dur chevalet, procède d'une antique

famille dégradée après des troubles populaires durant lesquels cette famille sédi-
tieuse avoit trempé sans doute dans plus
d'un forfait.

Pour Fitz-Harris, n'auroit-il eu contre
lui que sa trahison envers son ami, envers
son frère Patrick; — la trahison est le crime
le plus grand aux yeux de Dieu, — qu'il
n'eût reçu que son salaire.

O vous, que mon sophisme flattoit, berçoit, caressoit, consoloit!... qui vous êtes
si follement réjouis de me voir mener dans
un char de triomphe la corruption; qui
avez pu voir avec joie souffrir ce qui est
honnête, car tout ce qui est honnête souffre
dans mon livre, et qui avez pu croire un
instant avec moi au destin aveugle, à l'im-
punité! mettez sous vos pieds ce doux mensonge! — voilez votre face hideuse dans vos
mains coupables! — Tremblez! oui, tremblez! car l'heure approche où toutes ces
infortunes que j'ai chantées et des montagnes d'autres vont faire pencher le plateau
de la colère de Dieu! — car Dieu à cette

heure attise un châtiment comme le forgeron le feu de sa forge! — car l'heure
d'une immense expiation va sonner sur
un timbre funèbre, épouvantable, horrible! — car Dieu et le peuple, ces deux
formidables ouvriers, vont se mettre à la
besogne! — et car leur besogne comme eux
sera terrible!

La monarchie décomptera longuement
devant Dieu ses orgies! — et ses suppôts! le
peuple les tordra dans ses mains puissantes
comme un haillon!

Pas une plainte secrète, pas une larme
dans l'ombre, pas un soupir étouffé, pas
une goutte de sang que Dieu ne recueille—
et ne pèse—et ne venge! Ce sont autant de
grains de poudre qui s'amassent sous le
projectile, et qui font le coup d'autant plus
fort, d'autant plus redoutable au jour de
l'explosion! — De là vient, de ces causes in-
fimes et partielles, le bouleversement des
empires.

Au jour de ces bouleversements avec sa
propre massue Dieu tue Hercule. — Alors il

divise les nations en deux parts : à l'une il
met une toison, à l'autre il met une gueule :
et suscite ces deux parts l'une contre l'autre
jusqu'à ce que la part qui a la gueule ait
dévoré la part qui n'a que la toison !

Quand l'expiation est enfin accomplie, et
que Dieu n'a plus besoin de son outil, il le
brise !

Dieu, tout-à-l'heure, se servira du peuple ; mais dès que cet outil se sera ébréché
dans sa main et sera teint de sang, à son tour
il le rejetera !

Il enverra alors un homme sorti d'où l'on ne
sait où, qui lavera le sang dans le sang, qui
à mesure que les mères enfanteront pren-
dra leurs fils et les écrasera sur la pierre !
—Puis à son tour cet outil sera brisé ! Alors
les dernières ombres d'une race qui doit
disparaître de la terre reparaîtront. Mais
Dieu, pour achever l'holocauste, derechef
se choisira un outil dans la propre maison
de cette race, et fera régner sur le peuple,
jusqu'à ce qu'il ait expié ses nouveaux for-
faits et sa nouvelle trahison, ce dernier ou-

til ; — un homme aux mains crochues portant pour sceptre une pince ; — une écre-
visse de mer gigantesque ; — un homard,
n'ayant point de sang dans les veines , —
mais une carapace couleur de sang répandu !

XXIV.

Lorsque le vase de la colère de Dieu est plein, une larme de femme, —et le vase déborde !

Le roi Don Rodrigue força Florinde, et il perdit l'Espagne !

Pharaon força Déborah, et il perdit la France !

Ce n'est pas que sur une faute isolée Dieu se résolve jamais à rayer un empire,—mais c'est qu'il est temps enfin de porter la hache sur une nation lorsqu'elle en est venue à ce point d'ignominie, que d'avoir pour maître un homme qui pratique le crime ou qui l'organise !

Florinde en appela à son père, et son cri de vengeance trouvant un horrible écho dans le cœur du comte Julien, celui-ci, égaré par un soin farouche de son honneur, en appela aux Maures, et leur livra traîtreusement la clef de sa patrie !

Mais Déborah, plus sage que Florinde, la Cava ! ainsi que la nommèrent les Maures eux-mêmes, c'est-à-dire la Mauvaise ! comme nous l'avons vu, s'en remit simplement au peuple et à Dieu ! — Des philosophes étoient déjà suscités, et le peuple déjà buvoit avidement le venin qu'ils suintoient ; — la France, assise alors sur son arrière-train comme une bête vorace, fouilloit déjà du museau dans ses propres entrailles et se mâchoit le cœur !

Ainsi finit en France, ainsi finit en Espagne, la domination des rois Goths, — DE
LOS GODOS!

Hélas! au temps funeste où voici que
notre esquif aborde, pareille au roi Don
Rodrigue après la bataille, chassée de sa
tente royale, seule et pitoyable, si abattue
qu'elle en avoit perdu le sentiment, mourante de faim et de soif, si teinte de sang
qu'elle sembloit un brasier, portant des
armes bossuées, brisées, jadis de pierreries,
une épée faite scie sous les coups qu'elle
avoit reçus, un casque fracassé, enfoncé
dans sa tête, la face couverte de poussière,
image de sa fortune tombée en poudre, sur
son cheval Orelia, harassé, poussant à peine
sa respiration courte, baisant parfois la terre,
la MONARCHIE s'en alloit par les campagnes
de Xerez,—nouvelle et pleurante Gelboé!—
s'enfuyoit avec de tristes spectacles sous les
yeux, avec la peur dans l'oreille et un grand
bruit de guerre confus; craignant tout, re-

doutant tout, ne sachant que faire de son
regard : le lever au ciel, le ciel étoit gros de
colère ! le jeter sur la terre, la terre n'étoit
plus sienne, elle étoit foulée, elle étoit
aliénée ! le plonger dans soi-même, dans
ses souvenirs, dans son âme : un plus
grand champ de bataille encore s'y trouvoit !...

La tête gonflée par la peine qu'elle endu-
roit, comme le roi Don Rodrigue, elle
monta aussi, vers la fin du jour, sur le sommet de la colline ; et de là, cherchant ses
gents vaincus, ses bannières, ses étendards
gisants, et que la terre couvroit, ses capi-
taines disparus, son camp trempé de sang
qui couroit par ruisseaux, triste de voir ce
désastre, en proie à sa douleur profonde,
les yeux baignés de larmes, elle s'écria
comme lui :—Hier j'étois reine d'un royaume, aujourd'hui pas une ville !—Hier villes
et châteaux, aujourd'hui rien !—Hier des serviteurs, aujourd'hui personne !—Maintenant
je n'ai pas un créneau que je puisse dire
mien ! — Maudite soit l'heure où je naquis,

où j'héritai d'une si grande seigneurie, puisque je l'ai perdue, puisque j'ai tout perdu
en un jour! — O malheureuse! si ceci tu
l'eusses fait en d'autres temps, si tu eusses
fui de tes désirs au pas dont maintenant tu
vas! si aux assauts de la passion tu n'eusses
pas montré une lâcheté indigne d'une
Gothe, et plus encore d'une reine qui gou-
verne, la France jouiroit de sa gloire! et de
cette formidable puissance qui là, sur le
sol, gît et change la couleur de l'herbe! —
Maudits soient l'instant et l'heure où mon
destin me donna au monde!.. Mamelles,
qui me donnâtes du lait, que ne me don-
nâtes-vous plutôt le sépulchre!... — O mes
ennemis! ô vous les vengeurs dont Dieu se
sert! oh! tuez-moi à coups de poignard, et
bien vous ferez!... Mais le traître est un
couard, jamais il ne fait une bonne action!

Puis son cheval Orelia étant tombé mort,
étendue entre ses jambes, elle fit aussi, comme le roi Don Rodrigue, en attendant que se
dissipassent les ténèbres, un oreiller de ses

arçons, en disant : Adios, España, que el
barbaro señorea!... Adieu, France, que la
barbarie seigneurise!...

Auprès de son Orelia chéri, ainsi elle attendit la lumière ennemie.

Puis encore, comme le roi Don Rodrigue,
qui s'enferma vivant dans la tombe, la couleuvre du remords la dévora, et, dans l'excès de ses tortures, — son cœur fournissant
de l'eau à ses yeux qui pleuroient, ses yeux
à sa bouche qui buvoit des larmes, — comme
lui encore elle cria : — Mords-moi, couleuvre! achève-moi! découvre-moi la face
de la mort!... — Hélas! mon déshonneur
sera éternel! la renommée me maintiendra
pour mauvaise, comme elle en maintient
d'autres pour bons! Oh! si la renommée,
la mémoire, le monde, pouvoient devenir
muets! les chroniqueurs aveugles, afin que
ceci ne fût pas écrit!... — Oh! si ma vie
s'achevoit! oh! si la mort venoit!... Mais
je crois que je suis si méchante que la mort
même ne me veut pas! — déjà pourtant mon
haleine s'affaisse! déjà pourtant mes dents

se serrent! Déjà pourtant ma langue inerte
et pendue darde la pointe!...—Mords-moi,
couleuvre, achève-moi! découvre-moi la
face de la mort!...

XXV.

La fin si douloureuse de Fitz–Harris dans
le puisard, après vingt-un mois de débats
avec la mort, après une agonie déchirante
et tenace; la perte de ce frère d'infortune,
de ce compagnon d'enfance et de misère, et
·pour surcroît l'inefficacité de la promesse
si formelle de M. de Malesherbes, promesse

qui sembla n'être venue rallumer le pâle
flambeau de son espérance que pour donner l'occasion à M. le chevalier de Rougemont de le lui souffler sous le nez avec
son insolence et sa cruauté habituelles ;
la prolongation de sa captivité, qui décidément n'offroit plus que le mirage d'une
plaine aride et mortelle, sans horizon et
sans bornes ; tout cela, toutes ces amertu-
mes, toutes ces odieuses manœuvres, toutes
ces afflictions profondes avoient fini, comme
nous l'avons vu, par ébranler la raison de
Patrick, qui jusques alors s'étoit sans cesse
maintenue élevée, noble et fière, qui jusques alors comme un mât robuste, n'avoit
pas oscillé un seul instant au milieu des
orages et des sinistres les plus sombres.

La translation du Donjon à la Bastille
porta le dernier coup. Ce fut un choc, un
désappointement terrible pour l'âme de
Patrick, qui s'étoit encore ouverte naïvement à l'espoir d'une délivrance (tant l'âme
du malheureux est disposée comme le fau-
con à venir sur le leurre le plus grossier) ;

lorsqu'au lieu de la liberté qu'on venoit
tout-à-coup de lui promettre, il s'étoit vu
derechef dans une enceinte de murailles et
sous la voûte d'une nouvelle fosse.

Les neuf dernières années de son séjour
au Donjon, Patrick les avoit passées dans
l'état d'esprit le plus veule et le plus morne,
abymé en Dieu et abymé dans la prière.
Cette dévotion extrême s'exagéra encore. Il
rompit alors entièrement tout commerce
avec les hommes. Sourd à toutes questions,
n'adressant aucune demande, se défendant
rigoureusement toute parole, il ne s'entre-
tint plus qu'avec le Ciel. A genoux ou accroupi, pelotonné pour ainsi dire autour
de son Christ, il demeuroit sans cesse dans
la triste immobilité d'un loir engourdi.
L'obligeoit-on à sortir de son cachot pour
aller respirer un peu sur les terrasses des
tours, il s'asseyoit tristement sur l'affût
d'un canon et n'en quittoit plus. Quelquefois, après avoir suivi long-temps du regard
un ramier qui voloit librement au haut des
airs, son cœur se gonfloit et il se prenoit à

fondre en larmes. Il avoit alors dans le
cœur un besoin si réel et si impérieux d'iso-
lement et de mystère qu'il ne s'adressoit
même jamais à Dieu, comme s'il eût oublié
tout-à-fait la langue qui se parloit autour
de lui, que dans l'idiôme de sa chère et
malheureuse patrie. — «O thiarna, répé-
toit-il souvent en se prosternant contre
terre, dean trocaire ormsa mor-pheacach ! »

Certes, Patrick avoit reçu du Ciel une
âme forte, un esprit solide; mais tant de
douleurs l'avoient abreuvé, tant de souffrances l'avoient épuisé.... Hélas! qui de
nous n'eût pas succombé comme lui sous
le faix d'une pareille peine, et l'horreur
d'une éternelle prison!... Quand on songe,
ô mon Dieu! rien qu'à cette pensée mon
sang se glace dans mes veines, qu'il y avoit,
à l'heure où nous sommes, vingt-cinq ans
dix mois et onze jours qu'arraché au monde,
à la liberté, à son amie, Patrick avoit été
chargé de fers et habitoit l'ombre mortelle
des cachots !

Pauvre martyr !!!

Mais tandis que Patrick s'éteignoit dans
ce calme et qu'un silence sépulchral régnoit
au fond de sa prison, de grandes rumeurs
s'élevoient au dehors. Toute une nation s'a-
gitoit comme une armée; tout un peuple
parloit et s'enivroit au bruit de ses propres
paroles; et dans son ivresse et son abêtisse-
ment, ce troupeau d'esclaves crioit :— «Nos
bergers sont velus comme nous! prenons
des ciseaux! si nous tondions un peu nos
bergers ! »

Patience! encore quelques jours... Et
quand nous descendrons notre seau dans
le puits, il remontera plein de sang! Et
quand nous chercherons une pierre pour
reposer notre front, ou notre vieux père
pour le guider dans les ténèbres, notre main
ne rencontrera partout que des poitrines
ouvertes et des têtes coupées!...

XXVI

L'heure du châtiment approchoit donc!...
Oh! de grâce, avec moi, mes frères,
croyez à l'expiation! — croyez à un Dieu
punisseur ici-bas! — Sans cette croyance,
hélas! rien n'a sa raison, rien n'a sa loi. Le
monde n'est plus qu'un saccage éternel;
l'Humanité un culbutis odieux et inextri-

cable; la société un coupe-gorge, et la terre
une lâche complice.

Sans cette croyance, tout demeure obscur, secret, ténébreux, honteux, pitoyable!
Cette vie n'est plus qu'une énigme sans mot,
un logogriphe défectueux, une charade
ridicule et impossible! Tout revêt une image
grotesque et absurde, depuis les plus infi-
mes jusques aux plus grandes choses,
depuis l'adversité solitaire du citoyen jusqu'à la chute retentissante des empires.

Sans cette croyance à l'expiation qui nous
met dans la main la clef de touts les arca-
nes, on en arrive insensiblement aux déduc-
tions les plus bouffonnes, aux inductions
les plus risibles, aux plus inimaginables
folies; on en vient, par exemple, comme
certain esprit de ce temps, qui passeroit
quasi pour attentif, comme M. Thiers en
un mot, à assigner à l'un des plus grands
événements humains, à la Révolution fran-
çoise, je veux dire, pour cause immédiate
et pour origine, une espèce de mauvais ca-
lambour fait en l'air par un petit conseiller

au Parlement, un boute-feu, un bavard, un noblion dont le nom n'avoit même pas d'orthographe, M. d'Espré... ou d'Eprémé-nil, un misérable bavard, dis-je, une lèpre, une plaie, car le bavard est le pire des fléaux, un histrion travesti en robin, un polichinelle, qui, dans les écuries du Roi, eût mérité de recevoir le fouet à c.. nu sous sa toge!

Je ne suis point un personnage, je ne suis ni grave ni important; je ne vise ni au timon de l'État, ni aux filles des receveurs de la gabelle, ni à la trompette de Clio; je ne suis qu'un simple romancier, pas un cheveu de plus! mais j'avoue cependant que si jamais il avoit été possible qu'un quolibet eût pro-voqué quelque événement, quelque cata-clysme, je n'eusse voulu à aucun prix m'en faire l'historien!

Seize volumes sur les suites d'un jeu de mots, non, jamais! Je sais trop ce que je me dois!

Io soy que soy!—comme diroit un Cas-tillan.

XXVII

A l'extrémité d'un ancien boulevard qui
jadis protégeoit la ville, et qui peu à peu,
entouré par elle, s'est efféminé dans son
sein, dans le sein de cette reine du monde,
comme autrefois Hercule aux pieds de la
reine de Lydie, et qui comme Hercule s'est
laissé dépouiller par son Omphale de sa

massue et de sa peau de lion ; au bout de
ce vieux boulevard, dis-je, pareil aujour-
d'hui à une berceuse qui chante au soleil
et file sa quenouille, il existoit un immense
cachot de pierre, avec lequel nous avons
déjà fait connoissance, hideux et sombre,
édenté, infect et décrépi, qui, la figure
sale, d'un air hébêté, immobile, avec de
petits yeux louches, garnis de cils de fer,
et qu'on eût dits percés à la vrille, regardoit
fixement autour de lui comme un cayman
demi pourri dans la fange d'un marais, qui
hume des miasmes et aspire une proie. —
Ce vestige d'un temps qui n'étoit plus, qui
sembloit rester là debout comme un vieillard qui auroit refusé de descendre dans la
tombe afin de dévorer sa race, — c'étoit !...
A ce nom, se répandent d'abord dans notre
pensée des bruits de chaînes et des gémissements, puis un bruit de guerre et des cris
de triomphe. — C'étoit un lieu d'odieuse
mémoire ! — c'étoit la Bastille !

Ce repaire, qui avoit prêté main-forte à
tant d'iniquités, qui avoit trempé dans tant

de crimes, qui avoit bu tant de larmes et
tant de sueurs d'agonie, étoit l'objet de
l'exécration publique. Cette hache éternellement levée sur la tête de l'innocent, toujours prête à décimer, remplissoit le cœur
de haine et de terreur. Le peuple ne songeoit à cette prison qu'avec effroi : c'étoit
pour lui l'entrée du Ténare. Il n'osoit lon-
ger ces murailles sans épouvante, comme
si ces murailles eussent eu des appendices
invisibles pour attirer à soi, comme si elles
eussent été béantes.

Bouc émissaire chargé des torts et des
crimes de soixante rois, tant de colères
s'étoient amoncelées sur ce monstre et le
poursuivoient qu'il touchoit enfin à son
heure suprême.—Des cahiers demandoient
aux États son abat. —Le peuple avoit juré
sa perte !

Il y avoit alors déjà près d'un an que
Paris, que toute la France même, dans
l'anxiété et le trouble, s'agitoient. Le sol se
mouvoit souterrainement, se crevassoit et
craquetoit comme la crête d'un mont vol-

canique à l'approche d'une éruption. Le
peuple, poussé par les suggestions d'une
misère prétendue plus profonde, par les
suggestions d'une faim factice et par d'autres
suggestions plus ténébreuses et plus terribles
encore, se faisoit de plus en plus actif et in-
docile. Sa chaîne cassée et sa muselière
arrachée pendante au col, il rôdoit sans
repos nuit et jour comme un dogue échappé,
ou comme un loup du Désert, qui cherche
le lieu d'un meurtre pour s'ébaudir dans le
sang.

Mais ce qui acheva de le dénaturer, ce
peuple, ce fut le misérable spectacle qu'on
lui donnoit aux États de Versailles, où ses
représentants se heurtebilloient et se colle-
toient sans pudeur entre eux et avec leurs
maîtres, se tirailloient comme Pasquin et
Marforio, comme deux polissons. — Hélas!
à cette triste parade il avoit compris de
suite qu'il n'avoit pour roi qu'une solive;
que tout roi n'est qu'une solive du moment
qu'on se fait charpentier, qu'on prend le
compas et la hache, et, chose plus funeste

encore, qu'un gentilhomme n'est pas si fort
qu'un porte-faix.

Les deux camps s'inondoient sans relâche
d'un flux de paroles. La cour et le tiers-
état bavardoient et se formalisoient comme
deux vieilles loquaces, comme deux huis-
siers, comme deux pies. On se passoit au
fil du discours.—Pauvre chose! car c'est
là justement ce que le peuple exècre!...

Enfin Dieu trouvant sans doute son outil
suffisamment trempé et affûté, décidément
l'emmancha, et le mit à la besogne.

Quand un peuple se révolte contre ses
divinités, son premier geste est d'en briser
les images; son premier geste quand il se
redresse contre ses maîtres, c'est d'en briser les symboles. Or, la Bastille étant le
symbole le plus manifeste d'une tyrannie
antique et abhorrée, le peuple naturellement ne pouvoit manquer de se dire:—Ra-
sons cet affreux symbole comme nous effa-
çons les armes sur la porte des carrosses, et
les panonceaux sculptés dans la pierre des
hôtels.

Le 14 juillet donc! tandis qu'on se tirailloit comme de coutume à Versailles, l'aurore promettant une journée superbe, — le peuple, qui avoit déjà fait l'essai de ses forces, qui avoit appris déjà à envisager la mort, qui savoit déjà comment s'enfonce une lame, se leva courageux, regarda autour de lui, retroussa ses manches; puis s'écria : — L'heure est venue! car le ciel nous est propice. — Holà! compagnons! — Aux armes !...

Et comme il n'avoit pas envie, de son côté, de jouer aux phrases, à peine avoit-il achevé ce cri, qu'il courut à l'hôtel des Invalides. Là il se saisit de touts les instruments de guerre qui s'y rouilloient, puis quand il se vit une épée au poing, il la brandit de joie et de colère, et vint se ranger sous les murailles de la Bastille.

Du haut de cette antique masure ce devoit être une curieuse armée à voir que cette foule composée d'éléments si divers; ce mélange d'hommes de tout métier et de toute espèce, dans les équipages les plus bizarres. Des enfants portoient des sabres qui les dépassoient d'une coudée ; des clercs de procureur bandoient des arbalètes ; des charretiers au lieu de fouets faisoient sonner des carabines ; des abbés, des femmes et des moines s'exerçoient aux fusils ; et comme la veille le Garde-Meuble avoit été saccagé, ici on appercevoit un déchireur de bateaux avec un cuissard au bras ; là un perruquier perdu sous le casque de Charles IX ; plus loin un revendeur dans la panoplie de François Ier, ou un maçon, plein de vin et de sueur, dans l'armure auguste de Bayard.

A la vue de cette étrange saturnale, hélas ! quel songeur ne se fût pris d'une sombre et profonde rêverie ?

XXVIII

Quand la multitude avec sa fronde à la main, comme le jeune David, eût été quelque temps en présence du géant, elle fut emportée par son ardeur habituelle; et dans sa turbulence, pour entrer promptement en matière, elle demanda impérieusement qu'on lui livrât sur l'heure son ennemi,

c'est-à-dire l'abandon des armes et de la
place.

Le gouverneur étoit un brave. Il avoit
avec lui un renfort de trente-deux petits
Suisses qu'on lui avoit envoyés secrètement
la nuit précédente, soixante invalides et
quatre canonniers. C'est vous dire quelle put
être sa réponse. — Il n'ignoroit pas que Tu-
renne et Condé avoient jugé autrefois ce
rempart imprenable, et d'ailleurs comme la
Cour, qui avoit rassemblé des forces considérables aux portes de Paris, se promettoit de faire dans la nuit du 15 au 16 une
formidable camisade, il ne s'agissoit après
tout que de gagner un peu de temps.

Le peuple, qui avoit pris grand ombrage
des troupes étrangères et nationales cam-
pées insolemment sous son nez, et qui avoit le
vent des machinations occultes et du coup
qu'on méditoit, n'étoit guère disposé à se
prêter à aucun barguignage. Il comptoit les
heures. Aussi dès qu'il eut à peu près la
certitude qu'il n'auroit rien qu'avec les
ongles, engagea-t-il le combat. — Ce fut de

la rue Saint-Anthoine que partit la première attaque.

La foule ayant investi les premières cours, quelques audacieux pénètrent dans la cour du Gouvernement. Mais alors, poussé à bout, ramassant enfin le gant qu'on lui jetoit, le gouverneur fait lever brusquement le pont-levis de l'avance et riposte par une sévère fusillade. — Déjà le sang coule à flots.

D'abord consterné, puis exaspéré, le rassemblement accroît sans cesse. Des munitions, des armes, des combattants apparoissent de toutes parts. — Des faubourgs entiers descendent. — Les canons enlevés à l'Hôtel-des-Invalides arrivent après avoir traversé la ville en triomphe. — De vieux militaires, des soldats de marine, des soldats aux Gardes et des déserteurs mêlés depuis plusieurs jours à la cause populaire, s'emparent du commandement, gouvernent le siége et dirigent les batteries.—On place du canon sur le bord du fossé; on attaque par les jardins de l'Arsenal; on s'avance dans la cour des Salpêtres; on la traverse; on par-

vient derechef en face du pont-levis de l'a-
vance; on envahit le corps-de-garde et le
logis des invalides, et le combat se poursuit
avec furie.

A ce fracas de guerre et au récit de cette
tuerie, les bavards frissonnent; et, voulant
substituer à cette lutte sanglante une guerre
de paroles, ils envoient, pour parlementer,
députation sur députations. Mais, perdus
dans le tumulte et la bagarre, ces parleurs
ont beau se démener et agiter leurs personnages, assiégés ni assiégeants ne les re-
marquent, et leurs discours se perdent dans
le bruit de la mousqueterie. Dès le matin
déjà, avant même qu'un seul coup eût été
porté, un électeur du district de Saint-Louis-
de-la-Culture, M. Thuriot, étoit venu sol-
liciter M. le gouverneur et faire des ronds
de jambe sur les plates-formes, *coram populo*.

Les canonniers foudroyoient le pont-levis
dont on avoit cherché vainement à briser
les chaînes à coups de hache. Le gouverneur, de son côté, eut-il recours à son artillerie? Je ne sais, mais ce qu'il y a de cer-

tain, c'est que le canon tonnoit sans relâche,
qu'il ébranloit la ville et le sol, grondoit
dans les airs et jetoit de près et de loin
l'épouvante.

Il y avoit déjà trois heures qu'on en étoit
aux mains, plus de trois cents cadavres
mordoient la poussière; de toutes parts on
emportoit des blessés; mais le peuple, loin
de tiédir, bien qu'il ne vît encore aucune
issue et que tout lui défendît de compter
sur la victoire, devenoit de plus en plus
terrible. Embusqués de touts côtés, des
fenêtres et du haut des toits mille tirail-
leurs ajustoient paisiblement; et dès qu'un
assiégé se montroit à travers les créneaux,
sur les tours, il tomboit sous la pluie de
leurs balles.—Une ruse de guerre vint alors
servir à souhait ceux d'en-bas, et protéger
leurs manœuvres. Deux chariots de four-
rage ayant été renversés, on y mit le feu, et
la fumée épaisse que le vent rejetoit sur la
forteresse aveugla complétement l'ennemi.

Enfin, sous les efforts du canon, le pont-
levis de l'avance tombe, et au milieu des

hourras et des cris de mort et de colère le
peuple se précipite, comme un fleuve qui a
rompu ses digues, dans la cour du Gouvernement. Là, à la vue des cadavres des premières victimes de la guerre, sa rage aug-
mente; il décharge sa fureur contre les murailles, il incendie les logements du gouverneur;—mais le soleil est si rutilant, mais
le jour a tant de splendeur, que cet em-
brâsement, qui, au milieu d'une nuit sombre, eût répandu tant de flammes, jette à
peine une pâle lueur.

Tout-à-coup une jeune fille s'offre aux
regards. On la dit la fille du gouverneur;
on s'en saisit. On l'étend sur un lit de paille,
auquel on met le feu, et l'on menace de l'y
brûler vive sous les yeux de son père si la
capitulation tarde davantage. Mais au même
instant un vieillard, M. de Monsigny, le père
véritable de cette pauvre enfant, se penche
pour l'appeler, et, poussé par le désespoir,
comme il va pour se précipiter du haut des
remparts, un coup de mousquet l'atteint,
et il tombe mort dans le fossé; tandis qu'un

brave, qui avoit déjà sauvé une première fois la jeune infortunée, l'arrache des mains de ses bourreaux, l'enlève, la met en un lieu de sûreté, puis revole au combat.

Le canon, braqué de nouveau contre le second pont-levis, faisoit un feu terrible et le fracassoit.

Voyant qu'il ne pouvoit plus tenir et qu'il avoit laissé perdre le poste que son Roi avoit confié à sa garde, le gouverneur désolé veut faire sauter sa citadelle, et déjà il s'approchoit mèche allumée de vingt milliers de poudre, quand quelques lâches soldats le retiennent et s'opposent à cet horrible exploit.

Sur ces entrefaites, la petite porte qui se trouvoit au bout du petit pont de service, et qui donnoit accès dans l'intérieur de la forteresse, s'entr'ouvre doucement, mais au nom de quel ordre? On ne sait.

Aussitôt quelques braves s'élancent. Le peuple se rue à leur suite, renverse tout ce qui se présente, frappe sans pitié, et pénètre enfin dans le corps du monstre. — Ainsi les

couards qui avoient tout bas entre-bâillé la
porte tombèrent les premiers, et reçurent
sur le coup le prix de leur honteuse trahison.

Le grand pont-levis s'abaisse, la tourbe
se répand dans la cour intérieure. On s'é-
touffe, on se foule dans les escaliers, dans
les corridors, dans les tours ; on se mé-
prend, on s'entre-tue, on s'entr'égorge !...
une horrible boucherie s'achève !

Hélas ! nous savons par bonne expérience
combien il est moins à craindre dans les
guerres civiles, dans les guerres des rues,
de tomber sous les coups de l'ennemi que
sous les coups de ses propres compagnons
d'armes.

Au haut de la tour de la Comté et de
la Bazinière, déjà quelques vainqueurs
paroissent et plantent leurs drapeaux aux
applaudissements de la foule immense qui
les suit d'en-bas.

Tandis que les uns effondrent les portes,
brisent les verrouils, visitent les cachots,
parcourent en frémissant touts les lieux in-

connus et impénétrables de cet horrible
labyrinthe, et cherchent des captifs à rendre
à la liberté, d'autres, tout entiers à leur
victoire, chargés de trophées et de dépouilles opimes, s'empressent d'aller an-
noncer au loin les grands travaux d'Al-
cide, la gloire, l'événement de la journée,
ou, entourant leurs prisonniers de guerre
et les protégeant contre la fureur commune, sortent lentement et forment des
cortéges.

La rue Saint-Anthoine, qui aboutit à la
Grève, devient le canal par lequel se dégorge
tout ce qui sort de la Bastille, car les vainqueurs, pour consacrer leur butin, veulent
le déposer aux pieds des Électeurs assemblés
dans l'Hôtel-de-Ville, et conduire à ce tri-
bunal populaire les vaincus.

Mais çà et là, le long de la route, la plupart de ces malheureux succombent sous
les coups d'une populace forcenée. Cela est
horrible à dire, mais il y a toujours, en
toute occasion, des lâches, des brigands
tout prêts à égorger les gents sans armes,

tout prêts à achever ceux que la fortune
trahit. Aux abords de l'arcade Saint-Jean,
malgré les prodiges de valeur que fait pour
le sauver le marquis de Pelleport, dont ce
brave avoit été le consolateur pendant une
captivité de cinq années, le major de la
place est mis en pièces; et comme il posoit
le pied sur le perron de la Ville, le gouverneur se voit traîtreusement massacré, et
son corps, criblé de blessures, déchiré dans
touts les sens, est livré aux outrages d'une
crapule ignob'e et féroce. — Ce preux se
défendit pendant plusieurs minutes comme
un lion! Jamais homme de cœur ne mourut avec plus de courage! Ce fut une scène
horrible!... Si seulement dix hommes de
cette complexion se fussent conduits de
même dans la Bastille, jamais la Bastille
n'eût été prise! —Mais cela n'entroit pas
dans les desseins de Dieu.

Poussée par un instinct de curiosité, par
un besoin de dévastation et de vengeance,
la foule se précipitoit sans cesse dans la
Bastille. Chacun vouloit donner le coup de

pied de l'âne. Chacun vouloit voir sous le
nez le croque-mitaine qui si long-temps
avoit été l'objet de l'effroi général et le plat
valet du despotisme et du bourreau. On
éprouvoit une satisfaction étrange à passer
librement sous des voûtes secrètes où jamais jusques alors n'avoit retenti le pas d'un
homme libre.

Pas un coin, pas une cache, pas un bouge
n'échappoit à la recherche, à l'avidité de la
foule. — Un vieillard qui, quoique enfant
alors, prit une part active à ce siége, me
racontoit il y a quelques jours qu'il se rappelle encore parfaitement une grande salle
ovale, dont l'entrée avoit été condamnée et
dans laquelle il s'étoit glissé l'un des premiers, toute couverte d'une boiserie noire,
ornée de panneaux de peinture représen-
tant des supplices, et dans les murs de laquelle, tout autour, de grands crochets de
fer étoient scellés. A l'un de ces crochets il
y avoit, m'assura-t-il, accroché par la nu-
que, un squelette d'homme qui avoit dû y
avoir été suspendu vivant. Mais il étoit là

depuis bien long-temps sans doute, car il
n'avoit plus sur les os que quelques lam-
beaux de vêtements ; le reste, fusé et presque réduit en poussière, étoit tombé au-
dessous sur les dalles, ainsi qu'une croix de
chevalier de Saint-Louis. — Quel avoit pu
être cet homme? quel avoit été son crime?
qui commanda ce forfait? on l'ignore! Le
regard de Dieu seul peut suivre la tyrannie
dans ses derniers et impénétrables replis.

Ce même vieillard me racontoit aussi,
d'une manière fort enjouée, qu'ayant pénétré le premier, à cause de sa fine encolure,
par un judas ou une espèce de meurtrière
dans la salle des armes, il s'étoit empressé
naturellement de se saisir, non pas d'une
bonne carabine, mais, pour son étrangeté,
d'une sorte de massue ou de casse-tête de
fer. Le soir, vers les sept heures, comme
d'un pas belliqueux il revenoit chez sa mère
avec son instrument sur l'épaule, au coin
de la rue Caumartin, une patrouille de la
milice bourgeoise malencontreusement le
rencontra.

Le caporal lui demande d'une voix sévère d'où il vient, et comment il se fait qu'il porte cette arme. — Je viens de la Bastille, répond-il d'un air superbe; je suis un des vainqueurs!... C'en est fait de nos tyrans et de ce dernier asyle du despotisme!... Quant à cette hache, je l'ai conquise de mes propres mains, au risque de ma vie; c'est le fruit de notre triomphe, c'est mon butin, à moi! — J'allois encore en défiler bien davantage, ajouta mon vieillard, quand le caporal, coupant court à mon dithyrambe, m'enleva mon casse-tête, et, m'appelant petit vagabond, me donna un grand coup de pied que, si je m'étois retourné, j'aurois reçu dans le ventre.—Ce fut là, hélas! poursuivit-il, touts les honneurs civiques qui me furent décernés! ce fut là tout le lucre que je retirai de la victoire.

S'il vivoit encore de nos jours, de la petite aventure de ce jeune patriote ne vous semble-t-il pas qu'Ésope pourroit accommoder un fort bon apologue?

Mais revenons à la Bastille. —Dans la tour

du Puits ou de la Liberté, je ne sais plus au
juste, tout-à-coup des gémissements se font
entendre. On prête l'oreille. C'est du fond
d'un cachot qu'ils paroissent sortir. L'effroi
se répand, puis l'effroi fait place à une généreuse colère. — On brise les portes du
cachot, et, à la lueur que donne une meurtrière, on apperçoit accroupi, dans un coin,
une sorte de squelette qui demande du
pain.

Le trouble qui avoit régné dans la forteresse avoit empêché les porte-clefs de s'occuper de leurs prisonniers, et depuis la
veille ils étoient restés sans nourriture.

A cette vue on recule d'abord; puis à la
consternation succèdent des larmes. On se
saisit doucement de la pauvre victime, et
on l'entraîne dans la cour. Là, alors au
grand jour, au milieu des cris de terreur et
de pitié, on voit un être humain presque
nu, d'une maigreur horrible, pouvant à
peine se soutenir sur ses jambes desséchées,
et la tête cachée sous de longs cheveux blancs.
Une barbe énorme lui descend jusqu'à mi-

corps. Sur sa poitrine, dont on compte les cercles, un crucifix d'ébène est suspendu. Les ongles de ses mains et de ses pieds sont plus longs que les griffes d'une bête sauvage. Mais sans paroître ni ému ni étonné de ce qui se passe autour de lui, l'œil vitreux et égaré, le spectre demeure immobile.

Fier de sa conquête, de cette vivante accusation, le peuple en un instant forme une espèce de pavois avec quelques débris de meubles et des arbres arrachés dans le jardin du gouverneur. On y place le pauvre captif; puis, ce pavois élevé et porté sur les épaules, des vainqueurs, affublés par dérision des habits dorés du comte de Sade, armés ou chargés d'instruments inconnus et bizarres, qu'ils ont pris dans la Chambre des tortures, portant de vieux étendards ou des haillons au bout de leurs lances, se serrent à l'entour; puis, ivre de joie et d'orgueil, ce convoi grotesque et sinistre s'ébranle, se met en marche, descend de la Bastille au milieu des applaudissements et des clameurs, et va répandre au loin sur son passage l'étonnement, l'épouvante et l'enthousiasme.

—Combien y a-t-il que vous étiez prisonnier? crie-t-on de toutes parts au phantôme.

—Pourquoi fûtes-vous arrêté?

— Qui êtes-vous? Comment vous nomme-t-on?

Mais Patrick,—toujours morne et impassible,—la tête baissée et enfouie sous sa barbe et sa chevelure, garde inexorablement le silence.

XXIX

Plus le cheval qui emportoit le corps de Vengeance précipitoit sa course, plus son épouvante augmentoit, plus sa course devenoit terrible et bizarre : la tête, abandonnée à son poids, rouloit sur la croupe et la heurtoit; les jambes, molles et inertes, qui pendoient à droite et à gauche, et alloient

et venoient comme des étriers vides, frap-
poient les flancs; et cela aiguillonnant sans
relâche la pauvre bête, comme eût fait un
dresseur féroce, la peur dans l'oreille, l'effroi au cœur, la sueur sous le poil, elle bon-
dissoit, elle franchissoit comme un fossé,
comme le ravin d'un torrent, de longs es-
paces de terrain solide;—tantôt, comme un
couteau fermant ouvert dans toute sa longueur, et lancé contre une poitrine ennemie, elle glissoit au-dessus du sol, tantôt
elle rasoit le sol comme une faulx. — Ce
n'étoit plus de la vitesse, c'étoit de la phré-
nésie !

Défais-toi de cette épouvante qui t'égare,
ô coursier noble et fidèle! Ces ténèbres, ne
vois-tu pas que ce n'est que la nuit ? la
nuit, cette intermittence de la fièvre qu'on
appelle le jour! Le poids qui te charge, ne
vois-tu pas que c'est ton jeune maître, ton
compagnon d'enfance, que la mort a réduit
à l'état d'un fardeau stupide?—Hélas! de
cette tête qui roule sur tes hanches, et que
ta course agite comme si elle étoit coupée

et suspendue à l'arçon d'une selle, il ne
sortira plus cette voix aimée qui te faisoit
tressaillir comme le son de la trompette!
— Oh! de grâce! à quoi bon tant de hâte,
coursier noble et fidèle? qui te presse? Va,
tu n'atteindras que trop tôt le terme de cette
course rapide!... Tu ne portes pas, toi,
comme le cheval cosaque sur lequel autrefois fut lié le beau page du roi de Pologne,
un hetman à l'Ukraine! Tu n'es point une
clef, toi, qui s'en va ouvrir le champ bril-
lant d'un avenir! — Une barque qui traverse
d'une côte désolée vers une côte orientale!
— Ce n'est pas Mazeppa que tu portes, te
dis-je, mais un cadavre! ce n'est pas le destin d'une nation, mais une destinée tranchée! Ce n'est pas vers un thrône que tu
marches, mais vers une tombe! — Vers la
tombe!... insensé que je suis, mais n'est-ce
donc pas là le thrône digne d'envie! Oh! va
vite! va vite! noble coursier! — La couronne
de pavots que pose la mort sur notre tête
est la plus douce couronne, le plus doux
règne c'est le sommeil du sépulchre! —

Oh! va vite! va vite! —Le royaume de la mort est à coup sûr le plus doux, car pour lui nous quittons touts la vie; et qui vit jamais parmi nous un transfuge de la mort!...

L'obscurité protégeoit cette fuite, —mais nul corbeau ne vint se suspendre au-dessus du coursier et voltiger comme un phalène autour d'un flambeau; point de troupes de loups ravissants, remplissant les airs de leurs hurlements lointains, ne s'acharnèrent à sa suite; ni déserts de sable, ni solitudes désolées, ni steppes aux arbres rabougris, ne se découvrirent devant ses pas : —Seulement après quelques werstes de campagne cultivée, de champs en rapport, il atteignit bientôt, peut-être par hasard, la rive de la forêt de Saint-Germain, d'où, s'orientant comme un pilote habile, il se dirigea vers les hauteurs de Triel. Alors escaladant avec la rapidité d'un izard le penchant de la colline et gagnant le plateau, il vint enfin se poster avec un grand fracas devant la grille du ménil d'Evêquemont.

Là, le col étendu et le front renversé
comme un cygne effrayé qui bat de l'aile,
et claquète à la vue d'une buse qui plane
au-dessus de sa couvée, les nazeaux collés
aux barreaux de la grille, piaffant et passa-
geant avec force, écorchant la terre, il se
mit à hennir, ainsi qu'un voyageur de
nuit appelle et frappe à la porte d'une
hôtellerie. — A ce bruit les chiens de garde
réveillés s'élancèrent au bout de leurs chaînes et répondirent aux hennissements par
des aboiements à pleine gueule. — Ce fut
un vacarme terrible, on eût dit que dans
les nuées une chasse infernale passoit.

Déborah veilloit encore à cette heure. —
Penchée tristement sur le balcon de sa fenêtre, elle écoutoit le silence de la nuit avec
l'attention qu'on prête à une symphonie. Au
plus léger mouvement des feuilles, au plus
doux murmure du vent, elle tressailloit, y
croyant trouver un présage du retour de
son fils qui, le cruel, tardoit bien à revenir ! Dans touts les bruits et les soupirs
nocturnes elle l'entendoit, elle entendoit le

galop de son cheval. —Après les confidences
de la veille, comment la disparition de
Vengeance et l'absence de ses armes n'eussent-elles pas donné les plus vives inquiétudes, n'eussent-elles pas causé les plus
vives alarmes? Le billet que Vengeance avoit
écrit et laissé sur la table en partant, ne
pouvoit guère d'ailleurs contribuer à rassurer Déborah; car il ne contenoit que cette
phrase mystérieuse : — « Soyez tranquille,
ma mère, je reviendrai. » —Lorsque certaines questions isolées que lui avoit faites
Vengeance, se représentoient en faisceau
dans son esprit, il lui sembloit qu'elle en-
trevoyoit les choses, que les choses s'expli-
quoient : alors son anxiété devenoit extrême; elle pleuroit; quelquefois, tremblante
comme un lâche sous le fer d'une hache, elle
tomboit sur les genoux, et, levant ses bras
au ciel, d'une voix déchirante elle implo-
roit : —O mon Dieu! s'écrioit-elle, vous qui
êtes un Dieu juste, veillez sur mon enfant!
veillez sur mon fils!... O mon Dieu! n'exigez pas de moi un trop grand sacrifice!

Aussi dès qu'elle eut entendu les pas et les hennissements du cheval, ne doutant pas que ce fût son fils adoré qui revenoit, remerciant Dieu qui le lui rendoit, et se hâtant de s'avancer à sa rencontre, tout bas elle s'étoit dit : —Il s'en revient triomphant!

Les gents du château couroient devant ses pas avec des flambeaux; car au château touts les valets avoient partagé les inquiétudes de Déborah, et avoient refusé de prendre aucun repos avant le retour de leur jeune maître; et lorsque Déborah arriva vers la grille, déjà les gardes l'avoient ouverte. —Mais alors ce fut un coup terrible! au lieu de ce fils enivré par la victoire, revenant fièrement, la tête de son ennemi suspendu au poing, —comme elle se l'étoit imaginé, —ne trouvant qu'un cadavre garrotté et couvert de sang, son cœur se renversa, et elle se précipita contre terre en poussant des sanglots affreux.

Les gardes ayant tranché promptement les liens avec leur épée, le corps de Vengeance fut transporté aussitôt dans la chambre de sa mère; — et là ce fut un spectacle plus déchirant encore que cette pauvre femme cherchant à découvrir quelque reste de chaleur sur un cadavre, arrachant les vêtements qui lui cachoient la plaie, promenant partout ses lèvres et ses larmes!...

Quand il ne lui fut plus permis d'espérer, qu'elle eut bien vu qu'il étoit sans vie, qu'elle eut mis le doigt dans le trou de sa poitrine, un froid mortel la glaçant subitement : — O mon Dieu! dit-elle, dans une horrible défaillance, ce grain de mil étoit-il donc nécessaire pour combler ta mesure!... — Ils me l'ont tué! tu me l'as tué, ô mon Dieu! — O mon Dieu! que vous êtes cruel!

XXX.

Après avoir pleuré amèrement sur le corps de son fils, Déborah le fit porter dans le cénotaphe de la pelouse. Hélas! en le voyant s'agenouiller sur ce marbre destiné à recevoir la dépouille de son père, car chaque jour Vengeance y venoit prier, qui eût dit que le pauvre enfant s'agenouilloit

sur sa propre tombe? Comme elle avoit
pleuré assidûment sur le corps, Déborah
pleura d'abord assidûment sur le sépulchre;
puis sa douleur, s'étant peu à peu creusé un
lit profond et resserré, cessa de se répandre,
et ne coula plus que silencieusement sous
des aulnes touffus, sous des fourrés de ron-
ces et de joncs, dans le secret et le mystère.
—Mais pour être devenu plus intérieur,
plus intime, le chagrin de cette femme infortunée ne perdit rien de sa réalité ni de
sa violence. La perte qu'elle avoit faite n'a-
voit pas de mesure. Elle étoit du nombre de
celles qui jamais ne s'effacent. Le temps n'y
pouvoit suppléer. Le monde, cette triste
cité de gents qui ne sont plus et de gents
qui doivent cesser d'être, avec sa mémoire
courte et sa tête éventée et bruyante, n'y
avoit que faire. Qu'avoit d'ailleurs de commun le monde avec ce cloître, avec ce refuge d'une grande douleur! C'est à peine si
son bourdonnement y parvenoit jusques
au pied des murailles.

C'en étoit fait! la vie de la pauvre veuve

étoit détruite une seconde fois, détruite
sans retour. Son dernier espoir étoit brisé
net. Même en image le bonheur le plus vague et le plus lointain ne pouvoit désormais
s'offrir à ses regards affoiblis. De quelle main
eût-elle pu alors essuyer ses larmes? De quel
côté se fût-elle penchée sans trouver un
abyme?... Bien qu'elle parût encore appar-
tenir en quelque sorte à la vie, et n'avoir
pas encore achevé tout-à-fait sa carrière,
bien qu'un fossoyeur ne l'eût point encore
descendue dans la fosse, elle n'en habitoit
pas moins sous la terre avec ses deux morts.
Elle étoit morte, morte avec ceux qu'elle
aimoit, avec ceux qu'elle avoit aimés, morte
avec Patrick et Vengeance, avec son époux
et son fils, morte et clouée dans le même
cercueil!

Dans les jours qui suivirent le fatal événement, du fond de sa douleur, Déborah
fit faire avec énergie les plus vives et les plus
habiles recherches pour découvrir l'assassin
cruel qui avoit frappé son enfant. Mais ces
instances furent aussi vaines, aussi stériles

que celles qu'autrefois elle avoit faites à l'é-
gard de Patrick. Les ténèbres qui planoient
sur la fin incertaine du père planèrent sur
la fin tragique du fils. — Il étoit donc écrit,
murmuroit tout bas Déborah dans son cœur,
que ces deux âmes me seroient enlevées par
un bras plus invisible que le vent qui passe
et emporte la feuille ! et que je n'aurois
pas même la satisfaction d'avoir un ennemi
palpable sur lequel je pusse déposer ma
colère et ma haine !… Comme quelques heures à peine séparoient l'instant du meurtre
de Vengeance des révélations qu'il avoit ar-
rachées à sa mère sur le passé et sur la
source de leurs maux, Déborah ne put douter un seul instant (il s'étoit montré en cette
dernière occasion si téméraire et si terrible)
qu'il fût allé se commettre avec quelqu'un
de leurs persécuteurs ; et de ce nombre il
n'avoit guère pu compter que M. de Villepastour ou les héritiers de Pharaon ou madame
Putiphar. Villepastour surtout réunissoit
sur sa tête les plus raisonnables suspicions.
C'étoit avec lui que la chose étoit le moins

inadmissible. Aussi fut-ce surtout autour
de lui et contre lui que furent pratiquées les
poursuites les plus suivies. Mais il fut impossible, quelque tenacité qu'on y voulût
mettre, de ramasser une preuve un peu
valable. Icolm-Kill n'en vint pas moins trouver cet homme, afin de sonder sous ses pieds
le terrain, afin de confronter sa conviction
avec la face malheureusement trop habile
du vieux courtisan.

Quand le fidèle intendant demanda au
marquis s'il n'avoit point vu un tout jeune
homme, de telle et telle sorte, qui peut-
être étoit venu lui chercher une folle
querelle, la marquise, qui se trouvoit là,
assise à son clavecin, dans le salon, tomba
doucement évanouie ; mais Villepastour répondit avec assurance qu'il ne savoit ce qu'on
vouloit dire. Puis, se remembrant tout-à-
coup le personnage, il l'éconduisit brusquement.—Vous vîntes, il y a quinze ans, monsieur, lui dit-il, je vous remets parfaitement, me réclamer un nommé Patrick
chassé des mousquetaires ; aujourd'hui

c'est d'un enfant que vous venez me demander compte ! Où voulez-vous en arriver, monsieur ?... Je ne comprends pas le métier que
vous faites !

Icolm-Kill fut encore obligé cette fois de
dévorer sa colère et de baisser le front. —
N'ayant aucune certitude acquise de ce qu'il
soupçonnoit, il n'osa point éclater. Pour
condamner sur une simple apparence, il
manqua de courage, il ne fut pas un juge
assez terrible.

Quelquefois Déborah s'accusoit tout d'un
coup de la mort prématurée de Vengeance.
Dans sa douleur elle vouloit assumer sur
elle cette perte. — Pourquoi, pensoit-elle,
développai-je dans ce jeune esprit les qualités si dangereuses de l'audace et de l'honneur ! Hélas ! si j'en avois fait une brebis, il
seroit encore à mes côtés, il seroit encore
là sous mes caresses !... Le sens de ma vie
est maintenant à jamais effacé ! C'est moi,
moi insensée, qui lui ai mis le couteau à la
main,... moi qui l'envoyai à la boucherie !!!
Oh ! pourquoi, cœur foible et imbécile,

cédai-je à des prières qui auroient dû seulement me remplir d'épouvante!...—Puis, revenant aussitôt à la vérité de son caractère et à sa mâle vertu:—Non! non! s'écrioit-elle, tu as bien fait, Vengeance. La fortune a trahi ton courage : la fortune a eu tort, mais non pas toi! Va! je suis tranquille, tu as dû mourir comme un brave! Va! je suis sans regret, parce que tu es mort assez tôt pour mourir sans souillure, sans avoir trempé dans la boue de ce monde! Ta mort m'a perdue; ta mort m'emporte la vie! Je succomberai sous ma peine, mais ma peine est glorieuse, n'importe!... Il ne sera pas dit du moins que de mon flanc est sortie une race de lâches.

XXXI

Dans la double solitude de sa retraite et de son cœur, non moins clos et non moins désert l'un que l'autre, Déborah demeura inébranlablement confinée depuis le meurtre de Vengeance. Elle attendoit impatiemment la fin de son supplice. Elle étoit dans l'état cruel d'une âme qui voudroit en avoir

fini avec la terre, et qu'une juste crainte de
Dieu empêche de se porter à un attentat.
Ses habitudes mélancoliques, le chagrin,
le désespoir, avoient répandu sur sa personne le même ravage que dans son esprit.
Ce n'est pas qu'elle eût enlaidi; mais elle
avoit perdu cette beauté absolue qui l'avoit
fait autrefois distinguer d'entre toutes et de
touts. Ce n'étoit plus la fière amazone! ce
n'étoit plus une Penthésilée! — Pâle, lente
et pensive, inclinée, elle avoit la joue creuse
et l'air tout-à-fait abattu. Sa voix, devenue
sourde et confuse, sembloit sortir d'entre les
pierres d'une voûte. Comme une malade ou
un phantôme, elle n'avoit plus que l'éclat
blafard d'une statue de marbre ou d'un
vase d'agathe.

Pour Icolm-Kill, conservant encore quelques restes de ses goûts séditieux qui l'a-
voient autrefois entraîné dans tant d'aventures et de malheurs, il ne vivoit pas, lui, dans
un recueillement aussi austère que Déborah. De loin en loin il s'occupoit du monde
et de ses contentions. A la querelle des Par-

lements il avoit pris un plaisir assez vif;
cependant il faut penser toutefois qu'il n'é-
toit pas entré fort avant dans le mouvement
public de l'époque, et n'y apportoit pas
une grande sollicitude; car il y avoit bien
près d'un mois que la Bastille étoit tombée
entre les mains du peuple qu'on l'ignoroit
encore au ménil d'Evêquemont.

Enfin, un matin cependant, d'un air de
satisfaction étrange et sauvage, Icolm-Kill
vint trouver brusquement Déborah, qui
prioit au pied du sépulchre de la pelouse,
et là, agitant une Gazette qu'il tenoit à la
main : — O madame, s'écria-t-il, tandis
que nous vivons ici dans un calme si grand,
la France se débat dans le plus grand trouble ! Nous sommes, à ce qu'il paroîtroit,
sur le seuil d'une révolution qui promet
d'être horrible et sanglante ! Un affreux désordre règne à cette heure dans Paris. Le
peuple, insurgé au nom de la vengeance, y
promène la mort. — Tenez! voyez! Voici
quelque chose qui, je crois, nous regarde !
— « Dans la précipitation de notre rédac-

» tion, lisoit-il, nous avons omis, au milieu
» de tant de faits glorieux qui ont signalé
» chaque instant de cette immortelle se-
» maine, qui d'âge en âge fera jusques au der-
» nier jour du monde l'étonnement et l'ad-
» miration de nos neveux, quelques épisodes
» trop importants pour que nous puissions
» les passer plus long-temps sous silence. —
» Dans la journée, dans la grande et mémo-
» rable journée du 14, entre autres, comme il
» sortoit de Paris, dans une espèce de car-
» rosse de voyage, travesti en laquais, ayant
» à ses côtés sa femme, travestie en ravau-
» deuse, portant la figure pâle et blême du
» lâche qui a peur, un contempteur du peu-
» ple, un vil *aristocrate*, M. le marquis de
» Gave de Villepastour, ci-devant capitaine-
» colonel des mousquetaires du feu Roi, et
» si connu pour son insolence envers la classe
» la plus honorable des citoyens, ce qu'il ap-
» peloit la canaille, fut arrêté, et, comme il
» étoit porteur de papiers qui sembloient
» le compromettre, amené par quelques
» braves et quelques *soldats de la patrie* à

»l'Hôtel-de-Ville. Là, au moment où il dé-
»bouchoit du quai sur la Grève, la foule,
»guidée par cette intelligence qui jamais ne
»lui défaillit, se précipita sur le carrosse
»de ce privilégié du despotisme, le renversa
»et le brûla sur la place. Quant à M. le mar-
»quis, comme on le pense bien, son compte
»fut court et bon; en un clin d'œil il fut
»arraché de sa chaise, pendu à cette po-
»tence de lanterne devenue depuis si célè-
»bre, dépendu et livré enfin à la fureur de
»ces hommes de courage (qu'on s'efforce en
»vain de flétrir du nom de Cannibales), qui
»l'éventrèrent, lui tirèrent le cœur de la
»poitrine, lui tranchèrent la tête et la por-
»tèrent au bout d'une pique, afin que ce
»grand exemple allât répandre de toutes
»parts un effroi salutaire dans le cœur en-
»durci de nos tyrans et des traîtres!... »

—O mon Dieu! s'écria là-dessus Déborah,
se cachant le visage dans les mains, et frissonnant d'étonnement et d'horreur, — ô
mon Dieu! que la justice du peuple est terrible!!!

XXXII.

—Mais voici une chose qui nous touche
plus vivement encore, madame, et que je
ne sais comment vous dire! J'ai peur de faire
éclater dans votre cœur tout à la fois des
sentiments trop violents et trop divers...

Dans la même journée qui vit périr si
cruellement M. le marquis de Gave de Vil-

lepastour, on trouva, le fait est positif, à ce
qu'il paroîtroit, au fond d'un cachot, dans
la Bastille, après que les insurgés s'en furent emparés et curent passé par les armes
les traîtres qui y tenoient garnison, un prisonnier, horrible chose! couvert d'une longue chevelure et d'une longue barbe, avec
des ongles comme un lion, et réduit par
la souffrance à l'état d'un squelette. — Le
peuple, dans l'ivresse de son triomphe, a
promené pendant plusieurs jours cet infortuné par toute la ville; l'a montré dans touts
les lieux publics comme l'irrécusable victime d'un ordre de choses qui doit à jamais
cesser d'être!... Eh bien! cet homme, madame!... oh! je n'ose vous le dire!... ch
bien! ce doit être quelqu'un qui vous est cher
et que vous croyez descendu dans la tombe,
un homme, madame, que nous avons bien
cherché, mais en vain; la tyrannie a des
gouffres si sombres! — Comprenez-vous,
hélas! madame, qui ce peut être que cet
infortuné?... Oh! aidez-moi, je ne puis seul
vous enfoncer en même temps un tel poi-

gnard et une telle joie dans le cœur!...

Mais Déborah, sous le coup d'une émotion trop forte, demeuroit là regardant fixement, et sans pouvoir trouver une parole.

— Eh bien, madame, cet homme, cet infortuné, c'est lui! c'est votre malheureux époux! nous n'en pouvons douter!...

— Patrick!... reprit Déborah, tombée tout-à-fait dans la surprise la plus tragique.

— Oui! madame, Patrick!... Tenez! voyez! — Cet homme déclare se nommer White, ou Fitz-White, ou quelquefois Phadruig. On ignore absolument qui il est, et depuis combien de temps il étoit détenu dans cet abyme. Il a été impossible de rien apprendre de lui-même. Seulement, comme il parle fort bien l'anglois et une autre langue inconnue, tout porte, dit-on, à croire qu'il doit être né en Irlande.

Déborah n'y tenoit plus! Dans le trouble qui la tuoit, se jetant à genoux, les bras étendus vers le ciel, à travers des sanglots et des rires de joie : — Merci, ô mon Dieu!

s'écria-t-elle, merci, toi qui veux bien enfin me le rendre!!! — Patrick! Patrick, ô mon Patrick!!! Qui eût dit que je dusse te revoir!...

XXXIII

A peine Déborah fut-elle un peu remise
de ce premier trouble, qu'elle souhaita de
partir avec un empressement terrible. L'idée
qu'il se pouvoit que l'homme qu'elle avoit
tant pleuré, et dont en vain elle avoit cherché si long-temps les ossements et la sépulture, foulât encore la terre sous ses pas;
cette idée, dis-je, l'accabloit, l'enveloppoit,

l'enivroit! — Hâtons-nous! songeoit-elle, ce
pauvre ami doit avoir bien besoin que je
vienne essuyer ses larmes! Hâtons-nous! car
c'est lui le plus malheureux à cette heure.
Moi, je sais que nous allons nous retrouver
et nous revoir, mais lui ne le sait pas! Peut-
être aussi, à son tour, cherche-t-il à cette
heure ma tombe comme j'ai tant cherché
la sienne!...

Rendue à son ancienne énergie, Déborah
ne balança pas long-temps, et, sans perdre
en préparatifs un temps si précieux, elle fit
atteler immédiatement ses deux meilleurs
chevaux à sa voiture la plus simple. Puis,
vêtue d'un habit de campagne pour ne point
jalouser les regards, accompagnée seulement
d'Icolm-Kill, elle se mit en route sur-le-
champ.

Sa pensée ardente rouloit cependant plus
vîte encore autour de son essieu que la roue
du carrosse qui l'entraînoit. Son cœur battoit
d'impatience avec plus d'emportement que
les flancs de ses chevaux de feu qui fen-
doient l'air et dévoroient l'espace.

Il y avoit bien des années que Déborah
n'avoit mis les piéds dans la ville; et, depuis
cette dernière visite, Paris s'étoit tellement
transformé, que, sans quelques grands édi-
fices qui demeurent éternellement là comme
un sceau sur un acte pour en attester l'au-
thenticité, elle ne l'auroit que difficilement
reconnu. Au lieu de retrouver son Paris
d'autrefois, vivant, élégant, aimable, opu-
lent, prodigue de beautés et de richesses,
elle entroit par une barrière incendiée, dans
une bourgade morne, désœuvrée, ayant l'air
hagard et penaud d'un chien perdu qui
cherche un nouveau maître. On eût dit
qu'un fléau venoit de s'y abattre et y régnoit.
Les maisons sembloient vides, les rues dé-
sertes. Les portes et les contre-vents étoient
partout strictement fermés. Au lieu d'habits
reluisants, couverts de cannetilles et de do-
rures, au lieu de visages grivois, fleuris, en-
joués; des haillons et des figures mornes ou
patibulaires; des flots de cocardes et de drapeaux rouges et bleus; puis çà et là quelques
miliciens et quelques bourgeois mal affublés

et mal appris à porter leurs armes, s'entre-
dévorant du regard. — Après tout, rien cependant n'étoit changé; d'où venoit donc
cet aspect sinistre? Avoit-on subi une invasion étrangère? Israël avoit-il été emmené
en captivité à Ninive ou à Babylone? Sept
plaies avoient-elles frappé l'Égypte?... Non,
non!... seulement la verge de la vertu de
Dieu avoit battu les eaux de l'étang so-
cial, et la bourbe du fond étoit remontée à
la surface!

Icolm-Kill s'adressa avec persévérance à
toutes les espèces de magistrats populaires
qui, depuis l'insurrection, s'étoient consti-
tués, et s'efforçoient, les pauvres gents, de
mettre de l'eau dans un crible. Mais pas
une de ces nouvelles créatures ne put lui
fournir le moindre renseignement. Touts
avoient eu parfaitement connoissance du
prisonnier qu'Icolm-Kill réclamoit, mais
aucun ne savoit ce que pour lors il étoit
devenu. Déborah déjà commençoit à se re-
pentir d'avoir cru si volontiers à une chose si
vague et pour ainsi dire impossible. Déjà elle

avoit mis son espoir sous ses pieds, et re-
trempé ses lèvres dans l'amertume, quand
un Électeur, monsieur Éthis de Corny, je
crois, se prétendant parfaitement informé,
leur donna l'assurance que l'infortuné qu'ils
cherchoient, après avoir été pendant quelques jours l'idole des Parisiens, et avoir
rempli touts les cœurs de la plus sombre
compassion et de la plus violente aversion
pour la tyrannie, avoit dû être (il ne savoit
pas au juste pour quelle cause) conduit au
couvent des Frères de Charenton.

Dans l'excès de sa joie et de sa reconnoissance, Déborah couvrit de baisers les
mains de l'Électeur ; lui souhaita une douce
et longue carrière, et partit de suite pour
le lieu qui réceloit son bien-aimé, et devoit
enfin le lui rendre.

Comme elle remontoit la rue Saint-Anthoine, Déborah entendit tirer le canon, et
des salves répétées de mousqueterie ; puis,
appercevant une foule immense qui se pressoit autour de la Bastille à peu près entièrement détruite, elle fut saisie un instant de

frayeur, s'imaginant que le peuple en étoit
aux mains, et qu'elle alloit assister à quelque scène de sang. Mais le silence et l'ordre,
et le respect qui se montroit sur chaque
front, la rassurèrent bientôt. Elle poursuivit
courageusement son chemin, et ne tarda
pas à comprendre qu'on rendoit simplement
des honneurs funèbres et militaires. — D'entre les ruines de l'horrible forteresse, huit
cents ouvriers qui travailloient à sa démo-
lition, et auxquels s'étoient joints les députations de quelques districts et quelques
officiers révolutionnaires, sortoient en cor-
tége, touts le chapeau bas, touts la pioche
sur l'épaule, touts l'air grave et pénétré. —
A leur tête, quatre d'entre ces artisans portoient, sur une planche, deux squelettes
humains après lesquels pendoient encore des
chaînes et un énorme boulet de fer. —Les res·
tes de ces deux victimes de la plus mons-
trueuse barbarie qui ait jamais flori sur la
terre, avoient été trouvés par les démolisseurs
enterrés dans une couche de chaux et de plâtre sous des marches, dans l'escalier d'une

tour; et par un élan généreux, une commisération rarement absente du cœur humain,
le peuple avoit voulu donner une marque
publique de sa sympathie aux mânes de ces
deux captifs, assurément innocents, tom-
bés, il y avoit peut-être plusieurs siècles,
sous les coups obscurs d'une tyrannie lâche
et pleine de ténèbres, leur rendre les derniers devoirs et les porter solennellement
dans un lieu de repos.

Il est certain, cela ne sauroit être mis en
doute, qu'à la Bastille il se fit autrefois des
exécutions secrètes. On y découvrit encore
quelques autres squelettes; eh! d'ailleurs
n'y trouva-t-on pas des latrines sèches, pleines de détritus humain, d'os et de poussière d'ossements!

Le spectacle de cette lugubre cérémonie,
et la pensée que son sort et le sort de Patrick avoient été si voisins de celui de ces
deux prisonniers, qui peut-être s'étoient vu
sceller vivants dans l'épaisseur d'une voûte,
déchira violemment le cœur de Déborah et

acheva de la plonger dans une fâcheuse
émotion.

Bien triste et bien pensive, brisée par la
fatigue de la route, abattue sous les efforts
des sentiments si divers qui depuis quelques heures s'étoient succédé dans son
sein, enfin elle arriva aux portes du couvent de Charenton. Là, comme elle passoit
le seuil, des pressentiments vagues, mais
cruels, s'emparèrent violemment de son
âme, et en chassèrent la pâle espérance qui
s'y agitoit. Ses jambes fléchissoient à chaque pas, tout annonçoit dans sa personne
le trouble excessif de ses esprits.

Deux moines que la cloche extérieure avoit
appelés s'avancèrent aussitôt à sa rencontre,
et, avec une bonté et une grâce vraiment
hospitalières, la conduisirent au parloir. —
A peine eut-elle la force de gagner un siége.

— Qu'avez-vous, madame, qui peut vous
mettre à ce point au supplice? lui dit alors
l'un des deux religieux, frère Prudence,
directeur de l'hospice, en lui prenant ten-
drement la main, et en s'efforçant d'adoucir

sa voix, que l'habitude de commander avoit
rendue sévère.

— Ce n'est rien, mon père, fit Déborah ;
— de la fatigue, une joie inquiète, une
anxiété profonde, mais d'où, je l'espère,
avec votre grâce, avant peu je serai sortie.

— Parlez, madame.

— Vous devez avoir ici, mon révérend
père, cela nous a été fortement assuré, depuis quelque temps, quelques jours peut-
être, un pauvre infortuné que le peuple a
trouvé dans les cachots de la Bastille, et
qu'au nom du ciel, mon père, je désire revoir? C'est mon époux; il se nomme White
ou Patrick, et voici bientôt vingt-sept ans
que des malheurs inouïs nous séparent.

— Je ne sais, madame; nous avons reçu
depuis quelques semaines plusieurs nouveaux pensionnaires; mais nous ignorons
absolument qui ils sont, et d'où ils sortent.
Cependant, madame, si vous pensez pouvoir
le reconnoître, je m'en vais faire monter des
catacombes ces derniers venus, et, si votre

époux se trouve parmi eux, soyez tranquille,
madame, il vous sera rendu.

Frère Prudence donna alors tout bas
quelques ordres.

— Qu'appelez-vous catacombes, mon
père? reprit en frissonnant Déborah, dont
le sang s'étoit glacé à ce mot terrible.

— On appelle ainsi, madame, dans notre
maison, la galerie inférieure où sont les
loges de fer destinées à renfermer les pensionnaires furieux. — Tenez, écoutez!... ces
hurlements et ces bruits de chaînes que vous
entendez en ce moment partent justement
de cet affreux repaire. C'est un lieu fort
triste à voir; et c'est pour cela, madame,
que j'en épargnerai à votre sensibilité le
hideux spectacle.

Comme frère Prudence achevoit ces paroles, le second moine rentra dans la salle
accompagné d'un homme couvert d'une
casaque de bure, gros et trapu, ayant le
visage aduste et enluminé, et l'œil à demi
fermé et hébété comme un Silène. Le grand
jour paroissoit le consterner. — Il répandoit

autour de lui la puanteur d'une bête fauve.

A cette vue, Déborah détourna la tête.
—Otez, de grâce, mon père, de devant moi
cet horrible objet! s'écria-t-elle; non, non,
mon père, ce n'est pas là Patrick!—Patrick,
mon père, c'est un homme grand, beau,
noble et fier!

Deux autres personnages plus abjects encore, et faisant un bruit terrible, passèrent
encore devant elle. A peine osa-t-elle lever
sur eux son regard.

Enfin, comme elle trembloit d'impatience
et d'horreur, elle vit tout-à-coup s'avancer
gravement un homme presque entièrement
nu, d'une maigreur excessive. Entre ses
cheveux touffus et sa barbe, deux grands
yeux fixes étinceloient. Un crucifix d'ébène
et d'argent étoit suspendu sur sa poitrine.

Malgré la misère et l'état affreux de cet
homme, un reste de dignité et de distinc-
tion se montroit dans toute sa personne, et
frappoit dès son abord.

Sous le coup d'une impression indicible,
Déborah se leva brusquement, et, sans le

quitter un instant du regard, vint se placer devant le spectre, où long-temps, dans une attitude indécise, mêlée d'incertitude et d'épouvante, elle l'examina comme si elle eût douté si c'étoit une créature ou un phantôme.

Il y avoit déjà quelque temps que duroit cette scène effroyable et muette,—quand, soudain, appercevant au doigt décharné du spectre, et retenue par un fil qui venoit s'attacher au poignet, la bague qu'autrefois elle avoit donnée à Patrick, en présence du ciel et de la nature, dans la bruyère de Cockermouth-Castle, Déborah s'écria d'une voix déchirante : — Eh quoi! c'est toi! mon ami! toi, dans cet état!... toi, mon Patrick !...

Et comme elle se jetoit dans ses bras pour le couvrir de baisers et de larmes, gardant toujours la même impassibilité et le même silence, l'homme la repoussa,—si violemment même, qu'après avoir chancelé quelque temps elle alla tomber sur les genoux à quelque distance.

Nonobstant l'oppression qui l'étouffoit,
et sa douleur, la pauvre femme trouva encore en soi assez de force pour s'écrier de
nouveau, d'une façon plus déchirante encore : —Mais tu ne me reconnois donc pas,
Patrick? Je suis Déborah! ton amie! O mon
pauvre ami! ô mon bien-aimé! tu ne reconnois donc plus cette voix qui t'appelle
et t'implore!... Patrick! Patrick! Patrick!!!
ah! tu es bien cruel!

Se traînant à ses pieds, Déborah fit encore
quelques efforts extrêmes pour se faire reconnoître, mais vainement! Patrick, toujours immobile, sans prendre garde à ce qui
se passoit, levoit les yeux vers la voûte et
répétoit implacablement d'une voix sépul-
chrale : — «O thiarna, dean trocaire ormsa
mor-pheacach. »

—Vous le voyez, madame, fit alors un des
moines, cet infortuné ne sauroit ni vous reconnoître ni vous répondre... Cet homme
est fou !

—Fou!!! répéta lentement Déborah, en
poussant un cri terrible. Cela jusques alors

n'avoit pu lui venir à la pensée ; ce mot
l'avoit frappée comme un coup de foudre.
— Rentrant subitement en soi-même avec
la vitesse d'une épée qui rentre dans le fourreau, Déborah s'affaissa pesamment contre
terre, poussa d'affreux sanglots, puis un
râlement horrible.

La douleur l'avoit tuée... — Elle étoit
morte !

Mais qu'elle fut bien vengée !!!

Enfin voici ma tâche achevée, me voici au bout de ce livre qui m'a causé plus de peines encore qu'il ne m'en a coûté, et qui sans doute va m'en causer encore bien davantage. Les infortunes si réelles et si gran-

des que ma plume ou plutôt que mon cœur
s'est plu à consigner longuement dans ces
pages, ne sont rien au prix des aventures et
des malheurs presque romanesques qui ont
traversé cette œuvre tout le long de sa carrière; ce seroit une chose curieuse à faire
que la biographie de ce livre.—Pour ne nous
occuper que du matériel, quelques erreurs
typographiques qui ne m'appartiennent pas
et quelques inadvertances qui m'appartiennent, m'ont échappé à la correction des
épreuves, ce dont j'éprouve un grand chagrin. J'espère qu'on voudra bien ne point
m'imputer ces errata à crime ou à ignorance. J'avoue que ceux qui essaieroient de
s'en faire une arme contre moi se rendroient
parfaitement ridicules aux yeux de mes amis,
aux yeux de touts ceux qui me connoissent
ou connoissent mes études, et mes préten-
tions à cet égard. Quant à moi, qui ai dans
ma main leur mesure, ils ne me feroient
que pitié.

Je vous remercie, mon cher lecteur, de
l'intérêt que, durant un demi-siècle envi-

ron, vous avez bien voulu prendre à cette sombre histoire, de l'attention que vous avez bien voulu me prêter jusqu'ici. C'est bien aimable à vous. Cette bonté, je ne l'oublierai jamais.

Je vous remercie aussi avec empressement, ma chère belle et douce lectrice. Maintenant vous me connoissez à fond ; je vous ai fait descendre jusque dans les replis les plus secrets de mon cœur ; je ne sais si je vous plais, mais je sais, moi, que je vous aime beaucoup. Vos charmes et votre indulgence m'ont si bien habitué à votre personne que, je ne puis le cacher, c'est avec une grande tristesse que je me sépare de vous.

Adieu, madame,—je me mets à vos pieds. —Je vous rends grâce de votre bienveillance ; j'espère que vous voudrez bien me la continuer ; je vous la retiens même d'avance pour mon prochain livre, qui se nommera TABARIN.

A TABARIN, donc !

Oh ! si jamais, après m'avoir entendu, le

public, cet autre prince Hamlet, pouvoit
me dire : — Soyez-le bien-venu, monsieur,
à Elseneur !

FIN DU SECOND ET DERNIER VOLUME.

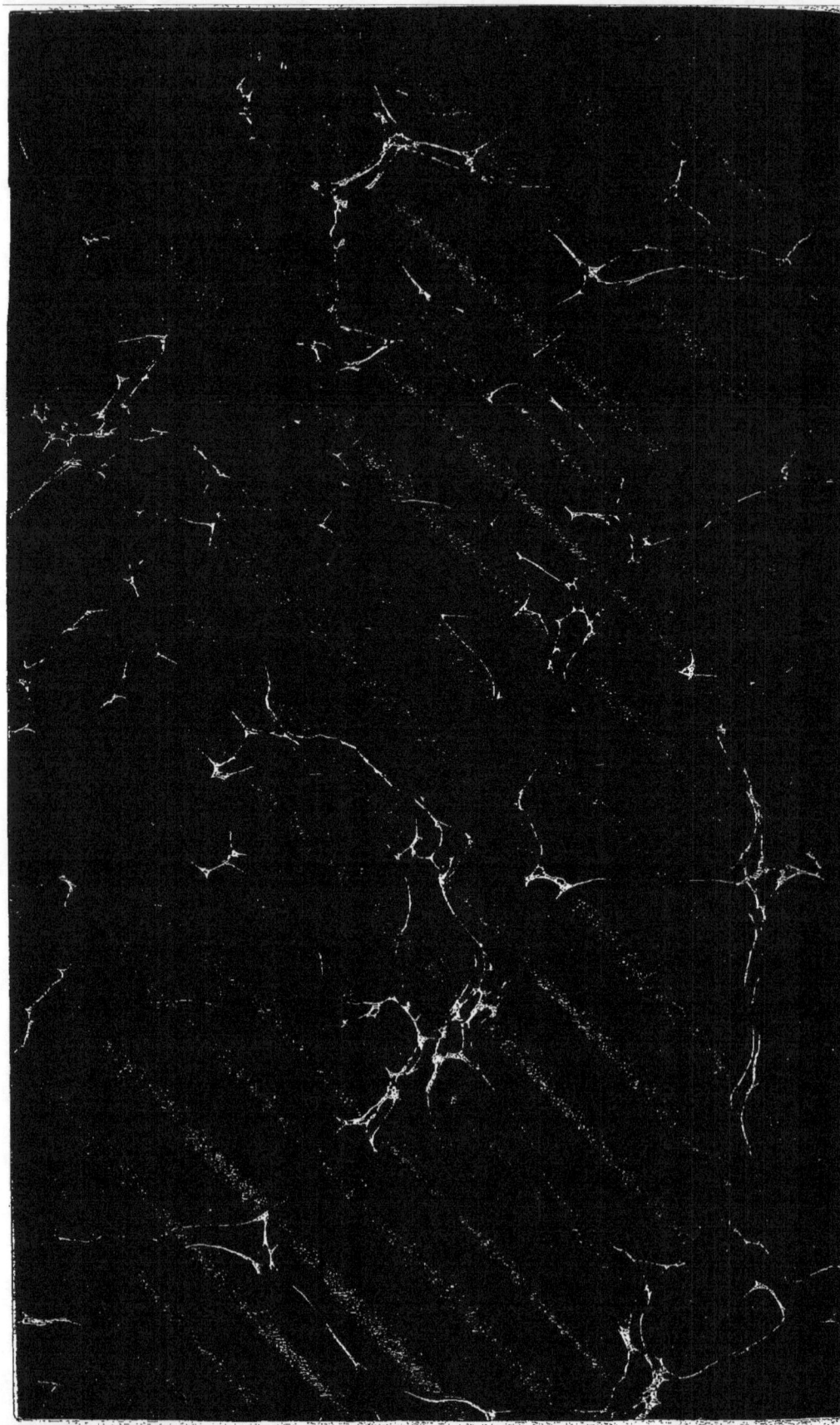

BOREL

MADAME
PUTIPHAR

2

www.ingramcontent.com/pod-product-compliance
Lightning Source LLC
Chambersburg PA
CBHW061033030726
47504CB00002B/361